KB115424

산에서 만든 튼튼한 허벅지가
연금보다 낫다

하

산에서 만든 튼튼한 허벅지가 연금보다 낫다 (하)

발행일   2022년 12월 28일

지은이   오혜령, 박옥남
펴낸이   손형국
펴낸곳   (주)북랩
편집인   선일영   편집   정두철, 배진용, 김현아, 류휘석, 김가람
디자인   이현수, 김민하, 김영주, 안유경, 한수희   제작   박기성, 황동현, 구성우, 권태련
마케팅   김회란, 박진관
출판등록   2004. 12. 1.(제2012-000051호)
주소   서울특별시 금천구 가산디지털 1로 168, 우림라이온스밸리 B동 B113~114호, C동 B101호
홈페이지   www.book.co.kr
전화번호   (02)2026-5777   팩스   (02)2026-5747

ISBN   979-11-6836-580-3 04810 (종이책)   979-11-6836-581-0 05810 (전자책)
             979-11-6836-577-3 04810 (세트)

(주)북랩 성공출판의 파트너

북랩 홈페이지와 패밀리 사이트에서 다양한 출판 솔루션을 만나 보세요!

홈페이지 book.co.kr   •   **블로그** blog.naver.com/essaybook   •   **출판문의** book@book.co.kr

---

작가 연락처 문의 ▸ ask.book.co.kr

작가 연락처는 개인정보이므로 북랩에서 알려드릴 수 없습니다.

건강과 힐링을 찾아 떠난 대한민국 100대 명산 완등기

산에서 만든
"튼튼한 허벅지가
연금보다 낫다 ^하

오혜령, 박옥남 공저

손에 잡힐 듯 실감나는 산행기에
무사고 등산을 위한 산악안전가이드까지!

 북랩

목차

상

서문

하

산에서 만든
튼튼한 허벅지가
연금보다
낫다

임도를 따라 여유롭게

- 화악산(1,468.3m)

경기 5악산(감악산, 운악산, 관악산, 화악산, 북한 송악산) 중의 으뜸인 화악산(1,468m)은 강원도와 경기도를 가르는 분기점에 우뚝 솟아 있는 산으로 경기도의 최고봉이다. 화악산을 중심으로 동쪽에 매봉, 서쪽에 중봉이 위치하며 이들을 삼형제봉이라고도 한다.

경기 5악산 중 최고라기에 일찍 출발한다. 초행이고 혼자 가다 보니 방향을 잡는 게 쉽지 않다. 겨우 복호동폭포 쪽으로 방향을 잡고 중봉 방향으로 오른다. 약 1.5㎞ 정도 산책코스처럼 완만한 길을 따라 올라간다. 이 정도면 아직은 악산이라는 것이 실감나지 않는다. 복호동폭포에 이르니 꽁꽁 언 폭포의 물줄기가 장관이다. 가평은 원래부터 물이 좋기로 유명한데 겨울에도 예외는 아니다. 넘쳐흐른 물이 꽁꽁 얼어서 맞은편으로 가려면 가로질러 가야 하는데 혹시 깨지진 않을까 발로 쿵쿵 디뎌본다. 어찌나 꽁꽁 얼었는지 까딱없다. 미끄러지지 않게 조심해서 건너며 인증샷도 잊지 않는다. 복호동폭포를 지나 낙엽이 쌓인 길을 약 3.7㎞쯤 올라오면 중봉까지 약 2.5㎞는 급경사가 시작된다. 정상까지 이렇게 눈 덮인 산길을 거의 2.5㎞ 오르는데 나중에 알게 된 사실이지만 겨울에 이 코스는 사람들이 잘 선호하지 않는 코스란다. 급경사에 잡을 것이 없어 위험하고 험난한 코스이기에 대부분 신성리 코스를 선택한다고 한다. 그것도 모르고 혼자 하는 산행에서 이렇게 험난한 코스를 선택했으니, 아마도 100

명산 중 가장 힘든 곳으로 기억되는
곳이 바로 화악산이지 싶다.

화악산 정상석

그러나 계곡의 바위와 얼음 위에
쌓인 눈이 참으로 푹신해 보이는 것
은 아마도 막 알아가기 시작한 겨울
산행의 묘미 때문일 것이다. 아슬아
슬한 급경사에 한 걸음 올라가면 반
걸음 뒤로 미끄러지고, 힘겹게 2㎞ 정도 올라온 것 같다. 이제 약 500m만 가
면 중봉 정상이라는데 여기 2㎞ 구간에서 왜 화악산이 경기 5악산이라는지 알
게 되었다. 원래 화악산 정상은 좀 더 가야 하는데 군부대 안에 있어서 중봉
을 정상이라고 본다. 화악산은 지리적으로 한반도의 정중앙에 위치하여 국토
자오선(동경 127도 30분)과 위도 38도선을 교차시키면 만나는 지점이 바로 화악
산이라고 한다. 현재 화악산 정상에는 군사시설이 들어서 있어 이를 대신하는
중봉이 한반도의 중심이란 의미가 된다. 그래서 중봉에서 100명산 인증을 해
야 한다. 중봉 정상석을 보고 뒤쪽은 군부대라 촬영이 금지되어 있는데, 오기
전에 먼저 다녀간 친구가 하는 말이 화악산 정상에 가면 군인들이 보초를 서
는데 초코바 같은 거 주면 엄청 좋아한단다. 그래서 출발하기 전에 초코파이 한
상자 사 온 것을 철조망 사이로 아들 생각하며 군인들에게 살짝 넘겨주고 왔다.
아들 군입대 후 초코파이랑 초콜릿을 어마어마하게 찾던 것이 생각난다.

애기봉 방향

석룡산 방향

중봉에서 바라본 경관은 어렵사리 올라온 만큼이나 멋지다. 고운 산허리는 군부대를 지나 석룡산을 시작으로 이어지는 능선과 애기봉을 거쳐 수덕산까지의 능선이 이어져 남서쪽으로는 명지산까지 조망되는 명산이다. 인증사진을 촬영하고 잠시 휴식하며 간단하게 도시락을 먹고 따뜻한 커피를 한잔 마시고 하산길에 접어든다. 올라온 것만큼이나 내려가는 것도 어려운 코스이다. 도무지 잡을 곳이 없어서 아이젠도 소용이 없이 미끄러진다. 겨우 삼거리까지 내려오니 바람에 날린 눈 위로 멧돼지의 흔적이 완연하다. 살짝 두려운 마음에 발걸음은 더욱 빨라진다. 여기서 멧돼지와 마주치면 어떻게 할 도리가 없으니 서둘러 벗어나는 것이 가장 좋은 방법이다. 겨울이지만 하늘은 파랗고 아직 해는 중천인데 화악산의 산행은 이렇게 마무리가 되었다.

화악산은 6·25전쟁 당시의 격전지로 유명하다. 특히 이 지역 전투에서 중공군 대부대를 섬멸한 것을 기념하는 화악산전투전적비가 사창리에 세워져 있다.[1] 또한 조무락 계곡은 맑은 물로 유명하여 여름철 많은 사람들이 찾는 관광명소이기도 하다.

★ 겨울철 산행 시 주의사항 - 겨울 보온 필수품

겨울철에는 챙이 넓은 모자보다 보온이 잘되는 모자가 좋다. 모자는 혈관수축을 예방하고 혈액순환을 원활히 해주며 뇌에 산소공급을 도와주고 고산병을 예방한다. 머리 부분은 신체 전체로 볼 때 체온이 떨어지는 비율이 30% 정도이다. 모자 하나만 해도 티셔츠 하나를 입은 만큼의 효과를 내기 때문에 보온을 위하여 모자를 준비하는 것이 좋다. 그러나 과하게 보온을 할 경우 땀이 날 수 있으므로 적절하게 조절해가며 활용하도록 한다. 이외에 윈드스토퍼(마스크), 바라크라바 등도 적극 활용해야 한다.

---

1 『한국지명총람』(한글학회, 1985), 『한국지명요람(韓國地名要覽)』(건설부 국립지리원, 1982)

삼선계단과 하늘구름다리의 매력에 빠지다
- 대둔산(878m)

대둔산은 높이 878m로 무등산맥에 솟아 있으며, 1977년 3월에 충청남도 대둔산도립공원으로 지정되었다. 또 면적 8.6㎢에 이르는 산 일대가 1975년 9월 국가지정문화재 명승 제4호로 지정되었다. 화강암이 오랜 침식을 받아 이루어진 기암괴석과 수목이 한데 어우러져 있고 천여 개의 암봉이 6㎞에 걸쳐 이어져 산세가 수려하여 호남의 '소금강'이라 불린다. 대둔(大芚)이라는 명칭은 '인적이 드문 벽산 두메산골의 험준하고 큰 산봉우리'를 의미한다. 임금바위와 입석대를 연결하는 높이 70m, 길이 50m의 금강구름다리와 마왕문, 신선바위, 넓적바위, 장군봉, 남근바위 등의 기암 및 칠성봉, 금강봉 등의 경치가 뛰어나다. 그밖에 안심사, 약사, 화암사 등이 유명하며 특히 화암사에는 우화루, 명부전, 극락전 등이 있다. 또한 북쪽 기슭 0.06㎢를 차지하는 왕벚나무 자생지는 1966년 1월에 천연기념물 제173호로 지정되었다. 계곡과 산세가 수려하고 난대활엽수림이 울창하다. 최고봉인 마천대 등 곳곳에 기암괴석이 나타나고, 남동쪽과 북서쪽 사면을 따라 각각 장선천과 독곡천이 흐른다.[2]

---

[2] Daum백과, 『관광한국지리』(김홍운, 형설출판사, 1985), 『한국관광자원총람』(한국관광공사, 1985), 『전주 · 완주지역문화재조사보고서』(전북대학교박물관, 1979), 디지털 논산문화대전(http://nonsan.grandculture.net/)

동학항쟁 기념비

마천대(대둔산 정상부)

동심 휴게소

케이블카 종점

동심바위

삼선계단과 마천대

삼선계단

말로만 듣던, 처음 가보는 대둔산이다. 멋지다는 얘기를 너무 많이 들어서 유난히 설렘이 가득한 출발이다. 드디어 주차장에 도착하여 산행코스를 다시 한번 확인하고 매표소가 있는 방향으로 산행을 시작한다. 조금 걷다 보니 케이블카가 지나는 것이 보이는데 우리는 걸어서 올라갈 예정이다. 입구에 다다르니 부패한 조정과 일본군에 맞서 싸운 동학군의 희생을 기리는 동학혁명 대둔산항쟁 기념비가 있다. 여기서부터 본격적으로 산행이 시작되는데 날씨가 좋아서 벌써부터 땀이 나기 시작한다. 체온조절을 위해서 겉옷은 벗어 가방에 넣고 가벼운 몸풀기를 한 후 산행을 시작한다. 대둔산 입구에는 삼각형 모양의 바위에 솟아나서 자란 특이하게 생긴 고목이 있다. 바위에 벌써부터 초록 이끼가 돋아나 봄이 오는 것을 느끼게 해준다. 바위로 이루어진 산길을 오르다 보면 마치 고인돌처럼 생긴 커다란 바위도 지나고 동심 휴게소를 마주한다. 동심 휴게소에는 수많은 산악회 리본들이 마치 성황당처럼 매달려 있다. 동심 휴게소를 지나면 바로 급경사가 시작되는데 커다란 기암괴석과 너덜길이 인상적이다. 급경사를 오르다 보면 동심바위가 나오는데 신라 문무왕 때 국사 원효대사가 이 바위를 보고 발길이 떨어지지 않아 3일을 바위 아래서 머물렀다고 하여 동심바위라 부른다고 전한다.

　동심바위를 지나면 바로 케이블카를 타고 내리는 곳과 마천대 정상으로 바로 올라가는 삼거리가 나온다. 잠시 휴식을 취하고 마천대로 가기 위해 삼선계단 방향으로 발길을 옮긴다. 케이블카 휴게소를 돌아서 가는 길에 마치 문지기처럼 우뚝 서 있는 바위와 마주하게 되고, 그 아래는 병풍처럼 둘러싸인 기암괴석으로 천 길 낭떠러지다. 아찔한 기분을 뒤로하고 계단을 올라 드디어 그 유명한 삼선계단을 마주한다. 삼선계단은 일방통행으로 올라가는 곳이며, 움직일 때마다 출렁거려 심장이 쫄깃해진다. 고소공포증이 있는 나는 다리가 후들거리고 심장이 콩닥거린다. 딱 한 사람만 지나갈 수 있는 곳이라 그냥 위만 보고 발을 옮기는 것이 최선이다. 고소공포증이 심하다면 삼선계단은 고려해봐야 할 것이다.

삼선계단이 놓인 높은 암벽에는 다음과 같은 전설이 전해온다. 고려 말기 한 재상이 딸 셋을 데리고 여기에 들어와 망해가는 나라를 한탄하며 평생을 보내다가 재상의 딸이 선인으로 변하여 이 바위가 되었다고 하는데, 마치 능선 아래를 내려다보며 지키는 모습과 같아 삼선바위가 되었다고 한다.

삼선계단을 오르면 바로 금강구름다리를 만나는데 아래가 훤히 내려다보여 다리가 후들거린다. 금강구름다리도 걸을 때마다 출렁거려 심장이 두근거린다. 금강출렁다리를 지나쳐 코너를 돌면 바위로 된 급경사가 약 150m쯤 계속되는데 지나치면서 보이는 멋진 기암괴석과 조릿대가 아름답다. 급경사를 올라 좌측으로 150미터만 가면 정상인데 바위에서 내려다보이는 금강구름다리는 한 폭의 멋진 그림이다. 이른 봄인데도 급경사를 오르는 내내 땀방울이 흘러내린다. 드디어 마천대에 올랐다. 정상에서 바라보는 경관은 명산이라는 것을 실감하게 한다. 코스를 좀 더 길게 잡고 종주를 했어야 하는데 아쉬운 마음이 크다. 좌우를 바라보면 기암괴석이 웅장하여 감탄사가 절로 나온다. 그러나 아쉬움을 뒤로하고 일정대로 주차해놓은 곳으로 원점회귀한다. 정상에서 바라보는 금강구름다리가 작게 보인다. 일방통행 길이 있어 올라왔던 길과 겹치지 않는 곳도 조금씩 있다. 그렇지만 역시 하산하는 길도 급경사이다. 하산하여 주차장에서 대둔산을 바라보며 다시 한번 찾아야겠다는 다짐을 한다.

대둔산은 기암괴석으로 사시사철 수려한 경관을 자랑하지만 겨울에는 눈꽃이, 가을에는 단풍이 아름다워 수많은 산객들이 찾는 명소이다. 특히 낙조대의 일몰 광경이 빼어나며, 6·25전쟁 때의 격전지였던 월성고지, 철모봉, 매봉, 깃대봉 등의 경관도 훌륭하다. 그밖에 진산의 태고사와 벌곡의 신고운사 등이 있었으나, 6·25전쟁 때 소실되었다.

★ 겨울철 산행 시 주의사항 - 겨울 장갑

겨울철 산행에서 빠질 수 없는 소품 중 하나가 바로 장갑이다. 손을 주머니에 넣고 다니는 것은 매우 위험하므로 안전한 산행을 위해 반드시 장갑을 끼고 보온과 위험으로부터 안전하게 산행을 하도록 한다. 장갑도 역시 얇은 것과 두꺼운 것, 여벌 장갑을 준비하여 젖었을 경우에 대비한다.

53.
단양 8경의 중심에서
- 도락산(964m)

도락산(965.3m)은 소백산과 월악산의 중간쯤에 형성된 바위산으로 현재 일부가 월악산국립공원 범위 내에 포함되어 있다. 도락산이라고 산 이름을 지은 이는 바로 우암 송시열 선생이다. '깨달음을 얻는 데는 나름대로 길이 있어야 하고 거기에는 필수적으로 즐거움이 있어야 한다'라는 뜻에서 산 이름을 지었다는 우암의 일화가 전해온다.[3]

약 두 시간 반을 달려 충북 단양 도락산 입구 상선암탐방지원센터 도착. 이제 막 초록으로 덮이는 도락산을 찾아서 보기만 해도 눈이 상큼한 자연을 느껴본다. 모두들 가볍게 몸풀기 체조를 하고 단체사진으로 인증샷을 찍은 후 한자로 적힌 '道樂山' 표지석을 지나 산행을 시작한다. 유난히 야생화가 많은 도락산은 시선이 머무는 곳마다 탄성을 자아낸다. 탐방로 입구에는 금낭화, 봄맞이꽃, 꽃잔디로 아름답게 꾸며놓았다. 이제 막 봄이 찾아온 도락산에서 나뭇가지마다 피어나는 새순이 참 새롭고 아름답다. 어느 정도 경사진 곳을 지속적으로 한 시간 반가량 올라가면 멋드러진 굵은 소나무가 그늘을 만들고 바위들이 쉼터를 제공하는 곳이 나온다. 거기서 간단하게 간식을 하고 땀을 식힌다. 중간중간 고운 연둣빛 경치들이 어찌나 눈부시게 고운지 고단함은 금방 힐링이 된다.

---

3   월악산국립공원(http://worak.knps.or.kr/)

도락산 입구

바위와 소나무

고인돌바위

커다란 바위를 평생 등에 지고도 죽어서도 감당하는 주목은 바위와 어우러져 마치 거북이와 같은 모양을 하고 있다. 바위 위에 한 그루 솟아나 자란 소나무가 꿋꿋한 기개를 자랑한다. 도락산은 유난히 명품 소나무가 많다. 철쭉의 새순도 가던 발길을 멈추게 하고, 고인돌 닮은 바위도 있고, 도락산 삼거리 앞 마당바위처럼 넓은 바위 위의 웅덩이 안에는 개구리 가족이 살림을 차렸다. 이 우물은 숫처녀 우물이라고 하는데, 인터넷에서 검색하다 보니 숫처녀가 물을 퍼내면 금방 소나기가 와서 채워진다는 전설이 있다고 한다. 믿거나 말거나 재미있는 전설이다. 이 우물에 대여섯 마리의 개구리와 수많은 올챙이들이 올망졸망 살고 있다.

마당바위

도락산 정상석

병풍바위

도락산에서 제일 전망이 좋다는 마당바위를 지나 드디어 정상에 도착했다. 도락산 정상석 앞에는 벤치가 하나 있다. 명산 인증사진을 찍고 정상 아래 적당한 자리를 찾아 일행들과 준비한 점심을 먹고 잠시 담소를 나누며 자연 속에서 힐링을 한다. 시원하게 불어오는 봄바람은 도락산의 정기를 실어주는 것만 같아서 기운이 샘솟는 것 같다. 병풍처럼 둘러쳐진 멋진 암벽과 고사한 소나무가 모진 세월을 말해준다. 하산하며 뒤돌아보니 웅장한 신선봉이 조망된다. 하나의 커다란 바위로 만들어진 길을 따라 걷다 보면 멀리 기암괴석으로 된 선바위가 멋지게 말없이 길을 지키고 있다. 큰 선바위까지 가는 길은 암릉도 많고, 고사목의 멋진 모습과 멋진 조망터가 많아 스릴 넘치고 볼거리가 많아 산행의 즐거운 묘미가 가득하다.

약 4시간 반에 걸쳐 도락산 산행을 마치고 단양팔경 중 하나인 사인암에도 잠시 들러 감상하였다. 좋은 봄날에 얻은 선물 같은 봄맞이 도락산 산행을 마무리한다.

약간은 급경사와 암벽이 있는 코스로, 아기자기한 바위와 갖가지 명품 소나무들이 초록으로 시작되는 봄빛과 함께 다양한 볼거리를 제공하는 도락산은 북으로는 사인암이 서로는 상선암, 중선암, 하선암 등 이른바 단양팔경의 4경이 인접해 있으므로 주변 경관이 더욱 아름답다. 단양군수를 지낸 퇴계 이황 선생도 절경에 감탄했다고 전하는 도락산에 한번 다녀오면 좋겠다.[4]

★ 겨울철 산행 시 주의사항 - 고글

겨울철에는 설경을 보기 위해 산을 찾는 경우가 많다. 새하얗게 쌓인 눈은 아름답기 그지없지만 눈이 부셔 등산에 방해가 되고 설맹 위험이 있을 수 있으니 고글을 하나쯤 준비하는 것이 바람직하다.

---

4 월악산국립공원(http://worak.knps.or.kr/)

보석처럼 아름다운 일곱 개의 봉우리

- 칠보산(778m)

칠보산은 해발 778m의 산으로 쌍곡구곡을 사이에 두고 군자산과 마주하고 있으며 일곱 개의 봉우리가 보석처럼 아름답다고 하여 칠보산이라 하는데 옛날에는 칠봉산이었다 한다.[5] 원래 칠보산은 블랙야크 100대 명산에 포함되지 않았지만 희양산이 빠지면서 100대 명산으로 선정이 되었다.

떡바위에서 시작하는 칠보산은 그다지 높지 않고 아기자기한 맛이 있는 명산이다. 떡바위 등산로 입구는 작은 다리를 건너야 하는데 바로 아래엔 계곡에 물줄기가 시원스레 흐르고 있다. 아마 계곡이 좋아서 더욱 많은 사람들이 찾는 명소가 아닌가 싶다. 이른 시간인데 벌써 물놀이하는 어린이들과 산객들이 더러 보인다. 7월 무더운 날에 보기만 해도 시원스럽게 느껴진다. 몇 개의 계단을 올랐을 뿐인데 땀방울이 송글송글 맺혔다. 샛노랗게 핀 원추리꽃이 정겹게 느껴지고 겹겹이 쌓아올린 듯한 바위가 멋지다. 활짝 핀 싸리꽃엔 꿀벌들이 모이고 보라색 고운 빛이 참 예쁘다. 힘든 줄 모르고 담소 나누며 걷다 보니 어느새 청석재에 도착했다. 잠시 쉬며 시원한 얼음물에 목을 축인다. 청석재에서 조금 올라가면 멋진 경관을 조망할 수 있는 넓은 암릉이 나오고 칠보산의 포토존이 바로 여기다. 여기저기 많은 사람들이 인증을 남기기에 여념

---

5   속리산국립공원(http://songni.knps.or.kr/)

이 없다. 바람은 더운 열기를 식혀주기에 더없이 좋으며 탁 트인 시야는 마음마저 개운하게 한다.

이제 정상이 얼마 남지 않았다. 비가 온 뒤라 습도가 높았지만 바람이 솔솔 불어 생각보다 덥진 않다. 오히려 깨끗해진 하늘빛이 참 곱게 느껴진다. 맑게 갠 산자락 끝에 걸린 구름이 운치 있어 보기 좋다. 한 폭의 그림처럼 멀리 산이 겹겹이 바라다보이고 순해 보이는 산등성이가 아름답게 느껴지는데 바위에서 자라던 고사목이 멋지게 모습을 드러낸다. 멋진 광경에 다들 줄을 서서 사진을 찍는다. 얼마나 많은 사람들을 지켜주고 바라봐왔을까? 소나무와 맑은 가을 하늘 같은 청명한 하늘이 멋지게 어우러졌다. 땅에서 드러난 소나무 뿌리도 멋지게만 보인다.

칠보산 정상석

드디어 정상이다. 산책코스같이 착한 칠보산에 오르니 시원한 바람이 땀을 식혀준다. 명산 인증을 위해 줄을 서서 사진을 찍고 정상에서만 느낄 수 있는 여유를 누리며 칠보산의 하늘과 산 능선들을 아낌없이 담아본다. 휴식을 마치고 하산길에 접어든다. 왔던 길을 그대로 원점회귀할 때는 종주하지 못하는 아쉬움이 남지만 더운 여름철에는 어쩌면 장거

겹바위

소나무 아래 각연사

리보다 단거리로 가볍게 하는 산행도 좋은 것 같다. 건강을 위해 하는 산행이 더위로 인해 무리가 되면 안 되니 간단하게 먹거리를 준비하여 가볍게 산행을 하고 계곡이 좋은 곳에서 발을 담그고 휴식하는 코스도 더없이 좋겠다. 하산할 때는 올라갈 때 미처 찍지 못했던 작은 폭포를 담아본다. 이른 하산으로 근처의 커피숍에 들러 시원한 냉커피에 담소를 나눈다. 우연히 들른 미선나무 농장 겸 커피숍은 야생화로 아기자기하게 잘 꾸며놓아 안 그래도 꽃이라면 먼 거리도 찾아가서 보는지라 참새가 방앗간을 그냥 지나치랴, 이것저것 사진 찍으며 더운 날에도 불구하고 구경하기에 여념이 없다. 미선나무농장은 칠보산의 보너스다.

칠보산은 원래 7개의 봉우리로 이루어져 있으나 가만히 들여다보면 열다섯 개의 크고 작은 봉우리로 이루어져 있다고 한다. 몇 발자국만 옮기면 봉우리 하나를 오르고 내릴 수 있는 곳이며, 아기자기한 예쁜 산으로 힘겹지 않고 계곡을 끼고 등산로가 있어 여름에 가기에 더없이 좋은 산인 것 같다.

더운 여름에는 장거리 산행보다 이렇게 짧지만 시원한 계곡이 있고 완만한 산행을 추천한다.

★ 겨울철 산행 시 주의사항 - 뜨거운 물

산행을 하다 보면 휴식을 위하여 잠시 산행을 멈추는 경우가 있다. 아무리 겨울철이라고 하더라도 산행을 하다 보면 땀이 나고, 잠시라도 쉬게 되면 땀에 젖은 옷이 체온을 떨어뜨린다. 이때 뜨거운 차나 온수는 체온이 떨어지는 것을 막을 뿐만 아니라 소모된 열량을 올리는 효과도 있다. 겨울철 산행 시 한잔의 뜨거운 커피만으로도 큰 행복감을 느낄 수 있다.

55.

보랏빛 수달래의 여운처럼

- 천태산(714.7m)

　해발 714.7m의 천태산에는 양산팔경이 시작되는 제1경 영국사가 있으며, 4개의 등산코스로 이루어져 있고 특히 75m의 암벽 코스는 천태산의 빼놓을 수 없는 매력적인 코스다.[6]

　천태산 입구에는 아름다운 경치에 어울리는 시들이 전시되어 있다. 바위가 많은 산임을 암시라도 하듯 입구부터 기암괴석이 시선을 사로잡는다. 조금 오르니 커다란 바위가 있는데 주름이 많아서 삼신할멈바위라 한다. 주름 같은 바위틈에 돌을 던져서 떨어지지 않으면 삼신할미가 자식을 점지해준다는 소문이 있으며, 아직도 그 덕에 아이를 가졌다고 하는 사람들이 많다고 안내표지판에 적혀 있다. 등산로 입구에는 삼단폭포가 있는데 가물어서 그런지 물은 많지 않았지만 삼단으로 이루어져 있는 것이 비가 오면 장관일 듯하다.

　때죽나무꽃이 하얀 별처럼 매달려 있다. 잠시 걸으니 영국사가 보이고 그 앞의 커다란 은행나무도 조망된다. 영국사는 고려 문종 때 원각국사가 창건한 절로 당시에는 국청사라고 했으며 그 후 공민왕이 홍건적의 난을 피해 이 절에 와서 기도를 드린 뒤 국난을 극복하고 나라가 평온하게 되었다 하여 영국사로

6　영동 문화관광(http://tour.yd21.go.kr/)

고쳐 불렀다고 한다. 영국사 앞에는 무려 천 살이나 먹은 은행나무가 있는데 높이는 31m, 둘레는 11m, 가지는 2m에서 갈라져 있으며 동서 방향으로 25m나 되는 거대한 나무다. 사람이 15명이 둘러서야 감쌀 수 있는 커다란 나무로, 나라가 위태로울 때마다 소리 내어 운다고 하는데 앞으로는 절대로 울 일이 없기를 기도해본다.[7] 나는 7월에 방문하여 아름다운 단풍을 볼 수 없었지만 아마 이 은행나무가 노랗게 물들면 장관일 것이다. 인터넷에서 사진을 찾아보니 아름답기 그지없다. 그러나 초록이 무성한 은행나무도 그늘을 만들며 거대한 자태를 뽐내면서 우뚝 서 있어 멋지기만 하다.

A코스에서 맨 처음 만나는 암릉 구간이다. 여기서부터 암릉 시작 구간이라 보면 될 것 같다. 나즈막한 암릉을 타고 올라오면 멀리 보이는 조망이 시원스럽다. 덩그러니 올라앉은 작은 바위와 바위틈의 나무 한 그루가 왠지 서로 의지하고 있는 듯하다. 오랜 세월을 저렇게 마주 보며 폭풍우도 견뎌왔겠지!

드디어 천태산의 묘미 75m의 암릉 구간이다. 여기는 거의 90도 경사로 팔힘이 약하거나 산행이 익숙하지 않은 사람이라면 우회로가 있으니 우회로로 가기를 권유한다. 사실 우회로도 그렇게 완만하지는 않지만 75m 암릉 구간보다는 덜 위험하니 우회를 하라는 것이다. 무엇보다 안전이 최우선이니 말이다.

삼신할멈바위   삼단폭포   영국사 은행나무

7   영국사 은행나무 안내표지판

영국사

천태산 75m 암릉

천태산 정상석

아래서 올려다보는 암릉 구간은 조금은 두려워 보인다. 그러나 막상 오르면 그리 어렵게 느껴지지 않는 건 이런 곳에서 스릴과 매력을 느끼는 호기심 탓일 게다. 암릉을 오르면 바로 앞에 마주하게 되는 작은 바위가 있는데 딱히 이름이 없어 흔들바위라 부르기로 우리끼리 잠정적으로 정했다. 75m 아래로 조망되는 경관은 어찌나 멋있는지, 다음에 또 온다면 다시 이곳으로 탐방해야지 하는 생각을 해본다. 암릉 아래 벼랑 끝에 하얀 도라지가 꽃을 피웠다. 벼랑에서 자라지 않았으면 벌써 누군가 캐 갔겠지만 위험한 구석에 소담스럽게 자란 도라지는 제법 여러 개가 군데군데 예쁜 꽃을 피우고 있었다. 도라지뿐만 아니라 꿩의다리도 활짝 피어 있다. 산에서 이름 모를 작은 식물들도 나름 제 할 일을 다하고 있는 것을 보며 생명력의 위대함을 느껴본다.

정상 바로 아래 소원을 비는 정성돌탑이 있는데 수많은 사람들이 소망 하나씩 얹어놓고 간 이 나무는 허리가 휘겠다는 생각이 문득 들었다. 많은 등산객들이 쉬었다 감 직한 이 나무도 마치 의자 같이 휜 나무가 정상을 코앞에 두고 늘어져 있었다.

드디어 정상이다. 특이하게 이곳에는 천태산을 사랑하는 사람들이 만들었다는 방명록도 있다. 다음에 가면 남기고 온 흔적을 찾아봐야지. 일행은 흔적 한 줄씩 남기고 인증사진까지 촬영 후 땀을 식혀본다.

하산길은 D코스로 잡았다. 참고로 B코스는 폐쇄되어 있었다. D코스로 가는 길은 조망이 정말 멋지다. 너른 바위마다 흔들바위처럼 생긴 바위 하나 얹어두고 세월을 노래한다. 바위 사이에 뿌리를 내린 나무도 바위의 오랜 친구가 되었겠구나 싶다.

알알이 속을 채워가는 도토리도 꿈을 갖고 영글어간다. 산길을 따라 걷는 우리도 완등의 꿈을 이루어간다. 하산길에 마주하는 바위들도 어쩌면 저리 제각각 멋진 자태를 자랑하는지 하나하나 지나치지 못하고 열심히 담아본다. 산행 중에는 되도록이면 가끔 뒤돌아보고 시선을 바라보길 권한다. 그러면 모르고 지나쳤던 멋진 그림이 새삼스럽게 눈에 들어오는 것을 깨닫는다.

하산길에 만난 기암괴석들

정상 근처의 바위는 마치 병풍처럼 멋있다. 지나치면 또 멋진 바위들이 시선을 사로잡고 금방 또 다른 기암괴석이 눈을 즐겁게 한다. 천태산은 기암괴석으로 많은 사람들의 기억에 남을 만한 볼거리를 제공한다. 마치 도랑처럼 패인 바위 사이에 작은 소나무가 뿌리를 내리고 완만한 바윗길도 즐거움의 묘미를 더해준다.

바윗길이 끝나면 살방 계단길이 조금 나오고 하산길은 거의 완만하게 산책 코스처럼 이어지고 흰여로와 원추리, 담쟁이가 아름답다. 소나무를 타고 올라간 담쟁이는 송담이라 하여 원기회복에 좋은 약초로 쓰인다고 한다.

어느새 다 내려와 접시꽃이 한창인 영국사 뜰을 지나 누리장나무의 화려한 자태를 감상하고 다시 한번 천년을 자랑하는 커다란 은행나무를 감상하고 천태산의 산행을 마무리한다.

천태산은 암릉 코스가 매력이고 커다란 바위들이 끊임없이 나타나 지루하지 않은 곳으로, 오늘은 바람이 없어서 많이 덥기는 했지만 하산길이 아주 완만하여 좋았다.

은행잎이 노랗게 물드는 가을이 되면 다시 한번 찾아서 미처 보지 못한 폭포나 바위들을 찾아보려 한다. 천태산의 명물 중 하나인 상어바위도 놓치지 않고 보기를 권한다.

★ 겨울철 산행 시 주의사항 - 스틱

눈이 많이 덮인 산에서 절대적으로 필요한 소품이 있는데 그것은 바로 스틱이다. 신체의 무게를 분산시켜 무릎을 보호하는 효과도 있고, 얼음과 많은 눈으로 인한 미끄럼 방지에도 스틱은 반드시 필요하다. 최근에는 가벼운 소재를 써서 자동으로 펼쳐지게 만든 우수한 품질의 스틱이 있어 초보자도 손쉽게 활용할 수 있다. 안전사고를 예방하는 소품 중 하나로, 산행 시 계절 없이 스틱은 꼭 준비하도록 한다.

56.

이끼계곡을 따라서

- 가리왕산(1,560.6m)

   가리왕산은 높이 1,561.9m로 북서쪽에 백석산(白石山, 1,365m), 서쪽에 중왕산(1,376m), 동남쪽에 중봉(1,433m)과 하봉(1,380m), 남서쪽에 청옥산(靑玉山, 1,256m) 등이 솟아 있다. 옛날 맥국(貊國)의 가리왕(加里王)이 이곳에 피난하여 성을 쌓고 머물렀으므로 가리왕산이라 부른다고 하며, 북쪽 골짜기에 그 대궐 터의 흔적이 남아 있다.[8] 이른 아침부터 서둘렀지만 한참 여름 휴가철이라 차가 밀려 예상보다 늦게 도착했다. 가뭄이 심할 때라 계곡은 큰 기대를 하지 않고 갔는데 차에서 내리는 순간 계곡의 많은 맑은 물이 폭포처럼 쏟아져 기분이 좋아졌다. 계곡을 따라 시작되는 가리왕산을 올라보자.

   가리왕산은 이끼계곡으로 유명해서 많은 등산객들이 찾는 곳인데 우리도 오늘 그 고운 이끼를 보려고 달려왔다. 그것 하나만으로도 이번 산행은 모든 걸 보상받기에 충분했다. 연이어진 계곡을 따라 등산로가 조성되어 있어서 올라가는 발걸음이 가볍다. 등산로에는 참좁쌀풀, 산수국, 노루오줌꽃 등 야생화가 활짝 피었다. 계곡을 따라 초록이끼가 바위마다 예쁘게 자랐다. 차가 밀렸지만 몇 시간 동안 먼 거리를 온 보람이 있다. 너무 시원하고 청명한 것이, 이게 바로 여길 찾는 이유구나 싶다.

---

8 『한국지명요람』(건설부 국립지리원, 1982), 「한국에서의 실루리안 코노돈트 발견」(이하영, 『지질학회지』 16-2, 1980)

이끼가 가득한 계곡은 다양한 폭포수처럼 물줄기가 흘러내리고 작은 바위취들이 이끼 사이에서 자라나 꽃을 피우고 있다. 1폭포부터 계속되는 작은 폭포들은 끊임없이 가던 발걸음을 멈추게 한다. 하나하나 특이한 모양으로 형성된 바위와 이끼들이 어우러져 관광명소라는 것을 상기시켜준다. 물은 또 얼마나 차가운지, 여름 산속이라도 마치 겨울 물처럼 차갑다. 오래 손을 담그고 있으면 손이 시리다.

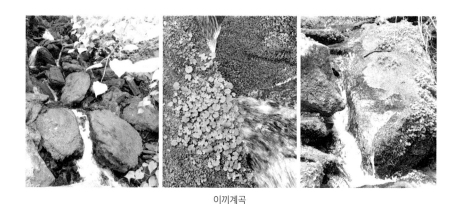

이끼계곡

가리왕산의 정상석과 돌탑

여름에는 역시 강원도 쪽으로 코스를 잡는 것이 최고다. 이끼는 덮이고 차가운 물줄기에 발만 담가도 큰 보상으로 남는다. 이런 계곡이 끝나면 급경사를 만나고, 조금 더 오르면 임도가 나온다. 임도를 사이에 두고 바위로 만들어진 계단을 따라 정상 바로 아래까지 본격적인 난코스가 이어진다.

정말 신기한 것은 바위틈마다 마치 선풍기 바람처럼 시원한 바람이 끊임없이 나온다는 것이다. 덕분에 시원하게 올라간다. 가리왕산의 높이가 높고 산이 깊다 보니 전화 수신이 잘 안 되어, 어떤 위치에 가면 팻말에 친절하게 '전화 되는 곳'이라고 표시를 해놓았다. 끊임없이 급경사가 계속된다. 도중에 다래넝쿨이 있는데 다래가 주렁주렁 달렸다. 그러나 아직은 익지 않아서 못 먹는다. 추석 무렵이 되어야 익어서 먹을 수 있다. 가을에 이걸 따먹으러 또 와야 하나. 빙그레 미소가 난다. 가리왕산은 높은 곳인 만큼 큰 주목이 많이 있는데 보호수로 지정을 해놓았다. 어떤 나무는 쓰러져 있는 것 같은데도 아직 잎이 무성하다. 가리왕산에는 다양한 나무들도 많지만 야생화도 많은데 도라지모시대, 동자꽃, 둥근이질풀, 구실바위취, 산수국, 산꿩의다리, 제비나비, 줄나비, 노루오줌(아스틸베), 산수국, 봄에 꽃피우고 난 미나리아제비 열매, 박화꽃, 물레나물, 말나리 잎 등 오늘 본 것만도 14종 이상이다. 바위고 나무고 모두 이끼투성이다. 그만큼 습도가 높다는 말도 된다.

다양한 주목과 야생화를 보며 걷는 산길은 급경사에도 감탄사를 연발하게 한다. 갖은 포즈로 사진을 찍어서 기록을 남기고 자연의 신비로움에 숙연해진다. 잠시 쉬면서 간식으로 에너지를 충전하고 얼마 남지 않은 정상으로 향하며 다시 한번 도전의 발걸음을 옮긴다.

드디어 정상이다. 고지대로 바람이 많이 부는 곳이라 큰 나무는 별로 없다. 동서남북으로 훤히 보이는 조망이 참 시원스럽다. 오늘도 역시 바람이 많이 불고 나지막한 나무와 풀들이 목장 같다. 가리왕산 정상은 공터가 제법 넓다. 정상에는 돌을 쌓아서 만든 돌탑이 있고 좌측으로 정상석이 있는데 앞에는 '加里旺山'이라고 한자로 적혀 있고 뒷부분에는 정선군 산악협회 1990년 10월이라고 한자로 쓰여 있다. 아마도 가리왕산을 사랑하는 정선군 산악협의회에서 만든 정상석인 듯하다. 가리왕산 정상에서는 청태산, 태기산, 오대산, 계방산, 두타산, 청옥산, 함백산 등이 조망되며 강원도 명물인 풍력발전소도 조망된다. 동서남북으로 사방이 탁 트인 정경은 어딜 봐도 시원스러움이 느껴진다.

가리왕산의 주목들

가리왕산 100명산 인증 후 삼거리 쪽으로 내려가 바람이 적은 곳에 자리를 잡고 각자 싸 온 도시락을 먹는다. 무더운 여름에 시원한 바람이 있는 산 정상에서 식사하는 맛은 먹어보지 않은 사람은 짐작하기 어려울 것이다. 식사 후 아이스커피 한잔은 그야말로 금상첨화라고 해야 하나. 개운하게 커피 한잔을 마시고 올라왔던 곳으로 다시 하산한다. 하산하면서 보호수로 선정된 주목들을 감상한다. 살아 천년, 죽어 천년을 간다는 주목은 속이 텅 비어 있어도 초록을 자랑한다.

웅장하고 멋진 주목을 뒤로하며 야생화가 많은 산행로를 따라 가리왕산에서 하산을 진행한다. 하산하는 길에 보이는, 인위적으로 가꾼 듯한 예쁜 화단 같은 모습에 문득 떠오른 시 한 구절 '내려올 때 보았네. 올라갈 때 못 본 그 꽃'이 생각난다.

가리왕산에는 처음 가봤는데 여름에 가기 좋은 듯하다. 계곡 따라 조성된 등산로라 시원하고, 강원도라 기본 온도가 다른 지역보다 낮으니 시원하게 산행할 수 있다. 심지어 가만히 앉아 있을 때는 추워서 겉옷을 걸쳐야 할 정도니 고도가 높은 만큼 준비도 사계절 없이 철저히 해야 한다는 생각을 해본다. 중간에 급경사가 지속되는 코스니 무릎보호대나 스틱도 반드시 준비하는 것이 좋다.

시원한 계곡과 아름다운 이끼계곡, 찬바람 솔솔 불어오는 바위틈새 바람, 산림청과 블랙야크 100대 명산 지정으로 널리 알려진 가리왕산에는 각종 수목이 울창하고 산삼을 비롯한 약초, 산나물이 풍부하다. 청명한 날에는 정상에서 동해바다가 보이며, 회동계곡의 깨끗한 물과 가리왕산 자연휴양림(1993) 통나무집에서의 숙박이 오는 이들의 발길을 붙잡는 곳이다. 회동계곡은 용탄천의 발원지로 맑은 물에는 천연기념물인 열목어가 서식하고 있고, 봄에는 주변의 철쭉이 유명하다.[9] 여름이 되면 가리왕산을 한번 찾아가보자.

★ 겨울철 산행 시 주의사항 - 여벌 보조배터리

날씨가 차가워지면 핸드폰의 배터리가 빨리 닳고 반면에 충전도 잘되지 않는다. 따라서 여벌 보조배터리는 반드시 필요하고 혹시라도 길어진 산행에서 랜턴의 효과까지 기대한다면 보조배터리를 꼭 확인하고 준비하도록 한다. 만약 응급상황 발생 시 핸드폰에 배터리가 없다면 구조요청뿐 아니라 랜턴으로 활용도 할 수 없기에 보조배터리는 매우 중요한 소품이라고 할 수 있다.

---

9 http://www.ariaritour.com/, http://www.forest.go.kr/

57.

12개의 폭포길

- 내연산(711m)

내연산은 높이 711.3m이며 태백산맥의 줄기인 중앙산맥에 있는 산으로 원래는 종남산(終南山)이라 하였으나 신라 진성여왕이 이 산에서 견훤(甄萱)의 난을 피한 뒤로는 내연산이라 부르게 되었다. 신증동국여지승람에는 '이 산에 대·중·소 세 개의 바위가 솥발처럼 벌어져 있는데, 사람들이 삼동석(三動石)이라고 한다. 손가락으로 건드리면 조금 움직이지만 두 손으로 흔들면 움직이지 않는다'라고 기록되어 있다. 산록을 흐르는 광천(廣川)의 상류에는 협곡이 형성되어 기암괴석과 폭포가 많아 계곡미가 수려하다. 병풍암(屛風巖), 문수암(文殊巖), 삼구석(三龜石), 삼동석, 견성대(見性臺), 향문대(鄕文臺), 사득대(捨得臺), 승암(僧巖), 선일암(仙逸巖), 비하대(飛下臺), 어룡대(魚龍臺), 연산암(延山巖), 기화대(妓花臺), 학소대(鶴巢臺) 등의 기암과 용추폭포(龍湫瀑布), 상생폭(相生瀑), 삼보폭(三步瀑), 보현폭(普賢瀑), 무봉폭(舞鳳瀑), 관음폭(觀音瀑) 등 12폭포가 있어 소금강(小金剛)이라 불리고 있다.[10]

워낙 먼 거리라 아예 밤늦게 출발했다. 지인들과 삼삼오오 모여서 봉고 하나에 몸을 싣고 포항으로 내달렸다. 리딩은 포항에 살고 있는 고향 친구가 해줄테니 이번에는 인터넷 공부 없이 떠난다. 믿는 구석이 있다는 것은 참 좋은 것

---

10 『경상북도의 자연적 기초』(홍경희 · 조화룡, 경상북도사, 1983), 『한국지명요람』(건설부 국립지리원, 1982)

같다. 새벽에 도착하여 바닷가에 차를 주차하고 떠오르는 태양을 바라보며 따끈한 컵라면으로 아침을 때운다. 드디어 포항 친구도 구미 친구도 그리고 영천 형님도 도착해서 서로 인사 나누고 출발한다.

　보경사 일주문 앞에서 단체사진을 찍고 12개의 폭포가 흐른다는 내연산을 오른다. 계곡을 따라 걷는 길은 좋은 사람들과의 동행이라 더욱 행복감이 크게 느껴진다. 보경사는 신라 진평왕 때 일조대사(日照大師)가 인도에서 가져온 팔면경(八面鏡)을 묻고 세웠다는 절로, 경내에는 고려 때 이송로(李松老)가 지은 원진국사비(圓眞國師碑, 보물 제252호)와 사리탑(舍利塔, 보물 제430호), 숙종어필 등이 있다.[11]

상생폭포

보현폭포

잠룡폭포

무풍폭포

11 『한국민족문화대백과사전』(http://encykorea.aks.ac.kr/)

때죽나무꽃이 한창이다. 계곡물에 동동 떠내려가는가 하면 데크 위로 하나 둘씩 떨어지면서 존재감을 드러낸다. 첫 번째 상생폭포가 눈앞에 나타난다. 소는 넓고 물길은 짧으나 양 갈래로 흐르는 물줄기에는 가뭄에도 불구하고 제법 많은 물이 흘러내린다. 두 번째 폭포는 보현폭포인데 기암괴석으로 둘러싸여 있고 절벽 안쪽으로 물줄기가 흐르고 있어서 산행로에서는 볼 수가 없었다. 세 번째 폭포는 물길이 세 갈래라는 삼보폭포이며, 이곳도 등산로에서는 물줄기를 볼 수 없다. 보현사를 지나면 네 번째 폭포인 잠룡폭포를 지나는데 아직 승천하지 못하고 물속에 숨어 있는 용이란 뜻을 가지고 있단다. 다섯 번째 폭포는 무풍폭포라고 바람을 맞지 않는 폭포라고 하는데 폭포 아래 30여 미터에 걸쳐 암반 위를 뚫고 형성된 아주 좁은 바위틈으로 물이 흐르다 보니 이런 명칭을 붙인 것 같다고 안내판에 적혀 있다. 여섯 번째 관음폭포는 구름다리를 끼고 흐르는데 기암괴석에 커다란 동굴처럼 생긴 구멍이 여러 개 나 있고 소도 깊고 넓어 그 장엄함에 감탄사가 저절로 나온다. 일곱 번째 폭포는 연산폭포인데 다리를 건너자마자 옆쪽으로 세찬 물길을 뿜어내고 있다. 연산폭포는 내연산 12개 폭포 가운데 가장 규모가 큰 폭포이며 정시한의 산중일기에서 내연폭포라고 불렀다 한다. 내연산에서 내를 뺀 이름으로 연산폭포가 되었다. 은폭포로 오르는 길에는 학소대가 있는데 기암절벽 위에 멋진 팔각정으로 전망대가 세워져 있다. 여덟 번째 은폭포는 여성의 음부를 닮아서 음폭이라 하다가 상스럽다 하여 은폭으로 고쳐 불렀다고 한다. 용이 숨어 산다 하여 흔히 숨은 용치라고도 하는데 이에 근거하여 은폭으로 불렀다고 안내판에 적혀 있다.

그 이후에도 제1·2복호폭포와 실폭포, 시명폭포가 있는데 다 사진으로 담을 수는 없었다. 내연산은 그 폭포 이외에도 기암괴석과 계곡이 장관이다. 이렇게 12개의 폭포를 감상하며 향로봉에 도착하였다. 향로봉에 도착하여 인증 사진을 촬영하고 저마다 싸 온 도시락을 펼치니 진수성찬이 따로 없다. 향로봉에서 삼지봉으로 가는 길은 완만하고 잔잔한 오솔길로 경관도 평화롭기 그

관음폭포

선일대

연산폭포

학소대

은폭포

지었다. 삼지봉으로 가는 길에 은방울꽃이 군락지를 이루고 있는 곳이 있어 사진에 담아본다. 간혹 은방울꽃과 비슷한 윤판나물이 섞여 있는데 윤판나물은 둥굴레와도 비슷하다. 간혹 둥굴레로 착각하여 식용으로 채취하는 경우도 있다. 어린잎은 나물로 먹거나 국을 끓여 먹기도 하고 뿌리는 석죽근이라고 하여 소화기, 호흡기질환을 다스리는 데 사용하기도 한다.[12]

활엽수 아래로 펼쳐진, 목장 같은 풀 사이를 걸어 드디어 삼지봉에 도착하였다. 100명산 인증은 삼지봉에서 하는데 우선 단체사진을 찍고 개별 인증사진을 촬영하였다.

12 익생양술대전

향로봉 정상석

삼지봉 정상석

삼지봉에서 인증샷을 찍은 후 우리는 문수봉으로 이동한다. 문수봉으로 가는 길 역시 완만하고 아늑하다. 문수봉에 도착하여 인증을 하고 주차장으로 하산길을 잡는다. 하산길에는 송진 채취를 위해 소나무에 상흔을 남겼던 역사의 뒤안길을 엿볼 수 있었다. 문수암 입구를 지나면 상생폭포를 가장 잘 감상할 수 있는 전망대를 지난다. 내연산을 한 바퀴 돌고 다시 정확하게 볼 수 있는 상생폭포이다. 이런 자리는 포항에 살고 있는 친구가 리딩을 하면서 알려주는 고급 정보이다.

이제 거의 다 내려왔다. 잠시 맑은 물에 고단한 발을 담그고 피로를 풀어본다. 흐르는 계곡물에 때죽나무꽃이 동동 떠다닌다. 내연산은 금강산에도 없는 수많은 폭포와 약 4㎞가 넘는 계곡을 따라 쉬어가기 좋은 명소가 수없이 나타나고 기암괴석이 어우러져 명산의 면모를 다 갖추고 있다. 산행이 끝나면 바다를 볼 수 있으며 산과 바다가 함께 공존하는 관광명소이다.

★ 겨울철 산행 시 주의사항 - 겨울 외투

겨울철 산행에는 온갖 변수가 다 있다고 해도 과언이 아니다. 잠시 쉴 때는 입고 이동할 때는 땀이 나지 않도록 벗고 부지런해야 체온도 유지할 수 있다. 귀찮아서 입고 벗는 것을 게을리한다면 저체온증이 올 수도 있기에, 가볍고 보온성은 뛰어나며 방수가 되는 외투 하나쯤은 준비하여 안전에 만전을 기해야 할 것이다.

58.

용추폭포의 전설과 달빛 담은 월영대

- 대야산(930.7m)

대야산은 백두대간에 자리 잡고 있으면서 문경의 산들 중에서도 그 명성을 높이 사고 있는 명산이며, 2002년 세계 산의 해를 맞아 문경의 주흘산, 황장산, 희양산과 함께 산림청에서 선정한 한국 100대 명산에 올라 있다. 여러 기록들에 '대야산(大耶山)'으로 적고 있으며 특히 철종조의 대동지지(大東地志, 1861년 이후 추정)에는 '曦陽山南支上峯曰毘盧爲仙遊洞主山西距淸州華陽洞三十里(희양산남지상봉왈비로위선유동주산서거청주화양동삼십리)', 즉 '대야산은 희양산의 남쪽 갈래로 제일 높은 봉우리가 비로봉이고 선유동의 주산이며 서쪽의 청주 화양동이 30리다'라고 기록하고 있어 대야산 정상을 '비로봉(毘盧峯)'으로 부르고 있었음을 알 수가 있다.[13]

좋은 날씨에 좋은 친구들과 좋은 산에 갈 수 있다는 것은 축복이다. 소금강이라 불리는 대야산으로 출발한다. 대야산 입구로 가다 보니 소금강이라며 이정표가 있다. 그 앞에 기암괴석으로 이루어진 멋진 암벽이 있는데 사진이 잘 안 나와서 아쉽다. 주차장에 도착하여 가볍게 몸을 풀고 대야산 휴양림을 지나 본격적인 산행을 시작한다. 비 온 뒤의 대야산 계곡은 마치 에메랄드처럼 맑고 깨끗하다. 바위도 깨끗하고 흐르는 물은 마셔도 좋을 것처럼 맑다.

---

13 문경 문화관광(http://www.gbmg.go.kr/tour/main.do/)

소금강 표지석

용소바위에 도착했다. 암수 두 마리의 용이 용추계곡에서 머물다 하늘로 승천할 때 생긴 발톱 자국이 남아 있어 용소바위라는 이름이 붙었다고 전한다. 용추는 계곡의 이름인데 용이 승천했다는 곳으로 하트 모양의 폭포 양옆으로 용의 비늘 자국이 보이는데 물은 참 청명하고 깨끗하면서도 아름다운 곳이다.

용소바위

용추

용추폭포 아래에 있는 무당소는 수심이 3m 정도로, 100여 년 전 물 긷던 새댁이 빠져 죽은 후 그를 위해 굿을 하던 무당마저 빠져 죽었다고 한다. 용추계곡을 지나 산길을 오르다 보면 마치 고인돌 같은 바위가 나오고, 다시 약 20분 정도 더 오르니 월영대가 나오는데 밝은 달이 중천에 높이 뜨는 밤이면 바위와 계곡을 흐르는 맑은 물 위에 달빛이 아름답게 드리운다 하여 월영대라고 불렀다. 이름처럼 계곡의 맑은 물은 가히 달빛을 담고도 남음이 있다. 월영대를 감상하며 잠시 휴식을 취한다. 떡바위를 지나 밀재 방향으로 진행한다. 밀재로 향하는 길은 완만하다. 시원하고 아름다운 계곡과 등산로가 정말이지 오지 않았더라면 후회할 뻔했다는 생각을 하게 한다.

드디어 밀재에 도착했다. 밀재는 백두대간 인증장소라 줄을 서서 인증을 한다. 밀재에서 정상까지는 1㎞ 남았는데 중간에 코끼리바위와 거북바위를 지난다.

월영대

밀재

쉼터

대문바위

대야산 정상석

위에서 본 경관은 탁 트인 조망이 가슴까지 후련하게 한다. 조금 더 진행하니 대문바위가 나온다. 마치 통행세라도 내야 할 것 같은 대문바위다. 대문바위를 지나 나오는 바위는 이정표가 없어서 정확한 건 알 수 없지만 인터넷에는 흔들바위, 농바위라고 되어 있다. 발로 툭 차면 데굴데굴 굴러갈 것만 같다. 산오이풀이 핑크빛 자태로 수줍은 듯 고개 숙이며 피어 있고 구절초도 군데군데 피어 있다. 워낙 구절초를 좋아하기에 한 송이 보고도 반가운 마음에 담아본다. 기암괴석과 소나무, 그리고 멀리 조망되는 산 능선이 어우러져 눈이 호강하는 날이다.

드디어 정상에 도착해서 인증을 한다. 대부분 완만한 산행로라 그다지 어렵지 않게 올라온 것 같다. 날씨가 좋아서 멀리 청화산, 백악산, 문장대, 묘봉이 조망된다. 명산 인증을 마친 후 점심식사를 위해 이동한다. 유난히 파란 하늘이라 구름 한 조각도 아름답다. 사방을 둘러보니 여기가 천국인가 싶다. 고향 친구들과 함께 하는 산행은 어린 시절로 돌아간 듯한 기분을 느끼게 해주어 더없이 편안하고 즐거운 산행이다.

거북바위

흔들바위 혹은 농바위

도시락을 먹고 하산 방향을 잡는다. 하산하는 길은 거리가 짧은 만큼 급경사가 있는 곳이 있다. 일정 구간 내려가면 다시 중복되는 코스이지만 조금이라도 더 많은 곳을 보려고 돌아서 하산한다.

정상에서 피아골 방향으로 1.9km를 내려오면 월영대 삼거리와 다시 만나게 된다. 피아골 방향은 월영대에서 주차장까지 같은 구간으로 내려가면 된다. 약 2km 정도 되지만 길이 워낙 완만하여 트레킹코스처럼 편안하다.

대야산은 숲도 울창하고 계곡도 이어져 있으며 크고 작은 기암괴석으로 눈이 호사를 누릴 수 있는 곳이다. 코스는 그다지 어렵지 않으나 그에 비해 경관은 매우 수려하여 초보자도 즐기면서 산행이 가능한 곳으로, 산에 관심은 있지만 부담스러운 사람에게 한 번쯤 권해봄 직도 하다.

★ 겨울철 산행 시 주의사항 - 개인 간식

겨울철 산행은 준비물도 많고 여벌 옷도 많이 필요하다. 따라서 개인 간식 또한 각자가 준비하여 서로의 부담을 줄여주고 자신의 체력에 맞는 에너지 높은 개인 간식을 준비하여 팀원들에게 민폐를 끼치는 일이 없도록 해야 할 것이다. 내가 만약 안일하게 준비를 한다면 누군가는 내 몫의 분량을 준비해야 할 것이며, 만약 여의치 못해 안전사고로 이어진다면 동행하는 사람들이 모두 위험해질 수도 있기에 겨울철 산행은 그만큼 준비가 철저해야 한다.

쌀이 흐르는 산

- 가지산(1,241m)

　가지산은 높이 1,240.9m로 석남산이라고도 한다. 산세와 어우러진 자연경관이 아름다우며 석남사, 통도사 등 문화유적이 많아 이 산 일대와 통도사, 내원사를 포함한 지역이 1979년 11월에 가지산 도립공원(면적 106.07㎢)으로 지정되었다. 석남사는 가지산 동쪽 기슭에 있으며, 경내에는 석남사부도(보물 제369호), 3층석탑 등이 있다. 운문사, 대비사와 함께 비구니 전문 수도장으로 유명하며 노송과 단풍의 울창한 숲이 수려한 경관을 이룬다. 취서산 남쪽 기슭에 있는 통도사는 우리나라 3대 사찰의 하나로 신라시대에 창건되었다. 경내에는 대웅전, 금강계단(국보 제290호), 관음전, 대광명전, 국장생석표봉발탑 등이 있으며 금강계단에는 부처님의 진신사리가 모셔져 있다. 내원사도 비구니의 수도장으로 유명하고 원효산, 천성산의 각 사면이 맞닿은 깊은 골짜기에 있다.[14]

　연휴 기간 동안 영남 알프스를 마음에 두고 벼르고 벼르서 출발한 가지산행이다. 사진으로만 보던 영남 알프스 너무 기대된다. 밤 10시 서울을 출발하여 3시 반쯤 도착하였다. 자동차 라이트를 끄니 쏟아지는 별들이 너무 아름답다. 장거리 운전이라 잠시 휴식을 취하고 여장을 갖춘 후 손전등을 켜서 불을 밝히고 가지산을 올라간다. 임도를 따라 오르다 보니 멀리 야경이 보인다. 도시

14　Daum백과

의 야경 불빛이 또 하나의 은하수처럼 아름답다. 손전등에 비친 쑥부쟁이가 고와서 사진으로 남긴다. 날이 새면서 멀리 운무가 낮게 깔린 들녘과 붉은 태양이 신비롭다. 멀리 귀바위가 보이는데 귀처럼 생기지는 않았다. 쌀바위 아래에는 자그마한 대피소가 있고 대피소를 지나면 쌀바위다. 정상석에서 인증을 해야 했는데 지나쳐버리고 말았다. 다음에 가면 꼭 해야겠다.

귀바위

쌀바위

수호신이 된 산객 묘비

가지산 정상석

가지산의 운무

가지산 갤러리

가지산 갤러리 내부

쌀바위는 고행하는 스님을 위해 매일 1인분 정도의 쌀이 나왔는데 욕심을 부린 스님으로 인해 쌀은 나오지 않고 물만 나왔다는 전설이 있는 곳이다. 쌀바위 표지석은 낙동정맥 인증장소이다.

산객이 수호신이 되어 잠들어 있다. 잠시 묵례 후 다시 발걸음을 옮긴다. 아래로 보이는 경관이 시원스럽다. 바람에 흔들리는 억새는 가을의 전령이다. 특히 영남 알프스의 억새는 단연 최고의 관광명물이다. 가지산을 오르는 내내 갖가지 야생화와 이름 모를 버섯들이 아기자기 예쁘다. 조그만 암릉 구간을 지나며 이제 막 시작한 단풍이 고와서 기록의 상자에 담아본다. 어렵지 않게 가지산 정상에 도착했다. 하얀 운무, 파란 하늘, 고운 여인의 허리춤 같은 고운 능선, 보랏빛 고운 쑥부쟁이, 뭐 하나 안 멋진 게 없다. 탁 트인 시야에 들어오는 사방 능선이 최고다. 정상석은 두 개가 있는데 각각 명산 인증용과 낙동정맥 인증용이다. 조망되는 재약산과 신불산을 앞에 두고 심장은 요동친다.

맞은편 아래로 내려가면 가지산 갤러리라는 작은 대피소가 있는데 주인은 건강이 안 좋단다. 주인 없는 대피소에서 적힌 가격대로 현금을 올려놓고 항아리에 있는 동동주로 한 모금씩 목을 축여본다. 인심 좋은 산장지기의 배려로 고급진 레스토랑처럼 분위기를 내면서 산속의 만찬을 들었다. "그냥 참 좋다." 이 말이 최고의 표현이다! 구석구석 자연의 신비다. 마치 모델처럼 찍어달라며 포즈를 취하는 나비며, 바람에 하늘거리는 억새꽃, 금방 떨어진 듯 반짝이는 도토리도 자연의 일부다.

영남 알프스는 우선 곡선이 부드럽고, 억새와 탁 트인 경관이 아름다우면서도 그리 험하지 않아 좋은 것 같다. 역시 오길 잘했다. 신라 흥덕왕 시대 전라남도 보림사에서 가지산서라는 중이 와서 석남사를 지었다 하여 가지산이라고 불렀다. 가지는 까치의 옛말 '가치'를 나타내는 이름으로 본다. 원래 석남산(石南山)이었으나, 1674년에 석남사(石南寺)가 중건되면서 가지산으로 불리게 되었다. 그 밖에 천화산(穿火山), 실혜산(實惠山), 석민산(石眠山) 등으로도 불렀다. 가지산 일대의 좁은 지역에는 험준한 준봉이 밀집해 있고 가파른 암벽이 많아 등산 대상지로 각광받고 있다. 특히 귀바위, 쌀바위, 가지산의 능선에 눈이 쌓이면 마치 알프스의 어느 경관을 보는 듯하다고 하여 이 일대를 영남 알프스라고도 한다. 이 가운데 귀바위 암벽은 암벽 등반의 최적지로 전국에서 많은 등반객이 찾는 곳이다.[15]

★ 겨울철 산행 시 주의사항 - 아이젠

겨울철에는 당일 눈이 오지 않아도 반드시 아이젠을 준비해야 한다. 언제 눈이 올지 알 수 없으며, 고산지대는 수시로 일기가 변화하기에 아이젠은 필수품이다. 일기예보에 눈이 없어도 알 수 없는 것이 산속의 날씨이기 때문이다.

15 『국가지정문화재 지정보고서: 사적과』(문화재청, 2008), 『경상남도 환경보전계획 2004 · 2008』(경상남도, 2004), 『한국의 명산』(산림청, 1985), 『한국관광자원총람』(한국관광공사, 1985), 『한국의 산천』(손경석, 세종대왕기념사업회, 1976), 『한반도 동남부 지역의 지형 분석』(김갑철, 경북대학교 석사학위논문, 2006), 『한겨레』(2008. 3. 19.), 국토지리정보원(ngi.go.kr), 밀양 문화관광(http://tour.miryang.go.kr/)

억새 평원이 아름다운 영남 알프스

- 신불산(1,159m)

신불산(神佛山)은 높이 1,241m로 태백산맥의 남쪽 끝에 있는 내방산맥 줄기에 있으며 영남 알프스에서 가지산에 이어 두 번째로 높은 산이다. 정상에 암봉이 솟은 가지산과는 달리 토산이며, 1983년 11월 3일 간월산과 함께 군립공원으로 지정되었다. 동쪽은 절벽이고 서쪽은 완만한 구릉으로 이루어져 있다. 설악산의 공룡능선보다 작은 규모의 암릉길인 신불산 공룡능선이 등산 코스로 즐겨 이용된다.[16] 대한민국 산림청과 블랙야크에서 선정한 한국의 100대 명산 중 하나이다. 특히 능동산에서 간월산과 신불산에 이르는 능선의 서쪽 사면에는 완경사의 산정평탄면이 전개되어 독특한 경관을 이루고 있다. 또, 일대의 계곡 암반에는 구혈(甌穴)이 많이 뚫려 있어 한층 더 자연의 묘미를 더해준다. 작괘천 중류의 등억리는 이 계곡의 중심 마을이며, 여기에는 간월사지(澗月寺址)가 있고 보물 제370호인 석조여래좌상이 있다.[17]

영남 알프스 두 번째 여정이다. 억새가 유명하다는 그곳으로 설레는 마음을 안고 출발한다. 석남재에 이르러 여장을 갖추고 배내봉을 향해 발걸음을 옮긴다. 약 1㎞ 정도는 계단이 이어진다. 도토리가 어쩌나 많은지 걷고 있으면 머

---

16 '봄산행 + 벚꽃여행 3: 울주 신불산 공룡릉 & 작천정 벚꽃터널 르포'(안중국, 2008년 4월)

17 『신증동국여지승람(新增東國輿地勝覽)』, 『한국지명총람』(한글학회, 1980), 『한국지명요람』(건설부국립지리원, 1982), 한국향토문화전자대전(http://www.grandculture.net/), 울주군청(http://www.ulju.ulsan.kr/)

리에도 떨어진다. 올겨울엔 다람쥐도 풍년이겠다.

1㎞가 지나면 평탄한 능선이 이어지는데 벌써 억새가 눈에 띈다. 마치 섬같이 훤하게 보이는 시야로 예쁜 가을 야생화들이 눈부시게 아름답다. 여기에서 약 400m를 걸으면 배내봉 정상인데 배내봉은 낙동정맥 인증장소다. 인증 수건을 들고 인증사진을 남긴 후 목을 축인 다음 간월산으로 이동한다.

원래 간월재는 천화라 불렀다고 전한다. 하늘을 오르는 다리라며 장터를 오가는 아낙들이 짐을 진 채로 쉬어 가서 '선짐이재'라고도 불린 곳이며, 옛 선인들이 천 개의 달 중 화살을 쏘아 맞추어 떨어진 달을 물그릇에 담아 마셨다는 전설을 간직한 곳이기도 하다. 그저 아름답게만 생각했던 이곳이 옛 서민들은 넘나들기 힘들어 '등골재'라고도 불렀다니 갑자기 마음이 숙연해진다.

약 1.1㎞를 걸어 간월산에 도착했다. 여기도 낙동정맥 인증을 하는 장소로,

간월재와 신불산

| 배내봉 정상석 | 간월산 정상석 | 신불산 정상석 |

인증사진을 촬영한다. 멀리 조망되는 신불산과 영축산, 공룡능선이 보인다. 어제 밤새 달려온 탓에 오늘은 신불산까지만 가기로 정했다. 간월산에서 간월 대피소가 있는 간월재까지는 억새가 가득하다. 신불산에 오르는 양옆으로도 억새가 하얗게 피어 하늘거린다. 간월재에서 바라보는 신불산과 간월 대피소는 한 폭의 그림이다.

  간월재로 내려가는 도중 규화목이 있는데 중생대의 것으로 추정되며 약 72cm, 30cm 되는데 모습이 비교적 잘 보존되어 있다. 드디어 간월재에 도착했다. 여기만 해도 장관이다. 앞뒤, 좌우 온통 억새꽃이다. 아직은 조금 덜 피었지만 탄성을 자아내기엔 충분하다. 여기저기 많은 사람들이 장관인 이 순간을 놓칠세라 기념사진 찍기에 여념이 없다.

| 영축산 | 신불공룡능선 |

간월재에서 신불산까지는 약 1.8㎞다. 약 400m 정도는 계단으로 이어져 있다. 오르다 뒤돌아보는 경관도 너무나 아름답다. 가다 뒤돌아보고 감탄하기를 반복하면서 우리는 신불산 정상에 도착했다. 100명산 인증장소라 인증사진을 촬영한다. 신불산에서 뾰족한 영축산 봉우리가 조망된다. 오늘은 아쉬운 마음만 두고 바라만 보다 간다. 영축산 가는 방향 좌측으로 신불 공룡능선이 조망된다. 다음에는 신불 공룡능선을 코스로 잡아서 영축산을 올라야지! 마치 칼바위처럼 멋진 암벽이 유혹하지만 오늘은 그마저도 접는다.

간월재에 당도하니 태양이 저문다. 붉은 일몰이 하루의 여정이 끝남을 알려준다. 등억온천까지는 대략 3.5㎞ 정도 되는데 비상차량도로를 통해 하산한다. 내려가며 보이는 암벽의 멋스러움에 반해 기록에 남겨본다.

아름다운 영남 알프스 두 번째 이야기는 한 폭의 그림 같다는 표현도 모자랄 만큼 멋진 곳이다. 산을 사랑하는 사람이라면 누구나 꿈에 그리는 영남 알프스의 두 번째 여정을 마무리한다.

★ 겨울철 산행 시 주의사항 - 통제된 산행로 파악

겨울철에는 산불방지 기간 외에도 폭설로 인한 통제구간이 있다. 국립공원 홈페이지를 검색해서 통제된 구간을 확인하여 미리 위험구간에 대한 정보를 파악하고 산행일정을 잡아야 한다.

61.

사자평 억새의 울음소리

- 재약산(1,108m)

재약산의 주봉은 수미봉으로 1119.1m이다. 영남 알프스 산군 중 하나로 사자평 억새와 습지를 한눈에 볼 수 있으며, 산세가 부드러워 가족 및 친구들과 가볍게 산행할 수 있는 아름다운 명산이다. 인근에 얼음골, 호박소, 표충사, 층층폭포, 금강폭포 등 수많은 명소를 지니고 있으며 수미봉, 사자봉, 능동산, 신불산, 취서산으로 이어지는 억새 능선길은 가을 산행의 멋을 느낄 수 있는 최고의 힐링길이다.[18]

오늘은 영남 알프스 봉우리 중 재약산을 다녀왔다. 전날 무리한 탓에 느지막히 일어나 가벼운 점심을 먹고 차 한잔까지 마신 후 표충사로 향했다. 표충사는 추석 명절이라 하여 주차장을 무료로 개방하였으며 커다란 아름드리 도토리나무에서 떨어진 도토리를 줍는 사람들이 더러 있었다.

한창 상사화가 아름다운 시기라 여기저기 상사화와 야생화가 어여쁘게 피어 있다. 생명이란 사람이나 식물이나 참 신비한 법이다. 작은 돌 틈 사이에서 이름 모를 버섯이 자라나 있다. 후미진 나뭇잎 사이에서 끈질긴 생명력을 자랑한다. 기특하게도! 잘 정돈된 자갈길을 따라 약 500m를 가면 작은 오솔길과 갈라지는 곳이 나오는데 좌측으로 가면 급경사지만 문수봉으로 올라갈 수 있고

---

18 한국관광공사(http://korean.visitkorea.or.kr/)

우측은 정돈된 길로 가지만 하산하는 길과 겹치게
된다. 조금이라도 새로운 길을 보고 싶은 욕심에 오
솔길로 들어섰다. 인적이 그리 많지 않은 길이라 항
암에 좋다는 부처손과 싸리버섯(하얀 것은 독성이 적지
만 약간 분홍빛이 도는 것은 독성이 강한 것으로 반드시 데
쳐서 우려내고 먹어야 탈이 안 남)과 도토리며 야생화가

문수봉

지천이다. 문수봉에 이르니 멀리 재약산과 천황산이
조망된다. 어제 다녀온 신불산, 다음 기회로 미룬 영
축산도 조망된다. 시선이 머무는 곳마다 고운 능선과
구절초가 눈부시게 아름답다.

여기서부터 약 900m를 더 가면 재약산 정상이다.
그런데 뜻하지 않게 조릿대가 숲을 이루고 있다. 키
도 제법 커서 묻히면 보이지도 않는다.

재약산 정상석

여름에도 반드시 긴팔을 입고 와야 할 것 같다는 생각을 했다.

드디어 재약산 정상이다. 정상석을 마주하고 서서 좌측에는 천황산이, 뒤쪽
에는 방금 지나온 문수봉, 우측으로 배내봉, 간월산, 신불산과 영축산이 조망
된다. 정면으로는 넓은 목장 같은 억새밭이 시야에 들어오고 2시 방향 아래
로 고사리 분교터가 보이는데 탁 트여서 속이 다 후련하다. 명산 인증 후 간단

고사리 분교터

히 점심을 먹고 고사리 분
교터로 발길을 옮긴다. 고
사리 분교터로 향하는 길
에는 약 2㎞ 정도 계단이
이어져 있다. 살짝 단풍이
들어 있는 것이 더욱 눈길
을 끈다.

계단이 끝나는 지점에 작은 도랑이 있는데 보랏빛 쑥부쟁이가 한가득 피어 시선을 사로잡는다. 발길을 멈추고 눈이 부시도록 아름다운 보랏빛 쑥부쟁이를 담아본다.

고사리 분교터에 도착했다. 작은 담벼락만 남아 그 흔적을 짐작케 할 뿐 너른 억새만이 가득하다. 고사리 분교를 뒤로 좌측으로 가면 등룡폭포 등 다른 경관을 볼 수 있으나 시간이 늦은 관계로 우측 적조암 쪽으로 발길을 돌렸다.

적조암을 지나 약 3㎞ 남았다. 슬슬 날이 저물기 시작한다. 너무 늦게 출발한 탓에 아무래도 또 손전등의 도움을 받아야 할 것 같다. 충전해오길 참 다행이다. 깊은 산이라는 것을 확인이라도 시켜주려는 듯 작은 물이 흐르는 아래로 벼랑이 높고도 높다. 기어이 날이 저물었다. 손전등을 눈 삼아 1.5㎞ 정도를 하산하여 표충사에 도착하였다.

재약산도 다른 영남 알프스처럼 크고 작은 폭포와 고운 능선, 억새 군락지등 빼어난 경관을 자랑하며 아기자기한 볼거리에 재미를 놓치지 않는 곳이다. 오솔길은 오솔길대로, 능선은 능선대로 눈길을 붙잡는다. 잠시도 지루할 틈 없이 오르고 내린 재약산을 뒤로하고 영남 알프스 일정을 마무리한다.

★ 산행 시 응급상황 대처 요령 - 추락사고

산행에서 추락사고의 유형은 다양하다. 폭풍이나 지반약화 등 자연적인 요인뿐만 아니라 방심과 판단 미숙, 그리고 체력의 한계에서 오는 피로, 음주, 과도한 사진촬영 등 다양한 이유로 추락사고가 발생하고 있다. 이때는 무리하게 움직이지 말고 119에 도움을 요청하고, 만약 겨울철이라면 저체온에 빠지지 않도록 보온해주는 것이 중요하다. 무리하게 움직이다 보면 2차 사고로 이어질 가능성이 있기 때문에 전문가가 없는 상황이라면 가급적 119의 지시에 따르는 것이 바람직하다.

62.

신라의 역사가 살아 숨 쉬는 곳

- 경주 남산 금오봉(468m)

경주 남산은 높이 495.1m의 고위봉, 468m의 금오봉의 두 봉우리와 산발들이 합쳐진 산이다. 까치봉이나 황금대 부근에서는 청동기시대의 유물이 발견되고 오산골 어구에는 고인돌이 남아 있으며 암석신앙의 유적물도 남아 있다. 신라의 시조 박혁거세가 탄생한 나정과 신라의 종막을 내린 포석정도 이곳에 있다. 그 외에 왕릉들도 여러 군데에 있어 이 산을 신라 역사와 유적의 산이라 부른다.

현재까지 발견된 절터는 112곳이며 탑은 61기이고, 불상은 80체를 헤아린다. 마애불상도 많아 암석신앙과 불교신앙이 합쳐진 우리 불교의 흔적을 보여준다.[19]

영남 알프스 여정을 마친 후 근처 경주에 들러 남산 금오봉을 찾았다. 경주는 역사적으로 가치 있는 유적지라, 건물이며 심지어 고속도로 톨게이트 지붕까지 기와로 만들어져 시선이 머무는 곳마다 웅장함이 느껴지는 도시이다. 커다란 나무들이 가로수로 자라 있어 그 웅장함을 더해준다. 경주 남산은 500m도 되지 않는 나지막한 산인데 어떤 특별한 볼거리가 있어 명산으로 선정되었을까? 궁금한 마음이 더해지는 경주 남산에 함께 올라보자.

---

19 Daum백과, http://www.kjnamsan.org/

날씨는 참 좋다. 잎들은 더욱 초록색으로, 하늘은 더욱 파랗게, 바람은 더욱 개운하다. 가을이 듬뿍 느껴지는 오늘은 정말 날씨가 그만이다. 어느 정도 오르다 문득 돌아본 하늘과 멀리 조망된 들녘이 평화스럽기 그지없다. 그리 많이 오르지도 않았는데 벌써 정상이다.

경주 남산 정상석

상사바위

금송정

경주는 원래 서라벌이라 불렸는데 동해에서 해가 떠서 맨 먼저 비치는 곳이라 하여 그렇게 불렸으며 평화롭고 아름다운 이곳에 살고 싶은 남신(男神)과 여신(女神)이 내려왔다가 두 신을 보고 놀라 소리를 지르는 사람 소리에 놀라 멈췄는데 그만 남신은 남산(南山)이 되고 여신은 망산(望山)이 되어 소원대로 이곳에 살게 되었다는 전설이 전해진다. 정상에서 삼릉 방향으로 하산하면서 보니 멋스러운 기암괴석이 조망된다. 멋진 기암괴석을 감상하며 삼릉 구간 쪽으로 발길을 돌린다. 여기서부터 역사적으로 가치 있는 갖가지 불교유물들이 나오는데 왜 경주 남산이 명산으로 선정이 되었는지 알 수 있었다.

조금 더 진행하니 상사바위가 나온다. 남산신 상심이 살고 있다고 전해지며 상사병이 있는 사람이나 아이를 소원하는 사람이 기도하면 효험을 본다고 전해진다. 아래는 약 1m 남짓 되는 작은 석가여래입상이 있는데 머리가 없다. 고신라시대 것으로 추정된다고 한다. 하산하는 길에서는 갖가지 기암괴석이 멋지게 조망된다. 하산하는 내내 신기한 암석 구간이 시선을 사로잡는다. 조금 더 아래로 진행하니 금송정이 있었다는 곳이 나오는데 경덕왕 때 옥보고가 가야금을 타던 곳이며 바위는 상사암으로 옥보고가 가야금을 타며 세상 시름을 잊었던 곳으로 삼국사기에 전해진다 한다. 금송정 아래는 바둑바위라는 하나의 넓은 바위가 있는데 그곳에서는 경주시의 모습이 조망된다. 또 다른 불교유물과 마주한다. 정말 자세히 보지 않으면 알 수 없는 바위의 선각마애불이다. 불교가 왕성했던 곳답게 많은 바위에서 불상의 모습을 볼 수 있다. 역사적 가치가 있기에 잘 보존하고자 애쓴 모습이 보인다.

선각마애불

제6사지 마애선각여래좌상

상선암

선각육존불

제2사지 석조여래좌상

제1사지 탑재와 불상

삼릉과 소나무

자연의 신비라고밖에 말할 수 없는 거미줄이 아름다운 모습으로 펼쳐져 있다. 걷는데 고추잠자리가 살그머니 팔에 앉았다. 신기하여 카메라에 담아본다. 깊숙한 산속에 작은 암자 상선암이 있다. 고즈넉한 곳, 밤이면 인적 없을 그곳에 자그마한 암자가 자리하고 있다. 하산하는 길에는 그 외에도 커다란 바위에 새겨진 마애선각여래좌상, 석조약사여래좌상터, 삼릉계속조여래좌상, 그리고 선각육존불 등이 있다. 조금씩 이동할 때마다 마애관음보살상, 머리가 훼손된 삼릉곡 제2사지 석조여래좌상이 나타나고 조금 더 아래로 가면 삼릉곡 제1사지 탑재와 불상 등이 모여 있다. 하산길 마지막 부분에는 경주 배동 삼릉이 있는데 이곳에는 신라 제8대 아달라왕(阿達羅王), 제53대 신덕왕(神德王), 제54대 경명왕(景明王)의 무덤이 한곳에 모여 있어 삼릉이라 부른다. 이곳에는 오래된 소나무가 삼릉을 에워싸고 숲을 이루고 있는데 은은한 소나무 향기와 멋스러움이 더해져 장관이다. 사진을 아무렇게나 막 찍어도 예술이 된다. 많은 사람들이 산책을 하고 담소를 나누며 역사적 장소를 답사하고 있다.

삼릉탐방지원센터에 도착하였다. 차가 약수골 쪽에 있어 조금 걸어가야 한다. 도로를 끼고 남산과 연결된 소나무 숲길이 이어진다. 푸른 하늘과 아름드리 소나무만으로도 지나는 나그네의 눈길을 사로잡기에 충분하다. 경주 남산에는 역사적 가치가 높은 유물들이 곳곳에 산재되어 있다. 뿐만 아니라 기암괴석과 갖가지 전설이 가득한 곳으로 많은 사람들이 찾는다. 명절이었음에도 불구하고 많은 산객들을 볼 수 있었다.

남산은 남북 8㎞, 동서 4㎞로 남북으로 길게 뻗어내린 타원형이면서 약간 남쪽으로 치우쳐 정상을 이룬 직삼각형 모습을 취하고 있다. 100여 곳의 절터, 80여 구의 석불, 60여 기의 석탑이 산재해 있는 남산은 노천박물관이다. 남산에는 40여 개의 골짜기가 있으며 신라 태동의 성지 서남산과 미륵골, 탑골, 부처골 등 수많은 돌 속에 묻힌 부처가 있는 동남산으로 구분된다. 변화무쌍한 많은 계곡이 있고 기암괴석들이 만물상을 이루며, 등산객의 발길만큼이나 수

많은 등산로가 있다. 엄지손가락을 곧추세워 남산을 일등으로 꼽는 사람들은 "남산에 오르지 않고서는 경주를 보았다고 말할 수 없다"라고 한다. 자연의 아름다움에다 신라의 오랜 역사, 신라인의 미의식과 종교의식이 예술로 승화된 곳이 바로 남산인 것이다.[20]

경주를 찾을 일이 있다면 조금만 더 시간을 할애하여 산책 삼아 올라보면 어떨까!

★ 산행 시 응급상황 대처 요령 - 탈진한 경우

계절에 따라 무리하게 산행을 진행하다 발생할 수 있는 증상 가운데 하나가 탈진인데 이때는 배낭의 무거운 짐은 일행이 나누어 좀 더 가볍게 해주고 충분히 휴식을 취하면서 에너지를 보충할 수 있는 물과 간식 등을 먹도록 한다. 만약 휴식 후에도 회복이 되지 않는다면 안전을 위하여 하산하는 것이 좋은데 이때 단체로 와서 부득이하게 산행을 지속해야 하는 경우라면 산행 경험이 있는 1인 또는 2인이 동행하여 하산하는 것이 좋다.

---

20 http://www.kjnamsan.org

신성한 기운을 간직한 숲

- 원주 감악산(930m)

원주 감악산은 높이 930m로, 보통 감악산으로 부르지만 국립지리원 지도에는 감악봉으로 되어 있다.[21] 코스가 완만하고 급경사도 많지 않아 초보자도 산행하기 좋은 곳을 손꼽으라면 바로 여기 원주 감악산이다. 뿐만 아니라 산행이 끝나면 둘러볼 관광지도 다양하고 산채비빔밥과 특별한 지역특산 찐빵 등 수수한 먹거리도 많은 곳이다. 그럼 원주 감악산을 탐방해보자.

이른 아침을 먹고 제천 쪽으로 달려 창촌마을에 도착하니 주차장에서 사유지라며 주차요금을 달라 한다. 안전한 것이 최선이라는 마음으로 주차료를 지불하고 주인장에게 코스에 대해 확인한 후 산행을 시작한다. 정상까지는 약 2.8km라 그다지 긴 코스는 아니라서 한결 부담이 적다. 며칠 연이어 산행을 했기에 산이 많은 강원도 쪽은 혹시나 너무 험하지는 않을까 걱정했는데 기우였다.

강원도라 역시 커다란 아름드리 나무들이 많다. 이름 모를 버섯도 제철인 듯 여기저기 다양하게 솟아나 있다. 구절초가 한창 예쁠 시기라 바위틈에 곱게 핀 꽃잎이 아름답다. 쑥부쟁이의 보랏빛이 어찌나 고운지 지나칠 수 없어서 역시 담아본다. 급경사로 이루어진 암릉을 지나면 감악1봉이다. 커다란 바위와 고운 능선이 바라다보이는 경치를 보면서 잠시 땀을 식힌다.

---

21 원주 문화관광(http://tourism.wonju.go.kr/)

멀리 보이는 산 능선이 부드럽게 이어진다. 능선을 지나면 감악2봉이다. 널찍한 바위에 앉아 지나는 산객과 말문을 텄다. 입대를 앞두고 기념 산행을 온 가족들과, 같은 부대를 전역한 아들을 둔 동행한 언니가 준비물 등 챙겨야 할 것들과 입대 후 해야 할 깨알 정보들을 나누고 건강을 기원하며 헤어졌다. 지금쯤 입대했을 텐데!

짧은 암벽을 오르고 나면 곧 정상이다. 정상석은 원주에서 세운 것과 제천에서 세운 것 두 가지가 있다. 명산 인증을 하려면 원주에서 세운 것을 찍어야 한다. 보통 가까운 곳에 모두 있는데 이곳 원주 감악산에서는 서로 약간 떨어져 있다.

원주시 정상석

제천시 정상석

마치 일부러 올린 듯한 뜬바위가 보인다. 어느새 곱게 단풍이 들었다. 구간 별로 조금씩 물든 단풍이 예뻐서 담아본다. 까만 오석으로 만든 정상석이 바로 제천시에서 세운 것인데 약간 난 코스쪽에 자리하고 있다. 이곳도 원래 인증샷을 찍는 곳이었는데 얼마 전 산객 한 명이 실족사한 후로 원주시에서 세운 곳으로 제한했다고 한다. 그러나 경치는 더없이 멋진 곳이다.

하산하는 길은 비교적 난코스 없이 이어진다. 마당바위처럼 넓은 바위에서 약간의 간식을 하고 땀을 식힌다. 계곡 코스라 수정처럼 맑은 계곡의 물과 아름다운 야생화가 눈길을 끈다.

기암괴석과 다양한 야생화가 많고 청정한 지역인 원주 감악산은 계절 없이 이름다우며 조금은 난코스가 있지만 역시 크게 높지 않고 볼거리가 충분하여 아기자기 즐거움을 주는 코스이다. 뿐만 아니라 감악산 자락은 민간신앙, 천주교, 불교가 한데 자리할 만큼 성스러운 곳이다. 서쪽의 신림면은 신성한 숲이라는 이름의 마을이다. 남쪽 봉양 쪽에는 배론성지가 있는데, 대원군의 천주교 박해 시 천주교인들이 생활하던 곳을 성지화한 곳이다. 그리고 감악산 밑에는 신라 고찰 백련사가 자리 잡고 있다. 백련사는 의상조사가 창건했다고 전하는데 창건 시 아래 연못에서 백련이 피어나 이러한 이름을 붙였다고 한다. 감악산 산행 중 둘러보는 것도 좋다. 산행을 마치고 앞쪽의 매봉산장, 치악산 관광농원과 송계리의 서마니강에 들를 수도 있다. 모두 여름 휴양지로 각광을 받는 곳이다.[22]

★ 산행 시 응급상황 대처 요령 - 계곡 급류사고

산에서의 일기는 누구도 예측할 수 없는 것이 사실이다. 갑자기 불어난 계곡의 급류는 불어난 만큼 위험하다. 반면에 빨리 줄어들기도 하는 것이 급류이므로 무리하게 계곡을 건너려고 하지 말아야 하며 다른 코스로 변경하든가 기다리는 것이 좋다. 가장 좋은 방법은 산행계획 시 소나기나 비가 예상된다면 다른 코스로 산행로를 정하는 것이 좋다.

---

22 원주 문화관광(http://tourism.wonju.go.kr/)

웅장한 화왕산성을 따라

- 화왕산(756.6m)

화왕산은 높이 757.7m로 사방으로 뻗은 능선의 억새풀이 장관을 이루며, 봄의 진달래도 절경이다. 평탄면이 나타나는 동쪽 사면을 제외한 대부분이 급경사를 이루며, 주위에 관룡산(739m), 구현산(524m) 등이 있다. 도성암 일대의 지하골 계곡은 푸른 대나무와 소나무 숲이 맑은 물과 어우러져 경치가 뛰어나며, 이 계곡을 따라 오르면 석축산성인 화왕산성(사적 제64호)이 있다.[23]

가을이면 억새가 유명하다는 화왕산의 가을을 보려고 새벽부터 서두른다. 장거리 산행은 언제나 설레지만 전날 장례가 있어 당일로 부산을 다녀온 탓에 고단함이 밀려온다. 그러나 이미 오래전부터 계획했던 일정이기에 포기하기엔 설렘과 기대가 너무 컸다. 산악버스에 몸을 싣고 잠시 눈을 감았다. 한두 시간 정도 잠을 자고 옥천 주차장에 도착했다. 들어가는 입구는 군립공원이라 계곡도 정비해놓고 도로도 포장이 되어 있다. 관룡사 석장승이다. 사찰의 경계선을 뜻하며 남장승과 여장승으로 턱선의 굵고 부드러움으로 조금 다르게 표현했다. 사냥과 어로를 금지하는 호법, 잡귀를 막아주는 수호신, 풍수지리적으로 허한 곳을 보충해준다는 의미 등 민간신앙과 불교가 결합된 것이라 한다. 관룡사이다. 규모가 제법 큰 걸 보니 역시 신라의 얼이 살아있는 것 같다.

---

23 Daum백과

석장승

관룡사

억새밭 군락지

관룡사를 지나면 본격적인 산행이 시작된다. 완만한 등산로가 약 300m쯤 이어지다 약간의 급경사가 시작된다. 급경사를 오르면 바로 능선이 시작되는데 앞뒤로 암릉이 멋지게 펼쳐진다. 암릉 구간이 끝나면 옥천 삼거리가 나오고 조금 더 진행하면 신작로가 나온다. 신작로가 끝나면 '허준' 촬영지가 나오는데 '허준'뿐만 아니라 대장금 등 다양한 드라마들을 촬영한 곳이다. 드디어 산성에 도착했다. 산성은 화왕산 억새 군락지를 끼고 시작되어 한바퀴 돌면서 이어진다. 여기서부터 본격적인 억새밭이 시작된다. 눈부신 햇살만큼 아름다운 억새밭이다. 화왕산은 석촌산성인 화왕산성으로 2.7km 정도 둘러싸여 있으며 임진왜란 때 곽재우 장군이 990명의 의병들과 분전한 곳이다.

중앙에는 구천삼지가 있는데 창녕 조씨의 시조가 태어난 곳이라는 전설이 있다. 아직은 조금 활짝 피지 않은 억새꽃이지만 아름답기 그지없다. 넓은 억새밭이 평야처럼 넓게 분포되어 있는 것이 그림처럼 아름답다.

드디어 정상이다. 멀리 보이는 산성이 끝없이 펼쳐져 있다. 100대 명산으로 많은 사람들이 붐비지만 차례로 인증사진을 촬영하고 하산길에 접어든다.

정상 구천삼지

정상석

하산하는 길에도 아기자기한 바위와 야생화로 지루할 틈이 없다. 화왕산은 억새로도 유명하지만 진달래로도 유명하다. 또한 임진왜란의 의병들이 활동하고 드라마 및 영화 촬영소로도 유명하여 많은 관광객들이 찾는 명산이다. 또한 북봉의 서사면에는 목마산성(牧馬山城, 사적 제65호)이 있다. 1914년에는 화왕산 서사면의 말흘리에서 신라 진흥왕의 척경비(拓境碑)가 발견되었다. 남쪽 사면에는 옥천사(玉泉寺)가 있으며, 화살대(竹箭)가 산출된다.[24] 나즈막하고 완만한 코스에 초보자도 어렵지 않게 다녀올 수 있으며 산성으로 이어지는 억새밭은 눈도 즐겁고 바람도 시원한 곳으로 이 가을 화왕산의 가을에 빠져봄 직도 하다.

★ 산행 시 응급상황 대처 요령 - 동상

겨울철 산행에서 갑자기 동상의 징후가 느껴진다면 무리하게 피부나 근육을 문지르며 녹이려고 하지 말아야 한다. 동상이란 피부나 근육의 수분이 얼음 상태가 된 것을 의미하는데 이때 무리하게 문지르며 마찰을 이용해 체온을 높이는 경우 얼음 결정이 세포나 신경, 현과 등에 손상을 줄 수 있기 때문이다. 젖은 양말이나 장갑이라면 신속하게 마른 장갑과 양말로 바꿔주는 것이 가장 좋다. 무엇보다 중요한 것은 젖은 상태로 추운 곳에 장시간 노출되지 않게 하는 것이 동상을 예방하는 가장 좋은 방법이다.

---

24 『신증동국여지승람(新增東國輿地勝覽)』, 『한국지명요람(韓國地名要覽)』(건설부 국립지리원, 1982), 『한국지명총람(한글학회, 1980)』, 『조선지지자료(朝鮮地誌資料)』(조선총독부, 1918)

65.
신선이 노닐다 가는 아름다운 대청봉

- 설악산 대청봉(1,708m)

설악산은 국립공원으로 높이 1,708m이며, 우리나라에서 3번째로 높은 산이고 제2의 금강산으로 불린다. 동국여지승람(東國輿地勝覽)에 의하면 한가위에 덮이기 시작한 눈이 음력 8월 하지에 이르러야 녹는다 하여 설악이라 불린다고 하였다. 또 증보문헌비고(增補文獻備考)에서는 산마루에 오래도록 눈이 덮이고, 암석이 눈같이 희다고 하여 설악이라 이름 짓게 되었다고 하였다. 그 밖에도 설산(雪山), 설봉산(雪峯山)이라고도 불렀다.

대청봉을 중심으로 북쪽의 미시령과 남쪽의 점봉산을 잇는 주 능선을 경계로 하여 동쪽을 외설악, 서쪽을 내설악이라 부른다. 또한 북동쪽의 화채봉과 서쪽의 귀떼기청을 잇는 능선을 중심으로 남쪽은 남설악, 북쪽은 북설악이라한다. 내설악에는 기암절벽과 깊은 계곡이 많다. 명소로는 백담사, 수렴동계곡, 대승폭포, 와룡폭포, 옥녀탕 등이 있다. 외설악에는 첨봉이 높이 솟아 있고 암벽을 타고 흘러내리는 맑은 물이 계곡마다 폭포를 이룬다. 울산바위, 흔들바위, 비선대, 비룡폭포, 신흥사 등이 유명하다. 1982년에 한국에서 최초로 유네스코 세계생물권보존지역으로 지정되었다.[25]

---

25 Daum 백과, 『관광한국지리』(김홍운, 형설출판사, 1985), 『한국관광자원총람』(한국관광공사, 1985), 『한국지명요람』(건설부국립지리원, 1982), 『한국의 여로』(한국일보사, 1981), 『관광지리학』(김병문, 형설출판사, 1978), 『이것이 한국이다』(삼흥출판사, 1972), 『한국의 자연』(백민사, 1971), 「설악권 관광토산품 개발에 관한 조사연구」(김병문, 『관광학』 5, 1980), 설악산국립공원(http://seorak.knps.or.kr)

설악산의 전경

설악산 하면 그 이름만 들어도 마음이 설레는, '심쿵'하는 산이다. 정말 겁 없이 달려간 공룡능선에서, 자연에는 그 신비함과 아름다움, 그리고 웅장함과 두려움까지 함께 공존한다는 것을 깨달았다. 100대 명산이 아니었다면 사실 어느 한 귀퉁이 짧게 짧게 돌아서 다녀갔던 그곳을 백두대간 인증 욕심으로 그 비경의 설악산을 종주를 하게 되었다. 공룡능선을 타는 사람들은 대부분 오색에서 하차하지만 백두대간 인증을 위해 한계령에서 하차하였다. 곧 표지석에서 인증하고 신발을 고쳐 신으며 살짝 몸을 풀어본다. 벌써 날씨가 제법 춥다. 새벽 3시, 하늘엔 수없이 많은 별들이 반짝이고 주위는 깜깜한데 산행을 준비하는 산객들의 발걸음이 분주하다. 워낙 깊고 큰 산이다 보니 아무 때나 들어가지 못하고 입산하는 시간이 정해져 있다. 또한 탐방로별 입산 시간도 지정되어 있다. 그만큼 안전에 만전을 기하고자 하는 국립공원 측의 대안이 아닐까 싶다. 어둠 속에서도 고운 단풍은 제 모습을 숨기지 못하고 산객의 눈길을 사로잡는다. 칠흑 같은 밤에 찍은 단풍은 그 모습만 찍혀서 더욱 아름답게 보인다.

한계령 삼거리 표지목이다. 백두대간 두 번째 인증장소이다. 줄을 서서 인증하고 다시 분주하게 발걸음을 옮긴다.

한계령 표지석

끝청 표지목

정상석

어느덧 날이 밝아오고 끝청 표지목에 도착하였다. 세 번째 백두대간 인증 표지목을 인증하고 나니 마침 일출 시각이라 잠시 멈추고 해가 뜨기를 기다렸다. 멀리 산 능선 사이로 운무가 가라앉아 한층 더 분위기를 돋운다. 날씨가 도와주지 않아 구름에 가린 해를 뒤로한 채 중청 대피소로 발길을 옮긴다. 중청 대피소에 도착하여 잠시 휴식을 취한다. 어쩌면 사람들이 그렇게 많은지 발 디딜 틈이 없다. 10월 초순의 설악산은 단풍을 보기 위한 산객들로 인산인해를 이룬다. 1,708고지를 자랑하는 대청봉을 눈앞에 두니 설렘에 발걸음이 빨라진다. 대청봉 봉우리를 앞두고 기암괴석이 웅장하게 앉아 있다.

드디어 대청봉이다. 명산 인증 및 백두대간 인증장소이다. 정말 많은 산객들이 줄지어 인증사진을 찍기에 여념이 없다. 저 사람들 역시 나와 같은 설렘으로 설악을 찾았을 거라 생각하니 미소가 절로 난다.

설악산 외설악 전경(좌측부터 공룡능선, 천불동계곡, 화채능선)

멀리 설악을 이루고 있는 봉우리마다 멋스럽지 않은 봉우리가 없다. 사진에만 담기에는 턱없이 부족한 경관이다. 파노라마로 살짝 그 전경을 한 장에 담아본다.

설악산의 멋진 전경을 내 마음속에, 기억 속에 가득 채우고 소청으로 발길을 옮긴다. 소청에 도착하여 표지목을 담고 희운각 대피소로 이동한다. 발길을 옮길 때마다 온통 조망되는 기암괴석으로 이루어진 절경에 탄성과 입을 다물지 못했다.

아, 정말 고운 단풍이다. 마치 불이 붙은 듯 빨간 단풍이 온 산을 칠한 듯 가득하다. 늙어 쓰러진 소나무 위의 노란 단풍이 고와서 찍고, 기암괴석이 멋있어서 찍고, 연신 셔터를 눌러대지만 역시 직접 보는 것 외에는 그 느낌을 다 담을 수는 없는 것이 현실이다. 단풍 속에 희운각 대피소가 묻혀 있다. 후다닥 희운각 대피소에 도착하여 간단히 비빔밥으로 식사를 한 후 백두대간 인증사진을 찍는다. 희운각 대피소는 세워진 계기가 참 안타깝다. 1969년 2월 14일, 한국산악회 소속 '제1기 에베레스트 원정대'가 히말라야 원정을 위해 설악산 '죽음의 계곡(옛 지명 반내피)'에서 등반 훈련 중 계곡의 막영지에서 눈사태를 만나게 되어 10명 전원이 사망하게 된다. 이 사고 이후 희운(喜雲) 최태묵 선생이 이곳에 대피소를 세우면 이러한 사고를 미연에 방지할 수 있겠다는 생각에 본인의 사재를 들여 지금의 희운각 대피소를 건립했으며 최태묵 선생의 호를 따서 희운각이라는 명칭으로 부르게 되었다고 한다. 산악인들의 추모비는 소공원 오른편에 있으며 공룡능선은 아름답기 그지없으나 중간에 별도로 하산하는 길이 없기에 산행준비는 그만큼 단단히 해야 한다. 안전이 확보되었을 때 비로소 즐거움을 누릴 수 있는 것이다. 우리는 그 유명한 공룡능선으로 발길을 옮긴다. 계곡과 어우러진 단풍은 그냥 그 자체로 감동이다.

희운각 대피소

공룡능선의 비경

기암괴석으로 이루어진 공룡능선들이 하나같이 웅장하고 멋스럽다. 이런 봉우리를 8개를 넘어가야 한다. 처음 마주하는 공룡의 기세에 살짝 기가 죽어버렸다. 공룡능선을 오르니 울산바위도 조망이 되고 중간쯤 킹콩바위는 어쩌면 그렇게 킹콩과 닮았는지 옆모습이 흡사 손뼉을 치면서 뛸 것만 같다. 늘어선 나한대와 공룡능선의 비경은 아무리 설명을 덧붙여도 만족하지 못할 만큼 비경이다.

킹콩바위

울산바위

공룡능선

공룡능선의 아름다움에 취해 오르고 내리기를 반복하다 드디어 마등령에 도착했다. 마등령 표지판은 백두대간 인증장소이다. 마등령 표지판에서 인증 사진을 촬영하고 하산길에 접어든다. 그러나 말이 하산길이지 아직은 가야 할 길이 멀다. 아직 버스를 탑승하는 주차장까지는 약 6.7㎞가 남았고 내려가는 길 또한 만만치 않다. 거기다 갖고 온 물이 그만 떨어지고 말았다. 아껴서 먹 었는데 넉넉히 준비하지 못한 데다 생각보다 날이 덥다. 희운각 대피소에서 물 을 보충해 왔어야 했는데 미처 생각하지 못한 불찰이다. 이날의 깨달음은 그 이후 나의 산행길에 물만큼은 넉넉하게 준비하게 하는 계기가 되었다. 10월 9 일의 설악은 옷이 흠뻑 젖을 만큼 덥다. 거기다 이 근처는 계곡도 없어 참아가 며 걷다가 금강굴에 이르러 계곡의 물을 받아서 마신다. 그나마 청정지역이라 그래도 마실 수 있지만 최근에는 어지간한 높이의 산에서도 애써 계곡의 물을 마시지는 않는다. 안전을 예측할 수 없는 상황에서 위험스러운 일은 되도록 하 지 않는다는 것이 원칙이다.

비선대까지 살짝 높낮이가 있기는 하지만 공룡능선과는 다른 완만한 길이 이어진다. 그러나 역시 아직은 설악 내에 있기에 마음이 급해진다. 마등령에서 비선대까지는 급경사로 내려가는 산행로로 바윗길이 대부분이다. 만약 반대 로 올라오는 길이라면 이곳은 능선이 거의 없고 매우 험준하다고 느낄 것이다. 올라오는 코스로 잡는다면 금강굴 이전에 물을 반드시 준비해두길 권한다.

하산하는 내내 시선이 머무는 곳마다 단풍이 절정이다. 사진으로 담는 건 그 비경의 1/100도 되지 못한다. 그저 아주 미세한 감동만 전할 뿐, 직접 보는 것에 비길 수 없다. 비선대에 도착하니 4시가 지났다. 맑고 깨끗함이 수정과 같다면 어우러진 바위와 단풍 등은 잘 맞는 한 폭의 그림이다. 보고만 있어도 마음이 평안해지는 그 고운 물에 더러움이라는 게 있을까 싶을 만큼 청정수 가 흐른다. 맑은 비선대를 따라 산오이풀, 구실바위취가 단풍 든 모습 등 설악 의 비경과 야생화가 어우러져 아름다움의 극치를 맛본다. 그러나 오늘 본 것 은 설악의 일부분으로, 반도 안 되는 부분을 살짝 감상하고 온 것이다. 차후 전체를 볼 수 있기를 기대한다. 비경이라고, 멋있다고, 혹은 아름답다고, 그 어떤 말이 어울릴까마는 그래도 설악은 아름답고 멋있었다.

비선대의 단풍과 계곡

설악산은 사계절 어느 계절에 방문해도 그 아름다움에 반할 것이다. 그러나 역시 그 멋스러움을 즐기려면 안전에도 만전을 기해야 하는 곳으로, 도중에 하산하는 길이 없다는 것을 유념하고 물을 충분히 준비할 것을 권유한다. 다른 산에 비해 중간에 하산하는 길이 없이 앞뒤로 장거리 구간이 이어지기에 체력이 어느 정도 뒷받침되지 않으면 짧게 끊어서 방문하는 코스도 좋을 것이다. 설악은 그 명성만큼이나 크고 웅장하고 아름답지만 또한 조심히 경계하면서 준비하고 가야 할 곳이다.

설악산은 태백산맥 연봉(連峯) 중의 하나로 최고봉인 대청봉(大靑峯)과 그 북쪽의 마등령(馬等嶺)과 미시령(彌矢嶺), 서쪽의 한계령(寒溪嶺)에 이르는 지역으로 그 동부를 외설악, 서부를 내설악이라고 한다. 또한 동북쪽의 화채봉(華彩峯)을 거쳐 대청봉에 이르는 화채릉, 서쪽으로는 귀떼기청봉에서 대승령(大勝嶺), 안산(安山)에 이르는 서북릉이 있으며 그 남쪽 오색약수(五色藥水)터, 장수대(將帥臺) 일대를 남설악이라고 한다.[26] 또한 설악은 중독성이 있는 곳이니 특별히 마음을 다지기를 당부한다.

★ 산행 시 응급상황 대처 요령 - 저체온증

땀에 젖은 상태로 쉬거나 추운 겨울철 산행을 하게 되면 저체온증이 올 수도 있다. 이를 예방하기 위해서는 수시로 겉옷을 입고 벗어 체온을 유지하는 것이 좋은데 저체온증이라고 판단이 되면 옷이나 담요 등을 덮어 보온을 하고 따뜻한 물이나 차를 마시도록 하는 것이 좋으며 가벼운 마사지 등으로 혈액순환이 잘될 수 있도록 유도한다. 응급처치를 하면서 도움을 요청하여 따뜻한 곳으로 신속하게 이동하도록 한다.

---

26 『한국의 자연』(백민사, 1971)

66.
달빛이 흐르는 강
- 월출산(809m)

　　남도의 금강산이라 불리는 월출산은 높이 809m이며 월나산, 월생산이었다
가 조선시대부터 월출산이라 불렀다. 주봉은 천황봉이고 장군봉, 사자봉, 구
정봉, 향로봉 등이 연봉을 이룬다. 산세가 매우 크고 수려하며 기암괴봉과 비
폭, 벽담, 많은 유물, 유적 등과 조화를 이루고 있다. 1973년 도립공원으로 지
정되었다가 1988년 총면적 41.88㎢가 국립공원으로 지정되었다. 조선 세조 때

산성관(월출제일관)

의 시인이며 생육신의 한 사람인 김시습(金時習)도 "남쪽 고을의 한 그림 가운데 산이 있으니, 달은 청천에서 뜨지 않고 이 산간에 오르더라" 하고 노래하였다. 월출산은 수많은 기암괴석이 어우러진 모습이 보기에 따라 하나의 거대한 수석(壽石)이라고 할 수도 있고 나쁘게 말하면 천하의 악산(惡山)이라고 할 수도 있다.[27]

서울에서 거리가 멀어 평일 하루를 잡고 맘먹고 달려간다. 일정을 잡아놓고 나서 워낙 아름다운 산이라는 산악인들 사이의 평도 듣고, 인터넷 사진으로 보는 월출산은 기대만큼 설렘도 크다. 드디어 기체공원 주차장에 도착하여 탐방로로 향한다. 날씨는 더없이 좋을 만큼 덥지도 춥지도 않은 것이 최고이다. 조금 올라가니 마치 삼각김밥을 올려놓은 듯한 바위가 반긴다. 이 바위는 어째 주먹을 형상화한 듯하다. 바위를 끼고 돌아 계단을 오르면 아래로 보이는 기암괴석이 탄성을 자아낸다. 어쩐지 새의 부리를 닮은 것도 같고 이곳이 산성 관으로 '월출제일관'이라는데 월출산을 오르는 첫 번째 관문이라는 뜻으로 '문바위'라고도 부른다. 그만큼 중요한 곳으로, 외적이 쳐들어왔거나 지방에 급한 변란이 발생하면 봉화를 올리는 곳이기도 하다. 이 산중에 탱자만 한 감이 주렁주렁 열려 있다.

조금 더 오르니 구정봉이 나오는데 가뭄이 들어도 마르지 않는 곳으로 우리나라의 구정봉 중 가장 큰 곳이란다. 구정봉에는 전설이 있는데 천상의 9선녀가 9마리의 용을 타고 내려와 목욕을 할 때에 어린 총각이 막내 선녀의 옷을 숨기는 바람에 천상으로 돌아가지 못하고 총각과 결혼해서 행복하게 살았다는 이야기가 전해진다. 또한 조선 세조 때 몹시 가뭄이 들었는데 이곳의 물을 떠서 기우제를 지내고 풍년이 들었다고도 전해진다.

---

27 Daum백과, 『신증동국여지승람(新增東國輿地勝覽)』, 『한국의 여로(旅路)』(한국일보사, 1981), 『한국지명요람』(건설부국립지리원, 1983), 『한국관광자원총람』(한국관광공사, 1985), 『관광한국지리』(김홍운, 형설출판사, 1985)

구정봉 아래 암벽에는 우리나라에서 가장 높은 곳에 있는, 국보로 지정된 마애불이 있다고 하는데 시간상 찾아보지 못하고 인터넷 이미지로 대신 올려본다. 혹시 산행기회가 있는 분들은 꼭 둘러보기를 권해본다. 시선을 돌리는 곳마다 멋진 기암괴석으로 지루할 틈이 없다. 산 전체가 기암괴석으로, 일단

구정봉

마애여래좌상(국보 제144호)

기암괴석

월출제일관에 올라가면 거의 대부분의 코스가 올망졸망한 바위를 넘나드는 길이다. 마치 설악산 흔들바위처럼 덩그러니 올라앉은 바위를 재미삼아 밀어 보고 폰에 담아본다. 계단을 오를 때마다 수려한 모습이 탄성을 자아낸다.

　고인돌바위다. 원래 땅속에 묻혀 있던 것이 토사가 유실되는 과정에서 드러 나게 되었다고 추정하는데 월출산의 대표 바위라 한다. 마치 상어 모습을 한 바위도 있고, 이 바위를 지나치면 시선을 돌리는 곳마다 웅장함이 살아 있는 바위산을 볼 수 있다. 동서남북 돌아보는 곳마다 장관이다. 광암터 삼거리를 지나면 계단이 시작되는데 그 계단 끝자락에 통천문이 있다.

바람재

흔들바위

고인돌바위

통천문에 도착하니 한창 계단을 재정비하느라 인부들과 장비 소리가 엄청나다. 천황사 쪽에서 바람폭포 또는 구름다리를 지나 천황봉에 가려면 반드시 지나야 한다. 천황봉에 이르는 마지막 관문으로 하늘로 통하는 높은 문이라 하여 통천문이라 불리며 이 바위를 지나면 영암고을과 영산강 줄기를 볼 수 있다.

드디어 정상이다. 정상에는 지도를 그려넣은 정상석과 두 개의 정상석이 있는데 100명산을 인증하는 것은 천황봉이다. 정상에서 바라보는 경관은 말로 표현하지 못할 만큼 멋지고 수려하다. 왜 작은 금강산이라 하는지 알 것 같았다.

정상석

하산하는 길에는 고운 단풍으로 지루할 틈이 없다. 아기자기 조릿대까지 월출산은 볼거리도 많기도 하다. 이제 조금만 더 가면 구름다리에 도착할 것이다. 멀리 개산리 저수지를 중심으로 넓은 평야가 바라다보인다. 반듯반듯한 논들이 바둑판처럼 깔끔하다. 드디어 구름다리가 발아래 보인다. 고소공포증으로 가슴이 콩닥콩닥 뛰지만 건너가야 한다. 우선 지나가기 전에 인증샷을 남기는 건 필수다.

구름다리를 지나면 정자가 나오고 근처를 지나면 바람폭포 가는 길을 따라 천황봉 주차장으로 향하는 갈림길이 나온다. 갈림길을 지나서 주차장으로 가는 길은 조금 멀지만 대체로 완만하고, 바람폭포 가는 길은 빠르지만 가파르다. 고민하다 바람폭포를 보고 싶은 마음에 발걸음은 바람폭포 쪽으로 방향을 잡는다. 하산하는 길은 마치 개나리처럼 고운 단풍이 반겨준다. 월출산 시노암길을 나타내는 표지석을 볼 수 있는데 이는 월출산의 사라져가는 향토문화유산을 복원하는 길이라는 뜻으로 '시'는 윤선도의 시비를, '노'는 영암 아리랑의 노래를, '암'은 바우제를 뜻한다고 한다.

통천문

구름다리 팔각정

시루봉

구름다리

주차장 가는 길에 거북바위(남생이)를 만난다. 이 바위는 월출산에 오르려는 거북 모양으로, 옛날 아들을 낳지 못하는 여인이 이 바위를 만지며 소원을 빌면 아들을 낳는다고 전해진다. 천황산 주차장에 도착하니 천황봉을 볼 수 있는 곳에 커다란 표지석이 세워져 있다. 주차장에서 보는 월출산도 멋지다.

월출산은 정말 와보고 싶었던 곳이었는데 명성만큼 그 기대를 저버리지 않았다. 기암괴석은 시선을 두는 곳마다 장관이었고 바위들도 지루할 틈 없이 멋지게 앉아 있다. 국보와 전설 그리고 구름다리 등 지루할 틈 없는 멋진 곳, 월출산이 바로 그런 곳이었다.

월출산에는 그 외에도 다양한 유물과 유적이 있는데 위에서 언급한 월출산 마애불좌상(국보 제144호)과 도갑사해탈문(국보 제50호), 도갑사석조여래좌상(보물 제89호), 무위사극락전(국보 제13호), 무위사선각대사편광탑비(보물 제507호), 월남사지모전석탑(보물 제298호) 등이 있다. 특히 도갑사는 고려시대 도선국사가 세운 절로 도갑사 해탈문, 석조여래좌상, 도선 수미비 등 국보와 보물 문화재가 있다. 도갑산 남동쪽에 있는 무위사는 신라 때 원효대사가 세운 절로 극락전과 벽화, 선각대사 편광 탑비가 있다. 무위사의 동쪽 월남리의 월남사지에는 고려시대에 세워진 월남사지 모전석탑과 월남사지 석비가 남아 있다. 또 월출산 계곡에 있는 금릉 경포대, 천황봉에서 보는 일출과 일몰도 유명하다.[28]

★ 산행 시 응급상황 대처 요령 - 골절

우선 손상 부위에 냉찜질을 하여 염증을 예방하고 골절이 의심되는 곳은 2차 상처를 예방하기 위해 부목을 대주어 움직임을 최소화하도록 하는 것이 중요하다. 만약 뼈가 외부로 돌출되었다면 억지로 밀어넣지 말고 더 이상의 출혈 및 감염을 예방하기 위해 깨끗한 수건이나 거즈로 덮고 부목을 고정시켜 신속하게 병원으로 이송하도록 한다.

28 http://koc.chunjae.co.kr/main.do/

당당한 금강송의 기운을 느끼며
- 응봉산(998.5m)

응봉산은 울진 쪽에서 보면 비상하는 '매'의 형상을 하고 있어 응봉산으로 불리고 있다. 또 전해지는 전설에 의하면 어느 조씨(趙氏)가 매사냥을 하다가 매를 잃어버렸는데 그 매를 찾아 응봉(鷹峰)이라고 하였고, 그곳에 좋은 묫자리가 있어서 부모의 묘를 써 집안이 번성하였다고 한다. 약 12㎞에 이르는 계곡에 크고 작은 폭포와 암반이 산재한 작은 당귀골과 용소골이 비경으로 남아 있다. 기암괴석 사이로 계곡물이 폭포수를 이루며 흘러내린다. 산세는 험준하고 숲이 울창하나 등산로는 대체적으로 완만하다. 다만 북쪽의 가곡천 골짜기를 따라 개설된 지방도 418호선을 제외하면 포장도로가 거의 없기 때문에 접근하기 어려워 자연 본래의 모습이 비교적 잘 보존되어 있다.[29]

울진에 위치한 응봉산은 998.5m로 높아 보이지만 완만한 코스로 초보자도 어려움 없이 등반이 가능한 곳이다. 험한 암릉 구간도 없고 약간의 경사진 곳이 조금씩 있을 뿐 대부분은 오솔길을 걷는 느낌이었다.

산을 사람에 비하면 착하고 순해 보인다는 것이 맞는 표현일 수도 있다. 집안 행사에 참여하고 자투리 시간을 이용해 다녀왔는지라 종주를 하지 못하고

---

29 장은재, 『경북명산과 문화유산체험』(동화문화사, 1998), 『울진군지』(울진군지편찬위원회, 2001), 『산과 숲 나무에 얽힌 고향이야기』(경상북도, 2004), 『울진의 명산 그리고 숲과 나무』(울진군청, 2006), 국가생태계 지식네트워크(http://ecosystem.nier.go.kr/)

원점회귀를 하였다. 응봉산의 주요 볼거리인 용소폭포와 세계 유명 13교량, 신선샘, 옥류대를 보지못해서 아쉽지만 응봉산의 묘미는 살짝 맛보고 온 것 같다. 작은 계단으로 시작하지만 저렇게 조그만 계단이 두세 개 정도 있을 뿐 보통은 완만한 산길이다. 전체 코스는 약 12.5㎞정도 되지만 응봉산 주요 볼거리를 다 볼 수 있도록 조금만 여유를 가지고 가면 좋았을 텐데 하는 아쉬움이 컸다. 참 아기자기한 오솔길이다. 늦가을인데 한적하고 좋다. 그동안 따스한 날씨 덕분에 때늦은 진달래가 활짝 피었다.

응봉산은 금강송과 떡갈나무가 유명하다. 오래전 불이 나서 그 흔적이 남아있는데 그 탓인지 떡갈나무도 굵은 것보단 어린 떡갈나무가 정말 많았다. 정말 멋지게 생긴 금강송과 곁을 지키고 있는 바위에 누군가로부터 시작된 소원탑이 보인다. 계절을 잊은 진달래가 한 나무 가득 피었다. 오늘 이곳 날씨가 영하 3도로 갑자기 기온이 뚝 떨어져서 어쩐지 애처로워 보인다.

응봉산의 명품 소나무 금강송

정말 큰 아름드리 금강송이다. 두 팔로 껴안아도 너무 커서 손이 닿질 않는다. 약 20m 정도 되는 돌밭 같은 길을 지나면 또 오솔길처럼 아늑한 등산로가 계속된다. 금강송이 줄지어 서 있는 등산로가 눈을 즐겁게 한다. 오래된 고사목과 멋진 경치가 어우러져 한 폭의 그림 같다. 산세가 여인의 곡선처럼 부드럽고 아름답다. 착하고 순한 능선이 참 곱게 느껴진다. 계단을 오르고 나면 제1헬기장에 도착한다. 약 1.3㎞를 올라가면 제2헬기장에 도착하는데 갑자기 운무가 가득히 피어오른다. 전형적인 산책길 같은 오솔길을 따라 산을 오르면 떡갈나무가 즐비하다.

산책하는 느낌으로 천천히 걸어도 금방 정상에 다다른다. 딱 두 시간에 걸쳐 도착한 정상에는 안개가 자욱하여 먼 곳까지 볼 수는 없었지만 운치 있고 멋있었다.

제1헬기장

제2헬기장

100명산 인증을 하고, 정상에서 만난 산객들과 간식을 나누고 하산길에 접어든다. 계단 방향으로 하산하면 응봉산의 주요 볼거리들을 볼 수 있지만 한두 방울씩 떨어지는 빗방울로 마음이 급하여 원점회귀한다. 멀리 안개가 걸린 능선이 멋스러워 카메라에 담아본다. 곧게 쭉쭉 하늘을 향해 뻗은 금강송은 응봉산의 자랑거리이다. 하산하는 길은 낙엽으로 미끄러웠다. 겹겹이 쌓인 낙엽은 눈 못지않게

정상석

위험한 요소이다. 특히 오를 때 낙엽은 한 걸음 걸으면 반 걸음은 다시 뒤로 밀려날 정도로 미끄럽다. 떡갈나무로 유명한 만큼 낙엽도 정말 많이 덮여 있다. 융단 같은 저 낙엽 위를 걸으면 저절로 시구가 흘러나올 것만 같다. 아마도 이 가을 마지막 단풍인 것 같은 단풍나무가 아직은 고운 색을 유지하고 있지만 곧 겨울을 맞이하겠지.

떡갈나무가 많은 곳의 산행로에는 푹신한 이불처럼 많은 낙엽이 쌓여 있다. 바스락거리는 소리를 들으며 한 걸음 한 걸음 나아가니 혼자 하는 산행에 마치 누군가 동행하는 느낌이 든다.

"시몬, 너는 아느냐. 낙엽 밟는 발자욱 소리를."

이제 거의 다 내려온 것 같다. 빗방울도 멎고 마음이 여유로워져 고운 마른 잎이 눈에 들어온다. 아직도 달맞이꽃이 활짝 피어 있는 길가에는 달맞이꽃 말고도 이름 모를 야생화들이 산자락 아래 빛 좋은 곳에서 여러 송이 피어 있는데 울산도깨비바늘도 떠나는 가을이 아쉬운 듯 마지막 꽃망울을 터트리고 있다.

웅봉산은 주위에 덕구계곡과 덕구온천, 그리고 불영계곡이 유명하다. 특히 동쪽에 있는 덕구계곡은 1983년 10월 5일 덕구온천군립공원으로 지정된 곳으로, 약 600여 년 전 발견된 덕구온천이 있다. 남쪽 상당리에 위치한 구수곡계곡에는 2001년에 자연휴양림이 조성되었다.[30] 웅봉산은 떡갈나무가 많아 그늘도 많고 봄에는 연한 새순, 여름에는 짙은 녹음과 그늘, 가을엔 낙엽, 겨울엔 강원도라 눈 덮인 떡갈나무의 눈꽃이 아름다운 곳이다.

---

30 장은재, 『경북명산과 문화유산체험』(동화문화사, 1998), 『울진군지』(울진군지편찬위원회, 2001), 『산과 숲 나무에 얽힌 고향이야기』(경상북도, 2004), 『울진의 명산 그리고 숲과 나무』(울진군청, 2006), 국가생태계 지식네트워크(http://ecosystem.nier.go.kr/)

코스도 비교적 완만하여 4시간 정도 산행 후 계곡에서 천렵을 즐기거나 덕구온천에서 가족들과 시간을 보내도 좋을 듯싶다. 봄이 되면 연둣빛 고운 새순을 보러 다시 찾아야겠다.

★ 산행 시 응급상황 대처 요령 - 염좌

특히 많이 일어나는 산악안전사고 중의 하나가 바로 염좌인데 신체 부위 중에서도 발목 부분에 많이 일어나는 사고이다. 산행 중에, 특히 하산 시에 많이 발생하는 발목 염좌는 다리에 균형을 잃으면서 발목이 삐었을 때 많이 일어난다. 이때 인대가 늘어나거나 파열되어 통증 및 부기 등의 증상이 나타나며 가벼운 경우는 특별한 치료 없이도 낫게 되지만 수술을 필요로 하는 경우도 있다. 부상 직후 냉찜질을 하는 것이 좋으며 통증이 지속될 경우 반드시 병원을 찾아 근본적인 치료를 하는 것이 좋다.

신의 돌기둥

- 무등산(1,100m)

무등산은 높이 1,100m이며 호남정맥의 중심 산줄기로 일컬어진다. 최고봉 천왕봉의 높이는 1,186.8m이다. 산 전체는 산정 부근의 암석 노출지를 제외하면 완경사의 토산을 이루고 있다. 산세는 웅대하며, 다양한 형태의 기암괴석이 절경을 이루어 사철 경관 아름다운 경승지가 많다. 3대 석경은 서석대, 입석대, 광석대이다. 1972년 무등산도립공원으로 지정되었다가 2013년 무등산국립공원으로 승격, 지정되어 한국의 제21호 국립공원이 되었다.[31] 무등산은 비할 데 없이 높은 산, 또는 등급을 매길 수 없는 산이라는 뜻이다. 북쪽의 나주평야와 남쪽의 남령산지(南嶺山地)의 경계에 있는 산세가 웅대한 산으로, 통일신라 때 무진악(武珍岳) 또는 무악(武岳)으로 표기하다가 고려 때 서석산(瑞石山)이란 별칭과 함께 무등산이라 불렸다. 이 밖에도 무당산, 무덤산, 무정산 등 여러 이름을 갖고 있다.[32]

31 Daum 백과

32 『한국의 지형』(권동희, 한울, 2006), 『자연지리학사전』(자연지리학사전편찬위원회 엮음, 한울, 1996), 『한국지지』-지방편 IV(건설부국립지리원, 1986), 『관광한국지리』(김홍운, 형설출판사, 1985), 『한국관광자원총람』(한국관광공사, 1985), 『무등산의 산지 지형 특색』(김현수, 한국교원대학교 석사학위논문, 2005), 『경향신문』(2009. 2. 4.), 『한겨레신문』(2009. 5. 14.), 국토지리정보원(http://www.ngi.go.kr/), 무등산국립공원(http://mudeung.knps.or.kr/), 문화재청(http://www.cha.go.kr/), 한국의 산천(http://www.koreasan.com/)

100명산 등반을 시작하면서 정말 가보고 싶었던 산 중에 한 곳을 꼽으라면 광주 무등산을 꼽는다. 설렘 가득한 마음으로 이른 새벽 산행 버스에 올랐다. 어제 눈이 제법 내렸다던데 아직 남아 있을지 모르겠다. 새하얀 상고대와 눈꽃을 볼 수 있다면 얼마나 좋을까. 아직도 산행 하면 눈꽃산행이라 말하는 내게 눈 온 뒤 산행은 기대감으로 가득하다. 주차장에 도착하자 출발지에는 눈이 하나도 없다. 조금 실망하긴 했지만 그래도 인터넷에서 본 서석대가 너무 보고 싶어 발길을 옮겨본다. 도중에 전망대가 있어 잠시 올라가본다. 멀리 광주 일대가 훤히 내려다보인다. 올라가는 길은 완만하여 어렵지 않게 올라갈 수 있다. 약간의 너덜길을 지나면 조릿대가 나지막히 깔린 곳에 조금씩 눈이 내린 흔적이 있어 정상에는 눈이 남아 있을 것이라는 기대감이 생긴다. 제발 새하얀 눈꽃을 볼 수 있기를 기대한다. 반면에 하늘은 어찌나 파랗던지, 어제 그리 매섭게 불던 바람도 한풀 꺾여 포근하다. 이것을 다행이라 해야 하는 건지!

와… 저만치 서석대가 보이는데 온통 하얗다! 그토록 보고 싶었던 상고대를 볼 수 있을 것 같다는 작은 기대감이 든다. 완만한 길을 지나는 길에 절터가 있었다던 동화사터 약수가 있다. 조금만 내려가면 볼 수 있기에 들러서 둘러보고 사진을 찍고 다시 발길을 옮긴다. 완만한 등산로를 올라가면 흔들리는 억새 사이로 철탑이 보이고 그 아래 올라가며 광주 시내를 담아본다. 유난히 파란 하늘 아래로 광주 시내가 시원스레 내려다보인다.

동화사 약수터

중봉 정상석

중봉을 지척에 두고 나란히 선 철탑도 한 컷 담아본다. 중봉에서 멀리 서석대가 보이는데 하얗게 눈으로 덮여 있다. 따스한 햇빛으로 다 녹기 전에 빨리 올라가야지. 조금이라도 눈꽃을 보려면 부지런히 걸어야 한다.

서석대로 가는 길에는 군데군데 멋진 바위와 마치 목장 같은 억새밭이 오솔길처럼 아늑하고 멋스럽다. 여기서부터 무등산 옛길이라는데 살짝 경사가 있는 길을 약 700m 올라간다. 하얗게 눈이 쌓인 무등산 정상 쪽에 자꾸만 시선이 간다.

지난여름 피고 미처 떨구지 못한 산수국이 제2의 설화로 피어났다. 그냥 자연의 아름다움이 경이롭다. 무등산의 명물인 주상절리 중 하나인 서석대이다. 용암이 식을 때 표면이 오각형 또는 육각형으로 생긴 모양을 주상절리라 하는데 무등산 주상절리는 약 7천만 년 전에 생긴 것으로 천연기념물 제465호로 지정되어 있으며 서석대, 입석대, 광석대가 대표적이다. 서석대는 저녁노을이 들 때 햇살에 반사되어 수정처럼 빛나기 때문에 서석을 수정병풍이라고도 했다고 전한다. 무등산을 서석산이라 부른 것은 이 서석대의 돌 경치에서 연유한 것이다. 서석대의 병풍바위는 맑은 날 광주 시가지에서도 그 수려함을 바라볼 수 있다.[33]

서석대

무등산 정상석

33 화순 문화관광(http://www.hwasun.go.kr/)

중봉에서 정상 가는 길

서석대를 지나니 정상까지 아직도 녹지 않은 상고대로 눈이 호사스럽다. 중봉을 지나면서 보았던 하얀 눈꽃과 상고대가 그늘진 방향에는 그대로 남아 있어 두 가지의 날씨를 경험하고 있다. 바위의 이끼풀이 마치 한 송이 꽃처럼 아름답게 피어났다.

드디어 정상이다. 원래 정상은 조금 더 진행하여야 하지만 공군 군사시설로 통제되었다. 군사시설은 연 2회 일반인들에게 개방한다. 무등산 정상은 군사시설이 있는 뒤쪽의 천왕봉, 그리고 지왕봉, 인왕봉으로 이루어져 있으며 중간의 지왕봉은 의병장 김덕령 장군이 무술을 연마하던 곳이라 한다. 날씨가 맑은 날이면 지리산도 조망이 가능하다고 하며 담양, 영암, 나주, 전북 등 호남일대가 다 보인다고도 한다. 정상에서 바라본 전경의 능선은 여인네 허리춤마냥 곱기도 하다. 정상에서 인증사진을 촬영하고 잠시 휴식을 취한 후 중머리

입석대

재 방향으로 하산길을 잡는다. 바로 아래에는 승천암이 있다. 승천암에는 작은 전설이 있는데 무엇엔가 쫓기던 산양을 숨겨준 스님 꿈에 이무기가 나타나 산양을 잡아먹어야 승천하는데 훼방을 놓았다며 새벽까지 종소리가 울리지 않으면 잡아먹겠다 하였는데 갑자기 큰 종소리가 나 스님을 살려주고 용이 되어 승천했다는 전설이 담겨 있다.

승천암에서 바라본 백마능선이다. 맨 앞 봉우리가 안양산이고 뒤쪽으로 낙타봉이 있는데 봄에는 철쭉 군락지라 한다. 가을엔 억새가, 봄엔 철쭉이 아름다운 백마능선은 호남정맥으로 가을이면 억새의 하얀 꽃이 바람에 흩날릴 때 마치 백마의 갈퀴처럼 보인다고 백마능선이라 부른다. 장불재에서 이어지는 고산 초원지대이기도 한 능선이 참 곱게 이어져 있다.

천왕봉

승천암

깎아놓은 듯한 바위가 서 있는데 선돌, 즉 입석대로 불리며 주상절리의 일부이다. 석축으로 된 단을 오르면 5~6각형 또는 7~8각형으로 된 돌기둥이 반달같이 둘러서 있는데 이를 입석대라 부른다. 이런 절경은 다른 산에서는 찾아보기 힘들다고 한다. 오랜 세월의 풍상을 겪어 온 입석대는 석수장이가 먹줄을 퉁겨 세운 듯, 하늘에 닿을세라 조심스럽게 늘어서 있는 모습이 우람하기만 하다. 옛날에는 이곳에 입석암이 있었고 주변에는 불사의사, 염불암 등의 암자들이 있었다. 역시 천연기념물이다.[34] 멋진 서석대와 입석대를 뒤로하고 해발 990m의 장불재에 도착했다. 정상에서 왼쪽에 서석대, 오른쪽에 입석대가 자리하고 있으며 이서면 쪽으로 능선을 따라 돌면 지

백마능선

장불재

중머리재

공너덜과 규봉으로 갈 수 있다. 멀리 무등산 명물인 입석대가 한눈에 보인다. 이제 중머리재로 이동한다. 하산하는 길은 햇빛이 잘 드는 곳으로 마치 가을 하늘 같다. 중머리재에 도착하여 잠시 휴식을 취하고 시간이 넉넉하여 서인봉으로 돌아가려고 한다.

---

34 화순 문화관광(http://www.hwasun.go.kr/)

원래 코스는 여기서 바로 중심사로 가는 것이었지만 약 1㎞ 정도 차이라 더 많은 곳을 보고자 코스를 변경하여 발길을 돌린다. 서인봉 도착 전에 헬기장을 지나고 서인봉에 도착했다. 마치 삼거리 같은 나지막한 봉우리로, 이정표가 아니었으면 봉우리인지도 모르고 지나칠 뻔했다. 이정표 뒤로 멋진 정상이 조망된다. 하산하는 길은 어쩐지 빠르기만 하다. 약사사를 지나 중심사로 향한다. 중심사에서 지정 등산로를 따라 동쪽으로 약 3㎞ 올라가면 대피소가 있다. 이곳에서부터 가파른 고갯길이 나오는데 이곳이 중머리재이다. 산 위에 올라가면 편안한 능선이 이어져 있어 사람들이 휴식하기에 적당하다. 이곳을 통하여 더 올라가면 중불재에 이어서 입석대, 규봉으로 갈 수 있다.[35] 겨울의 사찰은 고요하기만 하다. 중심교를 지나고 얼음이 언 계곡을 지나며 무등산의 겨울을 담는다. 무등산에서의 첫 번째 산행을 마감한다.

무등산에는 최소 두 번은 와야 무등산의 최대 주상절리를 볼 수 있다. 이듬해 나는 비슷한 시기에 다시 무등산을 찾는다. 첫해보다 더 많은 눈꽃과 상고대를 볼 수 있었고 더 많은 무등산을 보게 된다. 그리고 그렇게 보고 싶었던 규봉암의 광석대와 덕산너덜과 지공너덜도 기어이 보고야 말았다. 규봉을 보지 않고 무등산을 보았다고 말하지 말라 할 정도로 한 폭의 한국화를 대하듯, 신들이 옥을 깎아 놓은 듯 무등산에서 가장 절경이 빼어난 곳이 바로 이곳이다. 여기서 멀리 바라보면 동복댐의 물이 손에 잡힐 듯 눈에 선하다. 원래 규봉이란 절 입구에 우뚝 솟은 세 개의 돌기둥이 마치 임금 앞에 나갈 때 신하가 들고 있는 홀같이 생겨서 이를 한자로 취하여 규봉이라 한 것이다. 이 바위를 또 삼존석이라 부르는데 여래존석, 관음존석, 미륵존석으로 불리며 도선국사가 명명했다고 전한다. 또 규봉십대가 있는데 광석대, 송하대, 풍혈대, 장추대, 청학대, 송광대, 능엄대, 법화대, 설법대, 은신대 등이 그것이다. 규봉에는 두 바위 사이로 길이 나 있는데 사람들이 드나들 수 있어 문바위라 한다. 이곳

---

35 화순 문화관광(http://www.hwasun.go.kr/)

에는 김덕령 장군이 문바위에서 화순 동면 청궁마을 살바위까지 화살을 쏘고 백마가 먼저 도착하는지를 시험하였다가 화살을 찾지 못하고 백마가 늦었다 하여 백마의 목을 치니 그제서야 화살이 날아와 바위에 꽂혔다는 전설이 전해 온다. 무등의 단풍은 규봉의 것을 제일로 친다.

석불암과 광석대

규봉(문바위)

광석대

뿐만 아니라 너덜겅에는 지공대사가 법력으로 수많은 돌들을 깔아 만들었다는 전설이 있으며 무등산의 대표적인 너덜로 알려져 있다. 이곳에는 천연석굴 은신대가 있는데 보조국사가 좌선수도를 했다 하여 보조석굴이라고도 한다. 그러나 천왕봉의 주상절리는 아직도 보지 못했으니 나는 아마도 그 이듬해 다시 무등산을 찾을 것 같다. 어쨌든 이날은 날씨도 좋았고 경치도 좋았고 무엇 하나 빠지지 않는, 더없이 좋은 산행이고 아름다운 추억이었다.

무등산은 2013년 3월 국립공원으로 지정되었으며, 무등산이란 이름은 '비할 데 없이 높고 큰 산', '비교할 수 없이 고귀한 산'이란 의미이며 2018년 4월 12일 유네스코에서 세계지질공원으로 선정한 곳이다. 봄엔 철쭉으로, 가을엔 억새로, 겨울에는 설경으로 아름다움을 자랑하는 곳이다.[36]
주상절리로 언제라도 눈이 호강할 수 있는 곳이며, 한 번은 다녀와야 하는 멋진 곳에 다녀왔으니 단언컨대 참 보람 있는 하루였다.

★ 산행 시 응급상황 대처 요령 - 가슴 통증 또는 호흡곤란

산행 시 극심한 가슴 통증이 발생하였다면 심장질환을 의심해볼 수 있다. 가슴이 터질 듯한 느낌이나 짓누르는 듯한 통증을 느낀다면 협심증 또는 심근경색일 가능성도 있기에 이때는 편안한 자세로 휴식을 취하고 혈관확장제를 복용하는 것이 좋다. 심혈관계질환이 있는 사람이라면 미리 니트로글리세린 같은 응급약을 준비하는 게 좋으며 호흡곤란 증세가 나타나면 바로 산행을 중단하고 안정을 취하며 천천히 호흡을 하도록 유도하면서 구조대에 도움을 요청한다.

---

36 『한국의 지형』(권동희, 한울, 2006), 『자연지리학사전』(자연지리학사전편찬위원회 엮음, 한울, 1996), 『한국지지』-지방편 IV(건설부국립지리원, 1986), 『관광한국지리』(김홍운, 형설출판사, 1985), 『한국관광자원총람』(한국관광공사, 1985), 『무등산의 산지 지형 특색』(김현수, 한국교원대학교 석사학위논문, 2005), 『경향신문』(2009. 2. 4.), 『한겨레신문』(2009. 5. 14.), 국토지리정보원(http://www.ngi.go.kr/), 무등산국립공원(http://mudeung.knps.or.kr/), 문화재청(http://www.cha.go.kr/), 한국의 산천(http://www.koreasan.com/)

69.

소금강 줄기 따라 거슬러 오르면

- 오대산 노인봉(1,338.5m)

　오대산은 비로봉(1,563.4m), 호령봉(1,561m), 상왕봉(1,491m), 두로봉(1,421.9m), 동대산(1,433.5m)의 다섯 봉우리와 그 사이의 많은 사찰들로 구성된 오대산 지구, 그리고 노인봉(1,338m)을 중심으로 하는 소금강 지구로 나뉜다.

　노인봉 남동쪽으로는 황병산(1,407m)이 있고, 북동쪽으로는 긴 계곡이 청학천을 이루고 노인봉에서 흘러내린 물이 하류로 내려가면서 낙영폭포, 만물상, 구룡폭포, 무릉계로 이어지는데 이곳이 청학동소금강(靑鶴洞小金剛)이다. 소금강이란 명칭은 율곡의 청학산기(靑鶴山記)에서 따왔으며, 소금강 입구 표석에 새겨진 '小金剛'이란 글씨는 율곡 이이가 직접 쓴 것이라고 알려져 있다. 노인봉은 현재 오대산 국립공원에 포함되어 있으며 소금강은 작은 금강산이란 의미로 1970년 우리나라 최초 명승1호로 지정되었다. 최근 높이 100m, 길이 200m의 출렁다리로 더욱 유명해진 곳이다. 1975년 2월 국립공원으로 지정된 오대산은 아름다운 자연경관과 잘 보존된 생태계로 널리 알려져 있고, 유서 깊은 사찰과 문화재가 곳곳에 있다.[37]

　오늘은 진고개에서 시작하여 노인봉을 보고 소금강으로 하산하는 코스이

---

[37] 『관광한국지리』(김홍운, 형설출판사, 1985), 『한국관광자원총람』(한국관광공사, 1985), 『관광자원론』(김정배 외, 형설출판사, 1982), 『관광지리학』(김병문, 형설출판사, 1978), 『오대산 및 소금강종합학술예비조사보고서』(문화공보부, 1971), 오대산국립공원(http://odae.knps.or.kr/)

다. 소금강에는 다양한 볼거리가 많은데 함께 올라보자.

반갑게도 전날 눈이 왔단다. 그런데 날씨가 너무 포근해서 눈이 있을 것 같진 않지만 그래도 혹시나 하는 기대감을 안고 출발한다. 드디어 진고개 주차장에 도착하여 가볍게 준비운동을 한 후 산행을 시작해본다. 길고 비가 오면 질어서 진고개라 불린다는 진고개 탐방지원센터는 백두대간 인증을 하는 곳이다.

진고개 등산로

노인봉 방향 능선

산행로 입구의 계단을 오르면 완만한 산책길 같은 코스가 이어지며 그늘진 곳에는 아직 지난 밤 내린 하얀 눈이 아직도 남아 있다. 유난히 새하얗게 빛나는 자작나무와 가을 하늘처럼 파란 하늘빛이 어찌나 눈부신지… 겨울 같지 않은 강원도 산이다. 저 능선만 지나면 드디어 정상이다. 오히려 정상까지는 힘들지 않고 오를 수 있는 완만한 길이 이어진다. 정상 주변은 온통 철쭉과 진달래나무로, 봄에 오면 참 아름다울 것 같다.

드디어 정상이다. 정상의 화강암이 사계절을 두고 백발노인처럼 생겼다 하여 노인봉이라 부르며 멀리 황병산(1,407m)과 매봉, 백마봉, 소금강이 조망된다. 오랜 세월의 기억을 간직한 마른 주목의 침묵 앞에 세월의 덧없음을 가슴으로 느껴본다. 깊은 산인 만큼 항암에 좋다는, 보기 드문 겨우살이가 키 큰 나무 끝에 자리하고 있다. 시끄러운 산사람들이 없다면 어느 산 식구들이 자리를 잡았을 법한 나무옹이의 흔적이 있어 기록으로 담아본다.

| 노인봉 정상석 | 주목 | 참나무 옹이 |

마치 하늘 끝에라도 닿을 듯 높이높이 자란 나무들도 멋스럽고, 완만한 오솔길에 잔잔한 나무들도 보기 좋다. 하산길도 이렇게 완만한 길이 이어진다. 낙영폭포에 도착했다. 한동안 가물어서 물도 얼음도 없지 않을까 생각했는데 역시 강원도라 꽁꽁 언 얼음과 속살처럼 비치는 졸졸 흐르는 물소리가 정겹다. 다들 삼삼오오 모여 사진을 찍으며 낙영폭포의 멋스러움에 한껏 빠져본다.

| 낙영폭포 | 코끼리바위 |

광폭포 하단

　코끼리 닮은 기암괴석이 웅장하게 서 있고, 겨울임에도 불구하고 이끼들이 초록빛으로 남아 있어서 봄빛이 느껴지는 계곡이다. 주렁주렁 달린 거대한 고드름에 겨울에 더 짙어 보이는 조릿대의 청초함까지, 오대산 줄기의 소금강에는 예상대로 웅장함이 살아 있다. 걷는 것이 지겹다 싶을 때 마침 다시 계곡의 얼음과 기암괴석이 보이는데, 그 안에 광폭포의 상단 전경이 시야에 들어온다. 광폭포 하단 전경은 물이 마치 옥처럼 맑다. 백운대에 이르니 거대한 바위가 있는데 10여 명의 사람들도 올라갈 수 있을 정도로 넓으며 앞뒤로 넓은 바위가 펼쳐져 있고 맑은 물이 흐르는 계곡이 이어지는 거대한 얼음계곡이다. 잘 정돈된 소금강 데크길을 따라 걷다 보면 작은 봉우리에 팔각정 모양으로 깎아 놓은 듯한 바위가 올려져 있다. 자연의 신비함이란 정말 대단하고 경이롭다. 긴 철다리를 지나면 만물상(귀면바위)이 보인다. 귀신 얼굴 또는 사람 얼굴을 닮아서 귀면암이라 한다고 전한다.

구룡폭포에 도착했다. 소금강을 대표하는 폭포로 구룡소에서 나온 9마리의 용이 폭포 하나씩 차지했다는 전설이 전해진다. 구룡폭포 바로 옆에는 쇼파처럼 편안해 보이는 바위가 자리하고 있다. 맑은 물과 암벽이 있어 여름엔 사람들이 꽤나 찾아올 듯하다.

귀면바위

구룡폭포

소금강 줄기를 따라 걷는 길에는 거대한 두꺼비를 닮은, 집채만 한 바위도 있다. 여기는 식당암으로 신라의 마지막 왕 경순왕이 고려의 왕건에게 나라를 내어주자 이를 인정하지 않은 마의태자가 군사를 이끌고 훈련하던 중 식사를 하던 곳이라 하여 붙여진 이름이다. 넓고 평평한 바위가 어마어마하게 넓게 펼쳐져 있다.

금강사를 지나서 조금 더 진행하면 크고 작은 소가 계곡 따라 이어진다. 이곳은 연화담이라 일컫는데, 폭포 아래로 떨어지는 물이 마치 연꽃을 닮았다 하여 붙여진 이름이라 한다. 그 아래는 십자소로, 강바닥이 열십 자(十) 모양의 소를 이루고 있어 이러한 이름이 붙여졌다. 십자소는 양쪽에서 흐르는 조그만

계곡이 서로 교차하면서 열십 자 모양을 이루었다. 맑은 물로 이루어진 구청
학산장을 지나면 소금강 비석을 만난다.

식당암

십자소

금강사

연화담

소금강은 온통 자연이 빚어놓은 예술적인 바위와 계곡이 어우러져 만약 겨
울이 아니었다면 수많은 인파들로 발 디딜 틈이 없었을 것이다. 맑은 계곡의
물과 기암괴석, 완만한 산길은 산책로처럼 이어져 있어 누구나 한 번 오면 또
다시 찾고 싶은 소금강이다. 다양한 소의 비경을 지나 소금강 비석을 마지막으
로 오대산 노인봉의 산행을 마무리한다.

소금강은 무릉계(武陵溪)를 경계로 내소금강과 외소금강으로 구분된다. 내소금강에 명소가 많은데 천하대(天河臺), 십자소(十字沼), 연화담(蓮花潭), 식당암(食堂巖), 삼선암(三仙巖), 청심대(淸心臺), 세심대(洗心臺), 학유대(鶴遊臺) 등을 들 수 있다. 이 중에서도 구룡연(九龍淵)이라고 하는 구폭구담(九瀑九潭)의 구룡폭포와 만물상(萬物相) 일대는 특히 경치가 아름답다. 구룡폭포 부근의 아미산성(娥媚山城)은 고구려와 신라가 각축하던 싸움터이고, 연화담 위에 있는 금강사(金剛寺)는 여승만 있는 사찰이다. 또한 금강사 주변은 천연기념물인 장수하늘소의 서식지로 알려져 있다.[38]

★ 산행 시 응급상황 대처 요령 - 다리에 쥐가 날 때

근육이 갑자기 경직되면서 통증을 유발하고 경련이 일어나는 것을 흔히 쥐가 난다고 말하는데 쥐가 나는 쪽과 같은 손의 손등 새끼손가락 중간 마디를 꾹 눌러서 특별히 아픈 부위를 지속적으로 눌러주고 충분한 휴식을 취한다. 만약 상태가 호전되지 않는다면 무리하게 산행을 하지 말고 중지하는 것이 좋으며 뿌리는 파스가 있다면 뿌려주도록 한다.

---

38 『한국민족문화대백과사전』, 오대산국립공원(http://odae.knps.or.kr/)

70.
전우들의 음성을 기억하라

- 민주지산(1,241.7m)

영동 소재 민주지산은 높이 1,241.7m로 소백산맥의 중앙에 위치하고 있으며 충청, 전라, 경상 삼도를 가르는 삼도봉을 거느린 명산이다.[39] 덕유산국립공원과 함께 블랙야크 100대 명산 중 한 곳으로 각호산, 석기봉, 삼도봉 3개의 봉우리로 이루어져 있으며 사방이 급경사이고 화강암으로 이루어져 있는 것이 특징이다. 민주지산에는 어떤 전설과 절경이 기다리고 있을까? 민주지산에 한번 올라보자.

눈이 온 지 이틀이 지났으나 바닥에는 제법 눈이 쌓여 있다. 시작부터 겨울 산행의 필수 아이템인 아이젠을 착용하고 올라가야 한다. 이른 아침이라 그런지 각호산까지 구름 한 점 없는 파란 하늘, 그리고 그와 대조적으로 새하얀 상고대가 눈을 즐겁게 한다. 각호산은 뿔 달린 호랑이가 살았다 하여 각호산이라 불린다고 전한다. 겨울 산의 상고대는 봐도 봐도 질리지 않고 아름답기 그지없다. 시간이 지나면서 해가 중천에 뜨니 상고대는 곧 녹을 듯하다. 아름드리 나무들이 각양각색으로 서 있고 융단처럼 깔린 눈은 인적 없이 고요하다. 눈과 상고대에 취해 오르다 보니 어느새 십자로 갈림길에 섰다. 십자로 갈림길에서 바라보는 정상은 아직 새하얀 눈으로 덮여 있다. 가던 걸음을 멈추고 지나온 각호산 봉우리를 돌아보니 하얀 능선이 예술이다.

---

39 영동 문화관광(http://tour.yd21.go.kr/)

각호산 표지목   십자로 갈림길 표지목

민주지산 대피소에 도착했다. 대피소 바로 옆에는 특전사들 200여 명이 혹한기 훈련을 하던 도중 급격한 온도변화로 6명이 안타깝게 하늘의 별이 되어 세워진 위령비가 있는데 여기는 국가보훈처 현충시설이다. 잠시 묵념을 올린 후 다시 정상을 향해 발을 내딛는다. 얼마 지나지 않아 민주지산 정상에 도착했다. 민주지산 정상석도 하얀 상고대에 덮여 있다. 정상에서 바라본 고운 능선들이 하늘과 맞닿아 있다. 사방을 둘러보며 민주지산의 전경을 마음에, 눈에, 카메라에 담고 석기봉으로 출발한다. 할 수만 있다면 삼도봉까지 가고 싶은데 눈꽃과 상고대에 취해 너무 늦장을 부렸더니 아무래도 시간이 넉넉하지 않을 듯하다. 그러나 일단 최선을 다하되 안전이 최우선이므로 서두르지 않고 조심해서 나아간다.

석기봉으로 가는 길에는 민주지산 삼신상이 있는데 자세히 보지 않으면 잘 모르고 지나칠 수 있다. 일신 삼두상은 고려시대에 만들어졌다는 설과 백제시대에 만들어졌다는 설이 있으며 삼신상 밑으로 천정바위에서 물이 떨어져 고이는 약수물탕이 있는데 심한 가뭄에도 마르지 않으며 삼신상 앞에 20여 평 되는 공터가 있어 예로부터 하늘과 산신에게 비는 기도처로 이름이 나 있다.

민주지산 대피소

특전사 현충시설

민주지산 정상석

　　석기봉에 도착했다. 석기봉은 아기자기한 바위 암벽들로 이루어져 있다. 석기봉에서 바라보는 전경들이 절경이다. 파란 하늘이 더욱 파랗게 보이는 것은 아마도 추운 날씨 탓일 게다. 시린 바람에 파란 하늘은 더욱 청초해 보인다.

　　석기봉을 돌아서 내려오면 팔각정이 보이는데 여름이라면 잠시 쉬어 가면서 땀을 식히기에 더없이 좋을 것 같다. 삼도봉까지 가고 싶었으나 일정이 늦을 것 같아 운주암골 갈림길에서 하산한다. 우리가 늦으면 다른 사람들에게 피해를 주기에 삼도봉은 눈에 담고 다음 기회에 들리기로 한다. 삼도봉은 백두대간이라 살짝 더 욕심이 났지만 과유불급이라 했으니 오늘은 눈꽃과 상고대를 즐기고 감상한 것으로 위로해본다.

일신 삼두상

석기봉 정상석

물한계곡 표지석

평지에 거의 다 내려오면 목교를 두 개 지나치는데 마치 그 자리를 맴도는 듯한 착각을 하게 만든다. 어쩌면 그렇게 똑같은지 잣나무 숲길도 비슷해서 더욱 착각하게 만드는 것 같다. 잣나무 숲길을 따라 나 있는 오솔길을 지나면 우측에 황룡사를 지나 물한계곡으로 향한다. 물한계곡 입구에는 커다란 장승이 여러 개 서 있는데 멋있어서 장승도 볼거리다. 겨울 민주지산은 약간 지루한 감도 없잖아 있지만 때마침 내린 눈과 상고대로 지루함을 털어버렸다.

민주지산은 추풍령 남서쪽 약 25㎞ 지점에 있으며 산행의 기점은 정상의 동북쪽 방향인 한천마을과 남쪽 아래의 대불리로 크게 나눌 수 있다. 삼도봉, 석기봉이 명소이며 석기봉 동쪽에는 원시숲과 화전민터가 있어 옛 주민들의 생활상을 엿볼 수 있고, 물한리에서 멀지 않은 곳에는 1972년에 지은 황룡사가 있다. 석기봉과 삼도봉으로 이어지는 주 능선은 봄이면 온통 산죽과 진달래가 군락을 이뤄 꽃 산행을 즐기게 된다. 다른 산의 진달래가 무리 지어 군락을 이루는 데 반해 이곳 진달래는 능선을 따라 도열해 있는 것이 특징이며, 물한계곡을 끼고 있어 심산유곡으로 아직도 때묻지 않은 계곡이 돋보이는 곳으로 각종 잡목과 진달래 철쭉 등이 꽉 들어차 장관을 이루고 있다. 옥소(玉沼) 응주암 의용곡폭포 등이 절경을 이루며 삼도봉에는 충북, 경북, 전북 등 3도인이 모여 세운 3도봉 대화합탑이 있다.[40]

★ 산행 시 응급상황 대처 요령 - 머리 손상

산행 도중 머리를 다쳤다면, 출혈이 있을 때는 깨끗한 수건 등으로 지혈을 하고 환자가 의식을 잃거나 토하거나 두통을 호소한다면 반드시 병원에 가서 검사를 받는 것이 좋다.

---

40 영동 문화관광(http://tour.yd21.go.kr/)

71.
천상의 음악이 울리는 곳

- 동악산(735m)

동악산은 전라남도 곡성군 북쪽에 자리 잡은, 높이 735m의 산이다. 북쪽 아래에는 섬진강이 흐르고 남쪽으로는 형제봉과 최악산이 있으며 골짜기가 깊고 바위로 이루어져 있다. 신라 무열왕 7년(660), 원효가 길상암과 도림사를 세울 때 하늘의 풍악에 산이 춤을 췄다고 하여 동악산이라 불리며 산행 입구 도림사는 신라 진평왕 때 창건된 사찰로 이 절의 처음 이름은 신덕왕후가 행차한 곳의 절이라는 의미로 신덕사였으나 현재는 도를 닦는 승려들이 수풀처럼 모이는 곳이라는 뜻의 도림사로 불리고 있다고 한다.[41]

새벽에 오르면 동악산의 운무만큼 아름다운 것이 없다는데 아무래도 새벽 운무는 보기 어려울 것 같지만 동악산의 아름다움을 찾아서 운전대를 잡는다. 도림사 입구에 도착하니 바람은 차지만 상쾌함이 느껴진다. 산사는 어디나 그렇듯이 도림사 역시 산사에서만 느낄 수 있는 고즈넉함이 묻어난다. 작은 오솔길처럼 완만한 산행로를 따라 출발한다. '날은 저물고 갈 길은 멀다'라는 의미로 '모원대'를 새긴 바위를 지나면, '하늘의 뜻을 살피고 땅의 일을 헤아리라'라는 의미로 '해동무이'를 새긴 바위가 맑은 물이 흐르는 계곡에 있다. 동악산은 특이하게 바위마다 의미 깊은 문구의 글들이 새겨져 있는 곳이 많다.

---

41 http://korean.visitkorea.or.kr/

소도원은 도연명의 도화원과 비슷하여 붙여진 이름이란다. 바위마다 표지목이 세워져 있어 다행스럽게도 그 의미를 알 수 있었다.

도림사

모원대

해동무이

소도원

맑은 물이 흐르는 청류동 계곡에는 단풍나무가 유난히 많아 초록이 무성한 여름도 아름답지만 가을 단풍도 매우 아름다울 것 같다. 무릉도원처럼 아름다워서 붙여진 이름이 아닐까 미루어 짐작해본다. 한겨울임에도 바위에 초록 이끼가 곱다. 조금 더 오르니 돌바위라는 지점인데 저 바위를 일컫는지는 확실치 않지만 근처에 있는 가장 큰 바위라 담아본다.

계속되는 계단을 오르고 또 오르면 멋진 바위들이 우뚝 솟아 있는데 누군가 일부러 갖다 세워놓은 듯하다. 소나무 사이로 조망되는 곳이 정상인가 보다. 날씨는 가을 날씨처럼 청명하고 개운하다. 미끈하게 솟아 있는 나무들 대부분이 단풍나무로, 가을엔 얼마나 고울까 싶다. 그냥 착해 보이고 순해 보이

돌바위

는 능선이 전망대 아래로 한눈에 들어온다. 준비한 도시락을 먹고 잠시 휴식 후 정상을 오른다. 나지막하지만 아늑한 분위기의 동악산은 산책 코스로 그만이다. 계단 구간이 좀 있긴 하지만 산행 시작점부터 계곡이 이어져 기분 좋은 산행이 이어진다. 형제봉으로 돌아서 가고 싶지만 오후 일정으로 원점회귀하기로 한다.

동악산 정상석

대은병

정상석에서 형제봉 쪽으로 약 5분만 진행하면 시원스럽게 탁 트인 전경을 볼 수 있다. 아쉬운 마음에 잠시 들러 형제봉만 바라보다 하산한다. 맑은 동악산 계곡에 잣나무의 갈잎이 누군가 일부러 뿌려놓은 것 같다. 계곡가에 올라

올 때 미처 보지 못한 커다란 하트 모양의 큰 바위가 있어 담아본다. 따로 이름이 없는 듯하여 우리끼리 이제부터 저 바위를 '하트바위'라 부르기로 한다. 도림사 입구 6곡 대은병은 '진정한 은사가 은둔하는 곳'이란 뜻이란다.

　동악산은 위에서 언급한 바와 같이 단풍나무가 많고 맑은 청류동계곡과 다양한 기암괴석이 많으며 나지막하여 어렵지 않게 정상을 찾을 수 있는, 매력이 많은 산이다. 거기에 계절별로 색다른 맛을 느낄 수 있으니 명산으로 손색이 없겠다. 이른 새벽 운무를 볼 수는 없었지만 동악산의 운무는 이름나 있기에 그 또한 산객들이 찾는 또 하나의 이유가 될 것이다.

★ 산행 시 응급상황 대처 요령 - 벌레에 물렸을 때

산행 시에는 밝은색의 옷이나 짙은 향수, 화장품은 피하는 것이 좋은데 이는 벌레로부터 피해를 예방하기 위함이다. 벌레에 물렸을 경우에는 바르는 약으로 응급처치를 하고 냉찜질을 하는 것이 도움이 된다. 긁거나 손톱으로 누르는 행위는 감염을 일으킬 수 있기 때문에 자제하는 것이 좋다. 이를 예방하기 위하여서는 손목에 차거나 목걸이로 착용할 수 있는 모기퇴치기 등을 활용하는 것도 좋다.

72.
산수유의 고장을 찾아서
- 금수산(1,016m)

금수산은 높이 1,016m로 단양에서 치악산으로 이어지며 국망봉, 도솔봉과 함께 소백산맥의 기저를 이루는 산이다. 단대천(丹垈川)이 이곳에서 발원하여 남한강으로 흘러든다.

약 500년 전까지는 백암산(白巖山)이라 불렸는데, 이황(李滉)이 단양군수로 재임할 때 그 경치가 비단에 수놓은 것처럼 아름답다 하여 금수산이라 불렀다고 한다. 제2단양팔경의 하나로 삼림이 울창하며 사계절이 모두 아름답고, 산정에 오르면 멀리 한강이 보인다고 한다.

동쪽 기슭에 있는 금수암(錦繡巖)은 높이 3m쯤 되는 백암인데 그 위에 붉은 빛으로 산, 물, 구름 등의 모양이 그려져 있어 일명 화암(畫巖)이라 불린다. 산 기슭에는 용소가 있는데 장마나 가뭄에도 수량이 변하지 않아 이곳에서 기우제를 지냈다 한다. 또 산속의 한량지는 한여름에도 얼음을 볼 수 있는 얼음골이다.[42] 금수산 입구 상천마을은 산수유마을로, 울타리며 마당이며 가로수까지 산수유로 붉게 물들어 있다. 봄이 되면 노란 산수유꽃들로 매우 아름다울 것이다. 등산로로 이어지는 마을 어귀에는 쉼터가 있는데 오래된 큰 소나무들이 웅장하게 서서 마을의 쉼터로 자리 잡고 있다. 여름이면 농사에 지친 농군

---

42 『충청북도지』(충청북도지편찬위원회, 1975), 『내고장 전통가꾸기』(단양군, 1982)

들이 점심 후 오침하기에 딱 좋을 것이다. 동네 어귀를 돌면 등산로 입구에 있는 보문정사인데 기묘한 석층이 많다. 졸졸 흐르는 시냇물과 바위의 이끼가 자연의 미를 더해준다.

상천마을 표지석

마을 어귀 소나무

보문정사

생강나무도 봄을 기다리며 꽃을 피울 준비에 열심이다. 산행로를 조금 오르니 마치 고인돌처럼 생긴 바위가 층층이 쌓여 있다. 저 아래 어딘가 오래전 살았던 누군가가 잠들어 있을 것만 같은 기묘한 바위도 있다. 깊은 산속임에도 집터의 흔적이 있는데 신라시대 성터가 있다고 하더니 여기인가…. 확실하지는 않지만 저런 축석들이 꽤 여러 곳에 남아 있다. 멋지고 우람한 바위를 지나 높다란 계단을 오르면 조금 완만한 오솔길이 이어지는데 봄날처럼 포근한 탓에 길이 질척거린다. 깊은 골짜기라 항암에 좋다는 겨우살이가 여기저기 많이 달려 있다. 또 계단이 나오는데 조금만 더 가면 정상이다. 금수산 입석대바위란다. 정상석 바로 아래 있는데 기골이 장대하다.

드디어 정상이다. 금수산 정상석은 앞뒤에 똑같이 이름이 적혀 있어서 어느 방향에서 찍어도 정상석이라는 것을 알 수 있다. 금수산 정상에서는 월출산과 청풍호가 조망되며 중간쯤 산행을 시작했던 상천마을도 보인다. 역광을 피해 맞은편으로 가서 인증사진을 찍고 준비한 도시락을 먹는데 한겨울임에도 햇살이 비춰서 등이 따뜻하다.

고인돌바위 · 집터

아… 참 좋다. 평화스럽고 맑은 하늘과 따뜻한 햇살! 그리고 아름다운 금수산의 경관, 무슨 말이 더 필요할까! 사실 상천마을에서 올라올 때는 왜 금수강산이라고 하는지 잘 모르겠다고 생각했는데 정상에 오르고 나서야 알 수 있을 것 같았다. 맞은편 망덕봉 방향은 병풍처럼 펼쳐진 바위 사이사이로 소나무가 자라나 그림처럼 멋지다.

금수산 정상석

월악산과 청풍호

망덕봉 정상석

이제 계단을 따라 망덕봉 방향으로 향한다. 오래된 소나무의 마른 가지가 하얗게 서서 금수산을 지킨다. 사이좋은 자매바위를 지나 망덕봉에 도착하니 기존에 있던 산행로는 자연보호 차원에서 통제되어 있고 우회하는 산행로가 생겼다. 예전에 다녀갔다던 지인이 통제된 곳 경관이 매우 빼어나다고 하였지만 우회로를 통해 하산한다. 아마도 금수강산이라 말하는 그 병풍바위 방향인 듯하다. 하산하는 길에 간혹 보이는 오래된 소나무들이 아쉬워 한그루 담아본다. 금수산의 명물 독수리바위는 머리가 정말 독수리 모양이다. 정말 금방이라도 비상할 태세다. 독수리바위를 지나 멀리 조망되는 청풍호가 빛난다. 바위도 바위지만 바위와 어우러진 소나무도 멋있어 끊임없이 사진을 찍게 된다. 가까이서 보니 독수리의 눈과 부리가 마치 진짜 독수리가 앉아 있는 듯 생생하다.

독수리바위를 지나면 족두리바위가 조망된다. 하산하는 길은 저렇게 수없이 크고 작은 바위로 이루어져 있어 얼음이 얼거나 눈이 많이 오면 조금 위험할 수도 있을 것 같다.

자매바위

독수리바위

명품 소나무

마치 코뿔소 코를 닮은 코뿔소바위를 지나면 잘 손질된 계단이 이어져 있는데 안전해 보여 다행이다. 하산하는 우측 방향으로 금수산 주상절리대가 한눈에 들어온다. 이쪽으로 오지 않고 원점회귀했더라면 볼 수 없는 경관이다. 웅장하고 멋져서 산객의 눈길을 멈추게 한다. 병풍 같은 금수산의 명품 바위들은 한두 개가 아니다. 사진으로 다 담을 수 없어 안타깝다. 멋진 병풍바위가

끝나갈 즈음 용담폭포에 다다른다. 아래서 보면 흘러내리는 한 줄기의 물줄기만 보일 것이다. 위에서 내려다보니 위쪽에 두 개의 소가 있어 선녀탕처럼 맑은 물이 쏟아져 고여 있다. 너무나 아름다워 구간마다 멈추고 경관을 담아본다. 용이 승천하고 선녀가 노닐었다는 용담폭포는 꼭 위에서 전체를 볼 것을 권유한다.

족두리바위

코뿔소바위

병풍바위

용담폭포 우측으로 바위에서 끈질기게 살아남은 생명력 깊은 소나무가 기특하다. 아래서 바라보는 용담폭포인데 위에서 본 소는 볼 수가 없다. 코스를 정말 잘 선정한 것 같다.

용담폭포 상부

용담폭포 하부

금월봉(주)

산 끝자락에 있는 마을 어귀의 정자 마당에는 목련이 봄을 맞을 채비를 하고 있다. 아쉬운 마음으로 하산을 끝낸다. 하산을 끝내고 집으로 가는 길에 청풍호 물줄기를 따라 야간 조명을 밝힌 청풍대교가 아름답다. 금수산의 또 하나의 명물, 금월봉이다. 금강산을 빼다 박은 작은 금강산이라 하여 금월봉이라 하는데 금수산에 가기 전 우측 방향으로 휴게소와 함께 있는데 야간엔 조명을 밝혀놓아 아름다움이 극에 달한다. 혹시 금수산을 방문할 분들이 계시면 낮에도 밤에도 들러 감상하기를 권한다.

금수산은 말 그대로 금수강산이 아름다워 붙여진 이름답게 구석구석 물과 바위, 나무, 역사 등 볼거리가 풍부한 곳이다. 크게 어려운 코스는 아니지만 의외로 눈과 마음을 즐겁게 하는 곳으로, 가면 꼭 종주할 것을 권유한다. 아름다운 금수산은 계절 없이 아름다운 기암괴석과 봄에는 노란 산수유꽃이 반겨주고 가을에는 빨갛게 익은 산수유가 반겨준다. 금월봉을 마지막으로 금수산 산행 일정을 마무리한다.

★ 산행 시 응급상황 대처 요령 - 열상

찢어진 상처를 열상이라고 하는데 이때 대부분 출혈이 있는 경우가 많다. 따라서 감염의 우려도 많은데 지혈과 감염을 예방하는 것이 우선이다. 병원에 가기 전에 지혈제 등의 약품을 바르게 되면 병원에서 치료하는 데 오히려 방해가 될 수 있다. 깊은 열상은 대부분 상처를 봉합해야 하기 때문에 신속하게 응급실로 가야 한다.

73.

사계절 아름다운 산정 고갯마루

- 장안산(1,237m)

장안산은 높이 1,237.4m이고 면적은 6.380㎢이다. 소백산맥은 남덕유산(南德裕山, 1,507m)과 육십령(六十嶺, 734m)을 지나 백운산(白雲山, 1,279m)에 이르며, 백운산 서쪽 약 4㎞ 지점에 장안산이 있다. 장안산의 이름은 옛날 이곳에 장안사(長安寺)라는 절이 있어 그 이름을 따서 장안산이라 불렀다고 한다.

연휴를 맞아 전북 장수군에 위치한 장안산 군립공원을 찾았다. 저녁부터 조금씩 내리기 시작한 비는 그칠 줄 모른다. 기어이 우중 산행을 감행하였다.

장거리를 달려온 탓도 있지만 겨울비를 맞으며 올라가야 하는 이유로 짧은 코스를 택하여 산행을 시작하였다. 무룡계곡 또는 무령계곡이라고도 하며 백두대간의 한 곳인 영취산을 사이에 두고 벽계 쉼터가 있는데 비가 오는데도 불구하고 산행준비를 하는 산객들이 더러 보인다.

도로 옆으로 바로 급경사 계단이 시작점이다. 그 후로는 비교적 완만한 오솔길이 이어진다. 주위는 조릿대가 하얀 눈과 대조적으로 초록을 과시하고 있다. 첫 번째 전망대에 도착하여 넓게 펼쳐진 억새밭을 바라본다. 짙은 안개로 시야는 넓지 않지만 제법 운치 있다. 정리정돈이 잘되어 있는 데크길을 따라 조릿대와 나란히 걸으면 두 번째 전망대가 나타난다. 두 번째 전망대에 오르면 장수 시내가 조망이 되는데 오늘은 안개가 짙어서 볼 수가 없다.

약 1시간 10분 정도 오르면 정상석이 나오는데 정상석 앞에는 100㎞ 행군

기념 군부대 기념석도 보인다. 명산 인증사진을 촬영하고 정상에서 장안산을 둘러본다.

장안산 정상석

7733부대 기동중대 기념석

조릿대

　자동차가 있어서 원점회귀를 하는데 눈과 비가 섞여 있는 하산길은 더욱 미끄럽고 더디게 느껴진다. 그러나 하산길에도 놓치지 않고 아름다운 산길의 경관을 담아본다. 장안산은 덕산용소계곡이 유명하며, 계곡을 비롯한 26개의 크고 작은 계곡과 7개의 연못, 14개의 기암괴석, 5개의 약수터 등 연못과 폭포가 절경을 이룬다. 거울비로 인해 우비를 입고 다녀온 산행이지만 아기자기한 장안산은 새싹이 돋는 봄에는 진달래와 초록 억새로 마치 목장 분위기가 날 것이다. 물기 머금은 늙은 억새도 운치있고 멋지기만 하였다.

한 걸음 한 걸음 진흙 묻은 무거운 신발도 산을 사랑하는 산객의 발걸음을 막기에는 부족하였다. 우리가 찾은 장안산 동쪽 능선의 억새밭 비경은 산등에서 동쪽 능선으로 등산로를 따라 펼쳐진 광활한 억새밭이다. 흐드러지게 핀 억새밭에 만추의 바람이 불면 온 산등성이가 하얀 억새의 파도로 춤추는 듯한 풍경을 연출한다. 이는 아름다운 장관을 이루며 등산객들을 경탄케 한다. 이 풍경 때문에 관광객들이 가을에 많이 찾는다. 경관이 뛰어나서 1986년에 군립공원으로 지정되었다.[43]

정상 방향

백운산 방향

제1전망대 방향

43 장수 문화관광(http://tour.jangsu.go.kr/)

나는 그 후로도 해마다 장안산을 찾아 세 번째에야 비로소 맑은 날 억새밭을 볼 수 있었다. 늦은 가을이었지만 만추의 억새밭을 볼 수 있었고, 장안산 정상에서만 볼 수 있는 조망을 맘껏 보았다. 나지막하고 짧은 코스라도, 산이 내어주기 싫으면 몇 번이고 찾아야 그 정성에 감복하여 내어주나 보다. 겸손한 마음으로 맑은 날의 장안산 모습을 덧붙인다.

★ 산행 시 응급상황 대처 요령 - 찰과상과 자상

등산 시에 날카로운 나뭇가지나 바위 등에 긁히거나 베이는 경우가 발생하는데 이때 작은 부상이라면 연고나 소독약으로 상처를 소독하고 밴드 등으로 감염을 예방한다. 만약 출혈이 멈추지 않고 환부가 심각하면 직접 압박을 하고 심장보다 높게 하여 신속하게 병원으로 이동한다.

진달래가 흩날리는 대견봉에서

- 비슬산 천왕봉(1,084m)

비슬산은 높이 1,083.4m이며 최고봉은 대견봉이다. 주위에 청룡산, 최정산, 우미산, 홍두깨산 등이 있으며 1986년 2월 이 일대가 비슬산군립공원으로 지정되었다. 비슬산은 진달래, 철쭉, 억새풀로 잘 알려져 있으며 용계천을 막아 조성한 가창저수지와 냉천계곡, 홍등약수터, 천명약수터 등이 있다. 그 외에 용연사를 비롯해 유가사, 소재사, 용문사, 용천사 등 많은 절이 있고 자연경관이 뛰어나고 문화유적이 많아 대구시민을 비롯한 인근 주민들이 즐겨 찾는다.[44]

비슬산은 진달래꽃이 아름답기로 유명한 산으로, 대견사 뒤쪽으로 병풍처럼 펼쳐진 진달래꽃밭이 5월이 되면 흐드러지게 필 테지만 지금 막 겨울을 보내는 비슬산은 그다지 찾는 이가 없어 조금은 을씨년스럽기까지 하다. 그러나 그런 생각도 잠시, 많기도 한 바위들로 지루하지 않게 다녀왔다. 겨울을 보내는 비슬산에 올라보자.

한가로운 유가사 입구에 들어서면 커다란 바위마다 시구들이 적혀 있다. 돌탑들이 거북 모양으로, 혹은 탑 모양으로 정성스럽게 쌓아올려져 있다. 특이하게도 본당으로 들어가는 대문을 지나야 등산로에 갈 수 있다. 정면 건물 중 우측은 카페로, 기념품을 판매하는 곳이다.

---

44 Daum백과

돌탑

유가사 및 등산로

등산로 입구

　본격적으로 등산이 시작되는 등산로 입구에는 단풍 열매가 잠자리처럼 하늘하늘 날린다. 곧 고운 단풍 새싹이 돋아날 것이다. 여기서부터 정상 천왕봉까지 3.3㎞다. 입구부터 너덜길이다. 산행하는 내내 이런 바위들로 된 너덜길이 펼쳐져 있다. 너덜길이 끝나면 급경사길과 약 400m 남짓 돌아가는 완만한 길이 있는데 어차피 진달래를 볼 수 없으니 그냥 급경사길로 발길을 옮긴다. 지난가을 마른 꽃으로 남은 잔대꽃도 정겹고, 기형으로 쓰러질 듯 생명을 이어가는 소나무도 특이하다. 누군가 지나는 길에 아쉬움과 소망 담아 쌓아올린 정성탑도 보인다. 급경사를 오르면서 멀리 조망이 멋지다. 정상 방향의 맞은편 바위산도 멋스럽고 그 이후에도 오르는 내내 크고 작은 바위들이 심심할 틈 없이 시선을 사로잡는다. 참 웅장해 보인다. 촛대처럼 생긴 멋진 바위도 보이고 뒤돌아보니 골짜기 따라 비슬산 능선이 곱다.

정상이 보이는 봉우리에 올라 발아래로 펼쳐진 기암괴석과 가을을 닮은 겨울 비슬산을 바라본다. 정상에 도착하니 세 개의 정자가 나란히 세워져 있다. 주위는 마른 억새들이 이른 봄바람에 살랑살랑 흔들린다. 비슬산 정상에서 100명산 인증사진을 촬영한 후 시원한 바람을 느낀다. 비슬산의 겨울은 곧 봄맞을 준비를 하고 있었다. 생강나무도 한껏 꽃봉오리를 부풀리고 노란 꽃망울을 터트릴 준비를 하고 있다.

비슬산 정상 팔각정

비슬산 정상석

비슬산은 진달래나 철쭉뿐만 아니라 억새도 너무 아름다웠다. 계절마다 특색 있는 아름다움이 시선을 사로잡는 산으로 매력덩어리라고 할 수 있다. 잠시 휴식을 취하며 간단한 간식으로 요기를 한 후 하산 준비를 한다. 잠시 휴식을 하는 사이에 아직은 한기를 느끼게 하는 바람이 옷깃을 여미게 한다. 하산길은 원점회귀다. 유가사의 마당가에는 이른 큰봄까치꽃이 곱게 피었다. 지난해 가을 기억을 담은 익모초도 그대로 계절을 잊었고 노란 개암나무꽃도 피었다. 작은 정성탑이 많은 유가사 출입구에서 비슬산 산행을 마무리한다.

　신증동국여지승람과 달성군지에는 비슬산을 일명 포산(苞山)이라 한다고 기록되어 있다. 포산은 수목에 덮여 있는 산이란 뜻이다. 내고장 전통 가꾸기 (1981년 간행)에 보면 비슬산은 소슬산(所瑟山)이라고도 하는데 이것은 인도의 범어로 부를 때 일컫는 말이며 중국말로는 포산(苞山)이란 뜻이라고 기록되어 있다. 더불어 신라시대에 인도의 스님이 우리나라에 놀러 왔다가 인도식 발음으로 비슬(琵瑟)이라고 해서 이름을 붙였다고 기록되어 있다. 유가사사적(瑜伽寺寺蹟)에는 산의 모습이 거문고와 같아서 비슬산(琵瑟山)이라고 하였다는 기록이 있다. 일설에 비슬산은 산꼭대기에 있는 바위의 모습이 마치 신선이 거문고를 타는 모습과 같다고 하여 비슬산이라 불렀다고도 한다.[45]

　계절마다 아름다움이 넘치는 비슬산을 봄이 되면 대견사 쪽으로 올라 진달래를 보러 다시 한번 찾아야겠다.

★ 산행 시 응급상황 대처 요령 - 설맹

설맹은 설원 위에 반사되는 자외선과 적외선 빛에 장시간 노출되었을 때 망막이 손상되어 시력 장애를 입는 것을 말한다. 산행 외에도 스키장에서도 발생하는데 가벼운 증상은 그대로 두어도 치유가 되지만 중증인 경우 반드시 병원을 찾아서 치료를 해야 한다. 먼저 증상이 발현이 되면 눈을 붕대로 가리고 빛을 차단한 후 병원으로 이송을 하는데 이때 콘택트렌즈를 끼고 있다면 렌즈는 제거하도록 한다.

---

45 『자연지리학사전』(자연지리학사전편찬위원회 엮음, 한울, 1996), 『경상북도사(慶尙北道史)』(경상북도사편찬위원회, 1983), 『대구시(大邱市)의 도시지리학적 연구(都市地理學的 硏究)』(홍경희, 대구시, 1966), 『朝鮮に於ける鄕土地理の一例』(田村一久, 1933), 문화재청(http://www.cha.go.kr/), 비슬산자연휴양림(http://www.dalseong.daegu.kr/bisulsan/), 「1:25,000 지형도」-송서 도폭(국토지리정보원), 한국 지질 자원 연구원 지질 정보 시스템(http://geoinfo.kigam.re.kr/)

75.

원효구도의 길을 따라 하늘정원까지

- 팔공산 비로봉(1,193m)

팔공산의 높이는 1,192.3m이며 1980년 5월 도립공원으로 지정되었다. 대구광역시 북부를 둘러싸고 있으며 중악, 부악, 공산, 동수산으로 불리기도 했다. 산 정상부를 중심으로 양쪽에 동봉과 서봉이 있으며 그 줄기가 칠곡군, 군위군, 영천시, 경산시, 구미시에까지 뻗어 있다. 위천의 지류인 남천이 북쪽 사면에서 발원한다. 산세가 웅장하고 하곡이 깊어 예로부터 동화사, 파계사, 은해사 등 유서 깊은 사찰과 염불암, 부도암, 비로암 등의 암자가 들어서 있다. 영천시 청통면의 은해사거조암영산전(국보 제14호), 군위군 부계면의 군위삼존석굴(국보 제109호)을 비롯한 국보 2점, 보물 9점, 사적 2점, 명승지 30곳이 있다. 명아주, 원추리, 은난초, 옥잠화 등 690종의 식물이 자생하고 있다.[46] 그럼 팔공산으로 다 함께 올라보자.

들머리는 원효구도의 길로 시작한다. 워낙 많은 산객들이 다니는 명산이라 등산로도 잘 정비되어 있었다. 임도를 따라 올라가는 길도 있지만 오도암 방향으로 발길을 향한다. 산세를 보고 힐링하기에는 임도보다는 아무래도 산길이 더 좋을 테니까.

---

46 Daum백과

아직은 곳곳에 물길을 따라 하얀 얼음길이 보인다. 단풍나무도 지난가을을 잊지 못해 아직도 미련을 안고 있는 듯 마른 잎을 간직하고 있다. 이 산의 특성 중 하나가 조금씩 발길을 옮길 때마다 운치 있는 명시가 작은 현수막에 프린트되어 걸려 있어서 땀을 식힐 때마다 마음을 정화시킨다. 중턱쯤 오르면 경치좋은 자리에 산객들을 위한 작은 정자가 있어 잠시 쉬어갈 수 있도록 자리하고 있다. 등산로는 정비되어 있어 초보자도 길을 잃지 않고 갈 수 있다. 멀리 팔공산 정상이 아스라이 조망된다.

1000계단

오도암은 원효대사가 창건하여 득도하고 머물던 곳으로, 뒤편에는 청운대라 하는 우물도 있고 김유신 장군과 함께 마시던 우물로 장군수라 불리던 우물도 있다. 오도암을 지나면 약 천 개 정도의 계단이 있는데 300여 개와 700여 개로 나뉘어 있다. 계단은 역시힘들다. 약 200여 개 정도 계단을 남기고 사자굴이 나오는데 유래는 알 길이 없으나 원효대사를 따르는 제자들과 관련된 굴이 아닌가 추정된다. 또한 벼랑 아래로 원효대사가 참선하던 원효굴이 있다 하는데 위험하다며 통제해놓아서 가볼 수는 없었다.

제천단

사자굴

팔공산 정상석

계단이 끝나면 군부대가 있고, 군부대를 끼고 하늘공원이 있는데 군부대의 스피커에서 끊임없이 촬영금지라고 방송이 나와 감히 폰을 꺼낼 엄두가 나지 않아 군부대는 지나치고 길가에 무성한 봄을 맞은 버들강아지를 담아본다. 정상 쪽에는 방송국 기지국이 있는데 그 앞의 도로는 아직도 한겨울이다. 조금 전 봄내음 가득하던 버들강아지를 실컷 보았는데 여긴 이렇게 얼음길이다.

조심조심 미끄러지지 않도록 조심하자. 암벽 뒤쪽은 군부대로 높다란 양철 담벼락이 세워져 있다. 길 아래의 기암괴석으로 이루어진 웅장한 산세를 보니 왜 명산인지 알 것 같다. 역사가 살아 숨 쉬는 곳, 기암괴석으로 볼거리가 많은 곳. 그래서 명산이 되었나 보다. 이제 조금만 더 가면 정상이다. 기지국을 끼고 돌면 정상이라는데 정상석은 어디로 숨었는지, 누가 집어 갔나 도무지 찾을 길이 없다. 어디 있을까, 비로봉 정상석은. 두리번거리다 겨우 찾았다. 처음 산행인데 사전정보를 충분히 찾지 않았더니 정상석을 코앞에 두고 한참을 찾았다. 정상석은 기지국 뒤편에서 다시 바위 뒤로 올라가야 있다. 커다란 바위를 돌아서 제천단이라는 비석을 지나면 그제서야 비로봉이라고 크게 쓰인 팔공산 정상석을 만날 수 있다.

하늘공원 가는 길

故 이종옥 중령 추모비

숨어 있는 정상석 발견하고 신나게 인증사진을 남기고 또 다른 산객들도 인심 좋게 찍어준다. 산을 찾는 이들 마음이야 별반 다르지 않을 테니 말이다. 이것도 인연인데 멋스럽게 포즈를 주문하고 폰을 건넨다. 애써 찾은 정상석을 뒤로하고 내려와 다시 하늘공원 방향으로 향한다. 하늘공원으로 이어진 계단을 따라 오르던 방향과는 조금 다르게 하산길에 접어든다. 군부대와 하늘공원, 방송국 기지를 위해 잘 닦여진 임도를 따라 약 6㎞ 정도를 걸어간다. 첫 번째 헬기장에서 팔공산의 기암괴석을 바라보고 아쉬움에 다시 사진을 찍어본다. 하산하는 내내 골짜기마다 얼음계곡이 보이는데 그럼에도 불구하고 오리나무의 꽃술이 봄소식을 알린다. 두 번째 헬기장을 지나면 이 작전도로를 개설하다 발파작업 도중 순직한 故 이종옥 중령 추모비를 지나간다. 잠시 발길을 멈추고 고인을 추모한다.

팔공산의 옛 이름은 공산, 부악(父岳)이었고 신증동국여지승람(新增東國輿地勝覽)에는 '중악(中岳)'에 비겨 중사(中祠)하였다'라고 기록되어 있다. 후삼국시대 견훤(甄萱)이 서라벌을 공략할 때에 고려 태조가 5,000명의 군사를 거느리고 후백제군을 정벌하러 나섰다가 공산(公山) 동수(桐藪)에서 견훤을 만나 포위를 당하였다. 그때 신숭겸(申崇謙)이 태조로 가장하여 수레를 타고 적진에 뛰어들어 전사함으로써 태조가 겨우 목숨을 구하였다고 한다. 당시에 신숭겸과 김락(金樂) 등 8명의 장수가 모두 전사하여 팔공산이라 부르게 되었다고 한다.[47]

팔공산은 전설과 역사, 그리고 자연이 어우러져 만드는 경건함과 아름다움이 있는 곳이다. 단풍나무가 많아 가을에 특히 아름다울 것으로 예상되며, 무릎이나 건강상의 문제로 걷기가 힘든 사람들도 잘 조성된 임도를 따라 하늘공원을 찾을 수 있으니 누구나 한 번쯤 방문해볼 만하다.

47 『신증동국여지승람(新增東國輿地勝覽)』, 『한국관광자원총람』(한국관광공사, 1985), 『한국지지』-지방편 III(건설부국립지리원, 1985), 『한국의 발견』(뿌리깊은나무, 1983), 팔공산도립공원(http://gbpalgong.go.kr/)

간혹 야영을 하는 경우 발생하는 사고인데, 텐트를 치고 환기를 시키지 않은 상태에서 내부에 난방을 하는 경우에 많이 발생한다. 두통과 호흡곤란 증세가 나타나며 어지럼증이 동반된다. 증세 발현 즉시 환기를 시키고 신선한 공기를 흡입할 수 있도록 하며, 만약 의식이 없는 상태라면 심폐소생술을 실시하고 119에 구조요청을 한다. 이를 예방하기 위하여 야영을 할 경우에는 수시로 환기를 시키는 것이 필수적이다.

천관녀의 애절한 사랑이 서린 산에서

- 천관산(723.1m)

기암괴석으로 유명한 천관산은 높이 723m로 가끔 흰 연기와 같은 이상한 기운이 서린다고 하여 '신산'이라고도 부른다고 한다.[48] 지리산, 내장산, 변산, 월출산과 더불어 호남의 5대 명산으로 불리는 천관산은 수려한 지형경관으로 도립공원으로 지정되어 있다.[49] 주위에 양암봉, 소산봉 등이 있으며 사방이 비교적 급경사이고 곳곳에 깊은 계곡이 발달해 있다. 사자암, 상적암, 문주보현암 등의 기암괴석과 갈대밭으로 이어지는 능선의 경치가 수려하며 특히 가을 단풍이 좋다. 뿐만 아니라 천관사, 탑산사, 장안사를 비롯한 많은 절터와 석탑, 석불 등의 유적이 남아 있는 곳이다.[50]

이른 새벽 어둠을 뚫고 달리는 버스 안에서 부족한 잠을 청하며 5시간이 넘게 걸리는 장흥 천관산을 찾는다. 먼저 산행에 앞서 간단하게 일행들과 준비 운동으로 몸을 풀어본다. 앗! 빗방울이 한 방울씩 떨어진다. 우중 산행도 나쁘지는 않지만 기왕이면 봄빛 고운 햇살 속 기암괴석을 보고 싶은데…. 제발 비야, 참아주렴!

---

48 Daum백과

49 한국관광공사-천관산

50 『한국의 산지』(건설교통부 국토지리정보원, 2007), 『강진지역의 지형경관』(환경부, 전국자연환경조사, 2000), 『1:25만 지질도 목포』(국립지질광물연구소, 1973), 『장흥 지질도폭 설명서』(최유구 · 윤형대, 국립지질조사소, 1968)

어쨌든 산행은 시작되었고 입구부터 싱그러운 초록 잎으로 기분이 좋아진다. 연둣빛 고운 잎들과 산객들의 옷차림이 기분 좋게 어우러진다. 보리수나무에 하얀 꽃이 흐드러지게 펴서 은은한 꽃향기가 코끝에서 향기롭다.

물푸레나무도 덩달아 하얀 꽃을 피운 걸 보니 여기는 남쪽이라 확실히 봄이 빠른 것 같다. 1박 2일 이승기가 다녀가서 '이승기 길'이 별도로 있다. 철쭉

꽃도 벌써 피어 화사한 모습에 눈이 즐겁기만 하다. 멀리 많은 산객들의 마음을 설레게 하는 천관산의 기암괴석이 멋지게 조망된다. 구정봉과 선인봉, 진즉봉이 한눈에 보기에도 멋스럽게 펼쳐져 있다. 노랑제비꽃도 무리를 지어 피어 있고 이름 모를 커다란 바위들도 산객들의 시선을 사로잡는데 그냥 지나칠 수 없어서 한 컷 담아본다.

천관산의 기암괴석들

조금 더 오르니 옆모습이 마치 사람 얼굴을 닮은 커다란 바위도 보이고 오리를 닮은 듯한 바위도 보이고 고인돌을 닮은 바위도 보인다. 천관산은 기암괴석이 정말 많은 곳이다. 멋진 바위들 뒤로 연대봉에서 환희대로 이어지는 능선이 보이고 앞으로는 멀리 관산읍이 조망된다. 한 발 한 발 내디딜 때마다 새롭고 특이한 바위들이 눈을 즐겁게 하여 힘든 줄도 모르고 올라간다. 군데군데 곱게 피어 있는 진달래들은 봄의 전령답게 화려하고, 작고 앙증맞은 하양제비꽃은 질세라 꽃망울을 터트린다. 어쩌면 이렇게 올려놓은 듯 쌓여 있을까. 차곡차곡 쌓아놓은 바위가 일부러 깎아놓은 것처럼 깔끔하다. 자연이란 참 신비롭기만 한 것 같다. 우선 몇 개의 기암괴석을 감상해보자.

사모암

양근암

천관산의 기암괴석들

다양한 바위들을 지나면 높이 15척 정도의 거대한 양근암이 나오는데 정말 신기한 것은 위치상 맞은편의 여성을 상징하는 금수굴과 마주한 위치라고 한다. 자연의 조화로움이란 신비하기 이를 데가 없는 것 같다. 정말 다양한 기암괴석이 많은데 표지목이 없는 것이 대부분이다. 혹시나 하고 인터넷을 찾아보니 사모암으로 부르는 바위도 있다. 차곡차곡 잘 쌓아놓은 듯한 정원석도 있고, 이름은 없지만 거북이 모양을 닮은 바위도 있다. 봄의 전령 진달래도 기암괴석들 사이에서 탐스럽게 피었다. 멀리 연대봉이 조망된다. 자세히 보면 봉수대도 보인다. 천관산은 핑크빛 얼레지도 지천이다. 비록 비가 와서 활짝 피진 않았지만 비에 젖은 모습은 수줍은 처녀의 입술처럼 다소곳하다.

드디어 연대봉이다. 옛 이름은 옥정봉이며, 천관산의 가장 높은 봉우리로 고려 의종왕 때 봉화대를 설치하여 통신수단으로 사용하면서 봉수봉 또는 연대봉이라 불렀다고 전한다. 멀리 3면이 다도해로 동쪽에는 고흥 팔영산이, 남쪽에는 신지 고금 약산도 등이 펼쳐져 있고 맑은 날엔 한라산, 월출산, 추월산이 조망된다고 한다.

연대봉에서 아름다운 조망을 사진으로 담고 다시 환희대로 발길을 옮긴다. 비에 젖은 정상의 억새밭이 운무에 휩싸여 운치 있다. 정면이 마치 생쥐의 얼굴같이 생긴 바위도 있다. 바위마다 참으로 신기하게도 생겼다. 억새와 바위를 보느라 환희대까지 온지도 모를 정도로 훌쩍 와버렸다. 환희대를 보니 평상을 닮은 것도 같다. 네모나게 깎인 책바위로 둘러싸여 만 권의 책이 쌓인 것 같다는 대장봉 정상의 환희대는 평평한 석대에 올라서면 누구나 성취감과 큰 기쁨을 맛본다 하여 환희대라 한단다.

환희대를 지나면 구정봉이 조망되는데 당번봉, 비로봉 등 구봉의 정기가 이곳에 모여 있어 그리 부른다고 표지판에 적혀 있다. 하산하는 길에는 천주를 깎아 만든 것처럼 높이 세워져 구름 속으로 꽂아 세운 것 같아 당번, 천주봉이라 부르는 웅장한 바위도 있다. 불가(佛家)에서는 깃발을 달아 놓은 보찰(寶刹)이라고도 하고 산동(山東) 사람들은 금관봉(金冠峯)이라고 부른단다.

진달래

천관산 정상석(연대봉)

천관산 억새밭

환희대 책바위

마침 운무가 짙게 끼어 그 끝이 정말 하늘에 닿은 듯 보인다.

천주봉을 지나 조금 더 내려가면 다세봉으로, 관음봉의 위쪽에 위치하고 있으며 큰 벽이 기둥처럼 서서 하늘을 가리니 보기에도 늠름하여 새도 오르지 못해 산 동인들은 문장봉이라고도 부른다 한다. 커다란 바위 위에는 작은 우물이 있는데 신기하게 생겼다. 부산의 금정산 금샘보다는 작지만 지나는 산새들이 목을 축일 정도는 될 듯하다. 조금 더 진행하면 금강굴이 있는데 그 위치는 종봉의 명적암 아래다. 굴의 크기가 대청방만 하고 그 앞에 암자가 있어 서굴이라고도 한다. 굴 안쪽에는 맑은 물이 흐르고 있었는데 깨끗하기가 이를 데 없다. 천관산에는 석선도 있는데 큰 돌이 배 같고, 뱃전 밖에는 돌가닥이

다세봉(문장봉)

있어 사람의 팔뚝만 한데 그 끝이 나누어져 다섯 손가락이 되었고 엄지손가락은 길지만 작고 차례로 펴져 구부러져서 자세히 보면 괴상스럽다. 불설에 서측 사공이 돌아감을 고하고 그 한 팔을 잘라 관음보살께 시주하고 후세에 신포로 삼겠다 하니 관음보살이 뱃전에 붙여주라고 명하였다 한다고 표지판에 적혀 있다. 옆으로 본 모습이 사람의 얼굴같이 보인다. 오다가 돌아본 선인봉과, 환희대의 운무에 보일 듯 말 듯 가려진 경관이 신비롭다.

서굴

석선

누군가 소나무에 다듬어놓은 천하대장군이 오
가는 산객들을 지켜주는 것 같다. 끝까지 지루함
없이 보여주는 천관산이다. 선인바위까지 지나면
멀리 다도해가 보이는데 일기가 그다지 맑지 않
아 선명하지는 않지만 그래도 운치 있는 조망이
다. 체육공원에는 마지막 사력을 다해 피운 동백
이 아직도 아름다움을 뽐내고 있다. 오늘 내린
봄비는 또 훌쩍 동백꽃을 떠다밀겠지!

선인바위

 초록이 시작된 단풍도, 장천재 앞 계곡의 맑은 물과 영월정 앞 고운 분홍빛
겹복사꽃도, 아기손 같은 붉은 단풍과 바위를 휘감는 담쟁이넝쿨, 지천으로
흐드러지게 핀 현호색꽃도 이제 막 시작하는 천관산의 봄이다.

다도해

단풍잎

동백꽃

천관산은 기암괴석으로 사계절 멋진 곳이지만 많은 단풍나무와 정상의 갈대밭을 보니 가을에는 한층 더 아름다울 것 같다. 신라 화랑 김유신(金庾信)을 한때 사랑했으나 김유신에게 버림받은 천관녀(天官女)가 숨어 살았던 산이라는 전설[51]이 있는 천관산으로 가을 나들이를 떠나보자.

★ 산행 시 응급상황 대처 요령 - 산사태 사고

산사태는 갑자기 폭우가 쏟아지거나 겨우내 얼었던 땅이 녹으면서 지반이 약해져 무너지는 현상으로 큰 나무들이 없는 곳이나 급경사에서 발생한다. 이때 텐트를 친 곳에서 산사태가 발생하였다면 집기류를 버려두고 신속하게 대피해야 한다. 생각보다 빠른 속도로 지반이 무너지기 때문에 머뭇거리거나 집기류를 건지려는 행위를 하지 않도록 한다. 바위벽 아래나 경사가 있는 곳에는 텐트를 치지 않는 것이 가장 좋다.

---

51 『한국의 산지』(건설교통부 국토지리정보원, 2007), 『강진지역의 지형경관』(환경부, 전국자연환경조사, 2000), 『1:25만 지질도 목포』(국립지질광물연구소, 1973), 『장흥 지질도폭 설명서』(최유구 · 윤형대, 국립지질조사소, 1968)

웅장한 환선굴이 있는 곳

- 덕항산(723.1m)

덕항산(1,072.5m)은 대이동굴지대로 천연기념물 제178호로 지정되어 있다. 신기면 대이리 군립공원 내에 위치하고 있으며 산 중턱에는 지하 금강산이라 불리는, 동양 최대의 동굴인 환선굴이 있다. 봉우리마다 독특한 멋을 한껏 뽐내며 산세가 아늑하고 기암괴석으로 이루어진 병풍암이 동남으로 펼쳐지는 아름다운 산이다. 주변에는 너와집, 굴피집, 통방아 등 많은 민속유물이 자연 그대로 보존되어 있다. 또한 백두대간의 줄기로서 북으로는 청옥산과 두타산이, 남으로는 함백산과 태백산 등 아고산에 해당하는 산지와 연결되어 있다.[52]

강원도 지역은 최근 산불로 인해 갈까 말까 망설이다가 결국 가기로 마음먹고 새벽 일찍 집을 나섰다. 코스는 명산 인증과 백두대간 3개를 함께 찍을 수 있는 곳이라 군립공원 주차장에서 시작하기로 했다.

가는 날이 장날이라고, 환선굴 휴관일이라 산객들도 거의 볼 수가 없었다. 마치 전세를 낸 것처럼 한적하게 덕항산 산행을 할 수 있었다. 덕항산의 명물 환선굴을 보지 못하는 아쉬움은 있지만 호젓하게 언니랑 둘이서 하는 산행은 어쩌면 보너스일지도 모른다는 생각이 들었다. 환선굴 입구에 못 미쳐 좌측으로 난 산행로를 택하여 살짝 한 바퀴를 돌아 하산하는 지점이다. 본격적인 산

---

[52] 삼척 문화관광(http://www.samcheok.go.kr/tour.web/)

행이 시작되니 덕항산의 희귀식물 참작약이 꽃망울을 맺고 있다. 노란 산괴불주머니도 지천이고, 현호색은 눈길 닿는 곳마다 고운 연하늘색을 띠고 있다. 홀아비꽃대도 지금 막 꽃대를 선보이며 꽃망울을 터트린다.

약 2㎞ 급경사를 올라가다 돌아본 하늘은 고단함을 덜어주는 마취제처럼 달콤하다. 이 산의 특색은 회양목이 많다는 것이다. 여느 산처럼 단풍잎도 많은데 회양목이 봄소식에 노란 꽃을 피우고 있다. 환선굴 전망대에서는 환선굴 입구가 조망된다.

노란 솜방망이꽃도 봄소식을 전한다. 회양목이 있는 산행길이 계속된다. 급경사도 계속되지만 지루한 줄 모르고 올라간다. 작고 어린 야생화들이 많고 벼랑 아래로 보이는 경관들이 눈을 즐겁게 한다. 보랏빛 노루귀도 지천으로 피어서 산객의 눈길을 멈추게 하고 산 아래는 벌써 잎이 무성한 생강꽃이 이제 다투어 피어난다. 유난히 울퉁불퉁한 고목나무도 많은 것이 세찬 바람과 기온 차가 높은 세월을 건뎌서 그런가 싶기도 하다. 세월의 모진 고난을 엿보는 듯 괜스레 가슴이 시리다. 여기서부터 962개의 계단이 시작된다. 핑크빛 노루귀와 눈처럼 하얀 노루귀들이 연신 폰을 꺼내서 셔터를 누르게 한다. 이 노루귀들은 사실 복수초와 함께 하얀 눈 속에서 피는 봄소식을 가장 먼저 전하는 야생화 중 하나이다.

일부러 이 노루귀를 찍으려고 산행을 하는 사람들도 있을 만큼 사랑받는 아이들이다. 끊임없이 시작되는 계단들이다. 그러나 예상보다 힘들진 않다. 나지막하게 만들어서 큰 힘을 들이지 않고 962계단이 끝날 듯하다.

멀리 조망되는 육백마지기 방향의 풍력발전소가 조망되는데 바다가 있고 바람이 많아 풍력발전소가 사방에 세워져 있다. 아직도 깊은 산속이라는 것을 각인시켜주는 듯 미처 녹지 않은 눈이 남아 있다.

드디어 급경사가 끝나고 사거리 쉼터에 도착하였다. 덕항산 정상은 좌측 방향이다. 정상에서 인증사진을 촬영하고 구부시령으로 갔다가 다시 지나칠 곳이다.

962계단

덕항산 정상 표지목

얼레지꽃

항암에 좋다는 겨우살이가 참 많기도 하다. 저 겨우살이를 보노라면 건강이 좋지 않은 친구가 자꾸 생각난다. 저 녀석을 한 아름 따다가 갖다주었으면 하는 생각이 굴뚝같다. 드디어 정상이다. 표지목이 정상석을 대신하며, 인증사진을 찍고 구부시령으로 넘어간다. 정상과 구부시령은 백두대간으로, 백두대간은 백두산부터 지리산까지 하천이나 강 등으로 한번도 끊기지 않고 이어진 한 줄기이다. 구부시령 가는 길은 능선처럼 완만하다. 구부시령에 도착했더니 작은 새가 반겨준다. 지저귀는 소리도 얼마나 아름다운지, 한참을 새소리에 취해서 기분 좋게 듣고 있었다. 인증사진을 촬영한 후 다시 왔던 길로 되돌아간다.

구부시령   지각산(환선봉)   자암재

아기별꽃

환선봉에 도착했다. 지각산 환선봉에서 조망되는 경관이 멋지다. 노란 금꽹이눈도 이제 막 군락을 이루기 시작했고, 큼직큼직한 박새싹이 여기저기 돋아나고 있다. 마치 부부목 같은 두 그루의 나무가 보기 좋게 마주 서 있다. 헬기장에 도착하니 헬기장 가장자리에 아기별꽃이 앙증맞게 피어 있다.

완만한 능선을 걷다 보니 어느새 자암재에 도착했다. 세 번째 백두대간에 도착해서 인증사진을 찍고 부지런히 발길을 옮긴다. 빛 고운 얼레지도 지금 한창 봉오리를 터트린다. 이제 본격적인 하산길이 이어지는데 내려가는 길도 만만치 않다. 올라올 때 급경사였던 것처럼 내려가는 길도 급경사다. 유난히 고운 진달래도 사진으로 담아본다. 확실히 봄이라 야생화가 많다. 제2전망대를 앞두고 가던 길을 멈춰 선다. 시커먼 무언가가 움직이는데 가만히 보니 멧돼지 3마리가 눈 깜짝할 사이에 사라진다. 가슴을 쓸어내리며 다시 조심히 내려간다. 제2전망대에 도착하니 그곳 전망이 거의 예술이다. 올라갈 때와 확연히 다른 기암괴석에 반했다. 우산나물도 여기저기 돋아나고 이름 모를 봄 야생화들이 지천이다.

제2전망대

제1전망대 조망

제1전망대에 도착하니 더욱 가깝게 보이는 기암괴석의 모습은 가히 절경이라 할 수 있다. 제1전망대를 지나니 각시붓꽃도 곱게 피어나고 그 옆으로 천연동굴에 도착하여 한껏 멋진 덕항산을 바라본다. 천연동굴을 빠져나와 바라본 덕항산은 정말 두 얼굴인 것 같다. 올라갈 때의 착하고 순해 보이는 덕항산이 여성스럽다면, 하산할 때의 덕항산은 기암괴석으로 씩씩한 남성스러움이 느껴진다.

환선굴까지 이어지는 짧은 계단을 지나 휴관인 환선굴을 아쉬운 마음으로 지나다 보면 신기면 덕항산의 보호수 음나무가 있는데 둘레는 약 2m, 18m 높이로 수명은 120년 정도이며 1982년 11월 13일에 보호수로 지정되었다. 보호수 옆에 있는 선녀폭포로 시원스러운 물줄기가 쏟아져 내리는 것이 여름에 오면 동굴과 맑은 물로 관광객들의 발길이 끊이지 않을 것이다. 환선굴 입구에는 신선교가 있는데 다리를 건너자마자 선녀폭포가 보인다. 방문객들을 위한 모노레일이 환선굴과 연결되어 있는데 담장에 귀여운 다람쥐가 있어 사과를 주었더니 두 손으로 받아서 맛있게 먹는다. 겨울이 지나는 길목이라 먹을거리가 없어서 마을로 내려왔나 보다.

천연동굴

보호수 음나무   선녀폭포   신선교

넝쿨딸기꽃도 봄을 맞고, 연둣빛 나무와 강원도의 맑은 계곡물이 어우러져 한 폭의 그림 같다. 왕벚꽃의 고운 빛깔이 달리던 차를 멈추게 한다. 자차를 이용하면 얻게 되는 득템이라고 할 수 있다. 덕항산의 산행을 마무리하고 귀가하는 길에 지난 산불로 타버린 해안가 소나무 숲과 해안도로 휴게소, 그리고 산들을 본다. 산불은 엄청난 재난으로, 자연적이든 인위적이든 무서운 결과를 초래하게 된다.

산림청이 선정한 야생화 100대 명소인 덕항산은 덕메기산으로도 불리는데 두 개의 얼굴을 가진 산 같은 느낌이다.[53] 순한 듯 평화스러워 보이는 좌측 산행길과 웅장한 기암괴석이 멋진 우측산행길. 또한 오랜 역사를 자랑하는 환선굴은 먼 발치에서 외부만 볼 수 있었지만 단풍나무도 많고 맑은 물에 골짜기 세찬 바람의 덕항산은 계절 없이 멋진 곳이다. 전세를 낸 듯 언니와 오붓하게 다녀온 덕항산의 하루는 이렇게 마무리한다.

★ 산행 시 응급상황 대처 요령 - 낙석사고

낙석사고는 주로 이른 봄에 많이 발생하는데 낙석이 자주 일어나는 경사진 곳과 바위벽 아래를 지날 때는 돌을 굴리거나 맞지 않도록 조심한다. 특히 암벽등반을 하는 경우 반드시 헬멧을 착용하고 등반 또는 하강 시에 로프의 흐름에도 주의한다. 낙석사고는 다른 사고와 달리 큰 인명사고로 이어질 수 있기 때문에 각별히 조심해야 한다.

---

53 『한국지명총람』(한글학회, 1967), 문화재청(http://www.cha.go.kr/)

78.

손자에 대한 사랑, 오형 돌탑에 쌓아올리다

- 금오산(976m)

금오산(金烏山)의 높이는 977m로, 기암괴석이 멋지고 약간 경사가 있으며 험난한 편이나 산정부는 비교적 평탄한데 이곳에 금오산성(金烏山城)이 있다. 금오산의 원래 이름은 대본산(大本山)이었는데, 중국의 오악 가운데 하나인 숭산(崇山)에 비해도 손색이 없다 하여 남숭산(南崇山)이라고도 불렀다가 당의 대각국사에 의해 금오산으로 불리게 되었다.[54] 금오산의 능선을 유심히 보면 '왕(王)' 자처럼 생긴 것도 같고, 가슴에 손을 얹고 누워 있는 사람 모양 같기도 한데 조선 초기에 무학(無學)도 이 산을 보고 왕기가 서려 있다 하였다.[55]

금오동학은 금오산의 깊고 크고 아름다운 골짜기를 뜻하니, 웅장한 기암괴석으로 이루어진 절경을 일컫는 말이다.

산책로 같은 완만한 등산로를 오르면 금오산의 정상부와 계곡에 이중으로 축조한 산성이 나온다. 규모는 외성이 길이 약 3,700m, 내성이 약 2,700m이며 성벽의 높이는 지세에 따라 다소 차이가 있으나 북문 근방은 약 3m, 험준한 절벽 위는 1m 정도이며 고려시대 이전부터 있었던 것으로 여겨진다.

---

[54] Daum백과

[55] http://encykorea.aks.ac.kr/

금오산 정상 조망

　그 옆으로 산행로에는 돌탑이 있는데 정상으로 가는 내내 이런 돌탑이 많이 보인다. 누가 이렇게 정성스럽게 쌓아올려놓았을까? 조금 더 오르면 영홍정이라는 약수가 나오는데 지하 168m의 암반층에서 솟아나는 지하수로 식수로 사용 가능하며 물맛도 개운하고 좋았다. 해운사에 도착했다. 해운사는 신라 말기에 도선국사가 창건하였으며 창건 당시에는 대혈사라고 불렀다. 고려 말에 길재가 이 절과 절 뒤에 있는 도선굴에 은거하여 도학을 익혔다고 한다.

금오동학

금오산성

　해운사에서 우측에 케이블카를 타는 곳이 있지만 우리는 천천히 걸어서 가기로 한다. 해운사에서 조금만 계단을 올라가면 우측으로 도선굴 가는 곳이 있는데 암벽을 끼고 낭떠러지를 따라 올라간다. 올라가

돌탑

는 길에 보이는 전망도 근사하며 특별한 도선굴을 마주할 수 있다. 도선굴은

천연동굴이며, 암벽에 뚫린 큰 구멍이기에 대혈이라고도 하였으나 신라말 풍수의 대가인 도선선사가 득도하였다고 해서 도선굴이라고 불린다. 도선굴에서 보는 해운사는 초록빛이 감싸서 더욱 운치가 있다.

영흥정

해운사

도선굴에서 내려와 도착한 대혜폭포는 해발 400m 지점에 위치하며, 수직 27m 높이로 떨어지는 물소리가 금오산을 울린다 하여 명금폭포라고 불리기도 한다. 금오산 정상의 분지에서 발원하여 긴 계곡을 따라 흘러내리는 폭포수는 유일한 수자원이 되니 큰 은혜의 골이라 하여 대혜골이라 하였다. 물이 떨어지는 곳에 움푹 패인 연못이 있어 욕담이라 하니 선녀들이 폭포의 물보라가 이는 날 무지개를 타고 내려와 주변 경관을 감상하며 옥같이 맑은 물에서 목욕을 즐겼다고 한다. 비가 온 지 이틀밖에 안 되어서 더욱 웅장한 것 같았다. 대혜폭포를 뒤로하고 할딱고개를 넘기 시작한다. 수많은 계단이지만 멀리 보이는 경관과 시원하게 불어오는 바람이 즐겁다. 분홍색 병꽃이 활짝 피어 산객들을 반긴다. 물푸레나무꽃도 하얀 눈꽃처럼 눈부시다.

| 도선굴 | 대혜폭포 | 할딱고개 가는 길 |

할딱고개가 끝나니 전망대가 있어서 잠시 가쁜 숨을 고르며 아래로 펼쳐진 아름다운 경관을 감상한다. 전망대에서 조망되는 도선굴이 멋지다. 전망대부터 약 1.8㎞ 정도 올라가야 정상인데 급경사가 500m 정도 이어진다. 올라가는 길섶에는 작은 돌을 아기자기하게 쌓아놓아 정겹게 느껴진다. 작은 개별꽃이랑 현호색이 어우러져 봄의 운치를 더해준다. 뒤돌아보면 발아래 펼쳐진 멋진 경관이 더없이 상쾌한 기분을 느끼게 해준다. 노란 양지꽃도 만발하였고, 마치 키다리 아저씨 옆모습을 닮은 얼굴바위를 지나면 드디어 능선길에 올라선다. 정상이 가까워질수록 나뭇잎이 새싹이다. 산아래는 거의 여름인것 같은데 여기는 아직 선뜻 봄을 받아들이기가 어려운 듯이 막 피기 시작한 산벚꽃이 수수하니 아름답다.

능선을 걷다 보니 금오산성의 7개 흔적 중 하나가 보인다. 산성을 지나 완만한 등산로를 따라가다 보면, 툭 하고 발로 차면 굴러갈 것만 같은 바위가 아슬아슬하니 올려져 있다. 금오산 흔들바위로 이름을 붙여본다. 이제 막 피기 시작한 분홍빛 진달래도, 새순 돋기 시작한 낙엽송의 아기 잎도 예쁘다.

금오산성

흔들바위

얼굴바위

금오산의 정상석은 현월봉으로 두 개이다. 원래는 상단의 표주석이었는데 실제 정상은 하단의 표지석으로 약 10m 높은 위치에 있다. 금오산의 명칭은 아도화상이 노을 속으로 날아가는 황금빛 까마귀를 보고 이름 붙였다고 한다. 정상에서 바라보는 경관은 수채화를 그려놓은 것처럼 은은하고 화사하다. 천 길 낭떠러지 위에 자리 잡은 약수암이 한 폭의 그림이다. 금오산의 경관을 감상하고 약사암으로 발길을 옮긴다. 약사암으로 들어가는 입구는 일주문이다. 약사암은 신라시대 의상대사가 창건한 절인데 약사암 중수기에 의하면 본래 지리산에 있던 석불 3구 삼형제불 가운데 1불이라고 한다. 그중 1불은 김천 직지사에, 다른 1불은 수도산 수도암에 봉안하였다고 한다. 출렁다리 건너 종탑이 그림처럼 멋지다. 하산은 오형석탑과 마애여래입상이 있는 쪽으로 발길을 옮긴다.

금오산 정상석

약사암 일주문

약사암 종탑과 출렁다리

　금오산을 오르는 내내 누군가 작은 판자에 유성 매직으로 방향이며 특별한 나무 등을 친절하게 표시해놓았다. 어떤 나무는 하단 부분에 구멍이 나 있는데 관통을 해서 뒷쪽이 내다보인다. 조금 더 아래쪽에는 석간수가 있는데 바위에서 끊임없이 맑은 물이 흘러나온다. 석간수 바로 옆에는 뿌리가 뽑힌 채로도 건강하게 잘 자라는 큰 나무가 있는데 '뿌리를 뒤집고 사는 나무'라고 친절히 써놓았다.

　조금 더 지나면 나타나는 마애여래입상은 보물 제490호로, 금오산 정상 북편 아래 자연 암벽에 조각된 높이 5.5m의 석불입상이다. 특이하게 자연 암벽의 돌출 부분을 이용하여 좌우를 나누어 입체적으로 조각하였다. 얼굴은 비교적 풍만하면서도 부피감이 있으며, 가는 눈과 작은 입 등이 특징이다. 마애여래입상 아래 금낭화가 있는데 하얀색 금낭화는 처음 본다.

| 구멍 뚫린 나무 | 석간수 | 마애여래입상 |

오형돌탑들

오형돌탑이 가까워진다. 오형돌탑은 10살 때 패혈증으로 저세상으로 떠나버린 손자를 좋은 곳으로 보내기 위해 할아버지가 쌓은 돌탑이다. '오형'은 금오산의 '오', 손자 이름인 형석에서 '형'을 합쳐 이르는 말이라고 한다. 할아버지는 손자도 무척 사랑했지만 나라 사랑하는 마음도 남다르시다. 태극기와 독도를 사랑하는 마음도 엿볼 수 있다. 오형돌탑을 보고 너덜길을 지나 막 피기 시작하는 철쭉도 담아본다.

어느덧 할딱고개를 지나 대혜폭포를 지나서 해운사 옆 케이블카 탑승지에 도착했다. 동행한 초보 산객이 케이블카를 타고 하산하자고 한다. 제법 거리가 되는 금오산 코스는 아마도 조금은 힘거운가 보다. 오랜만에 탄 케이블카는 또 다른 재미를 더해준다. 금오산은 계곡을 끼고 시작되며 중간중간 역사와 기암괴석, 누군가의 간절한 소망을 담은 유래 깊은 산으로 지루함을 모르게 하는 아름다운 산이다. 특히 계곡의 시원한 물줄기는 유리처럼 맑고 투명하여 오가는 산객의 마음조차 맑게 정화시켜주는 것 같다. 시원한 대혜폭포 물줄기를 마지막으로 금오산 산행을 마무리한다.

금오산성은 고려시대에 천연의 암벽을 이용해 축성한, 길이 3.5㎞의 산성이다. 임진왜란 때는 왜적을 막기 위한 내외성으로도 이용되었다.

금오산은 산 전체가 급경사를 이루며, 좁고 긴 계곡이 굽이굽이 형성되어 예로부터 명산으로 알려졌다. 또한 유서 깊은 문화유적이 많아 1970년 6월에 우리나라 최초의 도립공원으로 지정되었다.[56]

★ 산행 시 응급상황 대처 요령 - 일사병, 열사병, 열피로

장시간 햇빛에 노출이 되었을 경우 발생하는 질환으로 수분이나 염분의 결핍 등에 의해 구토와 어지러움, 두통, 경련 등의 증상이 나타난다. 여름 산행 중 가장 많이 발생하는데 이러한 증상이 나타나면 신속하게 그늘진 곳에서 휴식을 취하며 의복을 느슨하게 하여 혈액순환을 원활하게 도와주고 충분한 수분 섭취를 할 수 있도록 한다. 만약 체온이 오르면서 의식이 나빠지면 구강으로 수분을 섭취하는 것을 멈추고 신속하게 병원으로 이동하여 치료를 받도록 한다. 가급적이면 가장 뜨거운 낮 2~3시 사이에는 활동을 자제하도록 한다.

---

56 Daum백과

무릉계곡의 신비를 담아

- 두타산(1,353m)

높이 1,353m의 두타산은 태백산맥의 주봉을 이루며, 제왕운기를 저술한 이 승휴의 유허지인 천은사가 산자락에 위치하고 빼어난 산세와 문화유적 및 희 귀식물들로 해마다 많은 등산객들이 찾고 있는 곳이다. 또한 두타산은 바람의 산이라 할 만큼 바람이 모질게 부는 곳으로, 산 이름인 두타는 불교용어이며 속세의 번뇌를 버리고 불도(弗道)수행을 닦는다는 뜻이라 한다.[57] 뿐만 아니라 두타산성이 있는데 동북쪽 산허리 험준한 곳에 둘레 8,607척의 석성이 있어 이것을 두타산성이라고 한다. 두타산은 예로부터 삼척 지방의 영적인 모산(母 山)으로 숭상되었다. 동해안 지방에서 볼 때 서쪽 먼 곳에 우뚝 솟아 있는 이 산은 정기를 발하여 주민들의 삶의 근원이 된다고 믿어졌다. 두타산의 동북쪽 에 있는 쉰움산은 50개의 돌우물이 있어 오십정산이라고 부르는데, 여기에는 산제당(山祭堂)이 있어 제사를 지내고 기우(祈雨)도 하였다.[58]

고속도로가 초만원이라 새벽 6시 반에 출발했는데 오후 3시 반에 도착했다. 늦긴 했지만 기왕 먼 길을 나섰으니 그래도 올라가야겠지! 늦게 도착한 탓으

---

57 삼척 문화관광(http://www.samcheok.go.kr/tour.web/)

58 『신증동국여지승람(新增東國輿地勝覽)』, 『아름다운 산과 숲, 그리고 계곡 100선』(동부지방산림청, 2006), 『동해시사』(2000, 동해시), 『한국관광자원총람(韓國觀光資源總覽)』(한국관광공사, 1985), 『태백 (太白)의 읍면(邑面) 하(下)』(강원일보사, 1975), 문화재청(http://www.cha.go.kr/), 동해관광(http://www. dhtour.go.kr/)

로 그나마 가까운 댓재-두타산 코스로 산행을 시작한다. 주차장에서 바로 등산로를 시작하는데 앞에는 산신각이 자리하고 있다.

댓재 등산로 입구

햇댓등

의자나무

두타산은 백두대간 길로 덕항산 자락의 자암재에 이어 큰재, 댓재, 통골재, 두타산 정상이 백두대간 인증을 하는 곳이다. 푸른 조릿대 사이로 나 있는 오솔길로 접어든다. 햇댓등에 도착하면 헷갈리기 쉽다. 자칫 잘못하면 직진하기 쉬운데 좌측으로 난 길을 따라가야 정상으로 갈 수 있다. 이정표가 바닥에 떨어져 있는데 어느 산객인지 좌측 방향으로 땅바닥에 표시해놓았다. 노랑괴불주머니꽃이 소담스럽게 피어 있다.

갈림길에서 본 구부러진 나무는 마치 산객들에게 쉼터를 제공해줄 것처럼 의자같이 누워 있다. 얼마나 많은 산객들이 저기에 앉아서 땀을 식혔을까! 불현듯 '아낌없이 주는 나무'가 생각난다. 어쩌면 저리도 고운 능선에 연두색 고운 잎들, 그리고 막 피기 시작한 진달래가 어우러져 한 폭의 그림 같다.

유난히 고사목이 많은 강원도 산이다. 귀가 후 인터넷을 검색해봤더니 2000년 4월 14일 삼척에 큰 산불이 났었다는 것을 알 수 있었다. 커다란 소나무의 경우 불에 탄 흔적을 안고 그대로 자라고 있다. 얼마 전에도 강원도 지역에 난 큰 산불로 동해 일부 지역은 아직도 큰 고초를 겪고 있는데 산불은 정말이지 큰 재난이 아닐 수 없다. 불에 탄 흔적을 간직한 커다란 소나무! 통골재에 도착하여 백두대간 인증을 하고 쉴 틈 없이 출발한다. 날이 저물어가기 시작하여 해 떨어지기 전에 정상까지 가려고 부지런히 발길을 옮긴다.

두타산엔 참나무가 많기로 유명한데 참나무 군락지답게 나뭇잎이며 참나무가 빽빽하게 들어서 있다. 모양새가 특이한 참나무도 유난히 많다. 분홍빛 얼레지꽃이 군락을 이루고 있다. 쓰러진 나무 틈새에 자리 잡은 개별꽃도 옹기종기 사이좋게 둥지를 틀고 있다. 양지꽃도 활짝 피어 있다. 요즘은 좀처럼 보기 힘든 잔대 싹도 보인다. 강원도는 야생화가 많은 것이 특징인데 두타산 역시 봄에 볼 수 있는 야생화가 지천으로 널려 있다.

드디어 정상이다. 정상에서 바라보는 석양은 정말 아름다웠다. 차가 밀려 뒤늦게 도착하여 조금은 바빠서 힘들었던 산행을 붉은 노을빛과 고운 진달래가 위로해준다.

백두대간 표지석   두타산 정상석

　100명산 인증사진을 촬영하고 정상에서 만난 산객과 갖고 온 간식을 나누고 어두워지기 전에 조금이라도 하산하고자 발걸음을 재촉한다. 정상 바로 아래는 기념식수로 심은 주목들이 있는데 밀레니엄 기념으로 심었으며 산과 강원도를 사랑하는 사람 천 명이 평안을 기원하면서 천 명이 천 그루의 주목을 천 고지가 넘는 설악산, 두타산, 치악산, 대관령, 태백산, 화악산 등에 심었다고 한다.

　드디어 사물을 분간하기도 어려울 만큼 어두워졌다. 의도하지 않았던 야등을 하는데 멀리 삼척시의 야경이 아름답다. 우측으로 어슴푸레 보이는 봉우리가 두타산 정상이다. 더 어두워지면 그나마 보이지 않을 것 같아 기록으로 남겨본다. 심야에 찍은 진달래의 고운 빛이 두드러지게 아름답다. 주차장에 도착하니 9시 10분이다. 급하게 찾은 두타산이라 무릉도원과 삼화사 등 볼거리를 다 볼 수 없어 아쉬움이 남는 산행이었다. 사실 종주를 하려면 안내산악회를 따라와야 하는데 많은 것을 자세히 보고 싶은 욕심에 대부분 자차를 이용하는 편이다. 늦으면 늦은 대로 산은 또 다른 볼거리를 제공하는 것 같다. 처음 만나는 산객과 다과를 나누고 짧게나마 담소를 하는 것도 산행의 묘미이다. 오늘 두타의 일몰을 보며 그때마다 값없이 내어주는 산의 고마움에 감사를 느끼며 두타산 산행을 마무리한다.

두타산은 부처가 누워 있는 형상으로 박달령을 사이에 두고 청옥산과 마주하고 서 있으며 무릉계곡에서 시작하면 두타산의 명물 베틀바위와 용추폭포, 미륵바위 등을 볼 수 있다. 특히 학소대에서는 4단 폭포가 기암괴석을 타고 쏟아져 내리는 광경을 볼 수 있으며, 울창한 수림이 있고 기암절벽에 노송이 뿌리를 내려 산세가 수려한 두타산은 강원도 국민관광지 1호로 지정돼 있다.[59]

★ 산행 시 응급상황 대처 요령 - 조난을 당했을 때

길을 잃고 헤매다 밤이 되면 여름이라 해도 체온을 조절해야 한다. 특히 고지대의 산속은 한여름에도 한기를 느낄 정도로 차가워지기 때문에 저체온에 걸리지 않도록 배낭과 여벌 옷을 이용하여 체온을 유지하고 여러 사람이라면 서로 몸을 밀착시켜 체온이 떨어지지 않도록 한다. 언제 구조될지 확실하지 않은 상황이므로 식량을 조절해가며 허기진 배를 채울 수 있도록 하고 혹시라도 있을지 모르는 비바람과 눈보라를 피할 수 있는 곳으로 이동해야 한다. 만약 주위에 동굴이나 바위 등 피할 곳이 없다면 큰 나무 밑이나 낙엽이 많은 곳에 자리를 잡는 곳이 좋다. 평소 구조요청을 할 수 있는 방법을 숙지하고, 각 산마다 있는 구조안내판을 사진으로 촬영해 놓는 것도 좋은 방법이다.

---

59 https://100mountain.tistory.com/782

고씨동굴의 전설을 담은 곳

- 태화산(1,027m)

태화산은 높이 1,027.5m이며 태백산맥의 줄기인 내지산맥(內地山脈)에 속하는 산으로 산세는 험하지 않은 편이다. 남한강변 각동리 길론골 절벽에는 천연기념물 제219호인 고씨동굴(高氏洞窟)이 있다. 고씨동굴 건너편의 나루터였던 진별리 나루뚜둑마을은 최근 고씨동굴과 연결되는 다리가 놓이면서 대규모 관광취락으로 성장하였다.[60] 사실 블랙야크 100명산을 진행하면서 알게 된 산이다. 이름도 처음 대하는 태화산을 함께 돌아보자.

여느 명산과 달리 한적하다. 등산로 입구에는 귀농한 사람들의 별장 같은 예쁜 집들이 지어져 있고 봉정사 입구를 지나치면 작은 오솔길 같은 등산로가 기다리고 있다. 자칫 잘못하면 쇠사슬로 막혀 있는 등산로를 지나치기 쉬운데 쇠사슬로 막힌 곳을 따라 등산로가 이어진다. 미나리냉이꽃이 길가에 만발하였고, 흰색 병꽃도 봉오리를 터트렸다. 매화말발도리꽃도 바위 끝마다 조롱조롱 매달려 있고 벌깨덩굴꽃, 얼룩무늬제비꽃, 매미꽃도 다투어 피었다. 가운데가 뻥 뚫린 큰 나무와 미끈한 활엽수들이 새순을 피우고, 색깔 고운 단풍잎도 어린 잎을 내어놓는다.

능선에 오르니 정상 맞은편으로 고씨동굴 가는 길이 있다. 우리는 우측 정

---

60 『한국지명요람』(건설부 국립지리원, 1982), 『한국지명총람』(한글학회, 1967)

상을 향해 발길을 옮긴다. 여기까지는 제법 꾸준한 경사로 이어져 있으나 지금부터는 완만한 능선이 이어진다. 여름이 되면 푸르름이 한층 더해질 숲길을 알려주듯 마른 잎들이 이불처럼 바닥을 덮고 있다. 선명한 보랏빛 각시붓꽃도 곳곳에 소담스럽게 피어 있다. 헬기장에 도착하여 잠시 멈추고 시원한 바람에 땀을 식힌다.

나뭇가지에 가려져 잘 보이지 않지만 산 아래쪽으로 동강의 맑은 물이 흐르는 것을 볼 수 있다. 선명한 태화산의 진달래꽃길을 걸으며 전망대에 도착하여 고운 능선과 동강을 담는다. 진달래를 안은 태화산의 경관이 무척이나 곱게 느껴진다. 시원한 바람에 어느덧 땀방울은 사라지고 고목이 된 소나무도 하늘에 닿을 듯 뻗어 있다. 잠시 쉬었다 가라는 얘긴지 등산로를 가로막고 쓰러져 있는 나무 아래로 림보 게임하듯 지나쳐보고 까르르 웃음으로 지루함을 없애는 산길이다. 오래된 나무 그루터기도 신기하고, 고목이 된 주목도 멋스럽다.

제1전망대 조망　　　　　　　　　　　　　　　　족두리풀

두 번째 전망대에서 연둣빛 새순 사이로 보이는 아름다운 경관을 담고, 족두리풀이 무리 지어 피어 있어 휴대폰 카메라에 슬쩍 챙겨도 본다. 깔끔한 계단을 오르면 수수하면서 화사한 산벚꽃 꽃잎들이 다투어 피어나고, 겨우살이도 슬쩍 나뭇잎에 몸을 숨긴다. 구멍 뚫린 나무를 지나 조금만 더 오르면 정상이 기다린다. 정상석은 두 개로, 하나는 단양군에서 세운 정상석이고 하나는 영월군에서 세운 정상석이다. 두 개가 나란히 서 있어서 사이좋게 인증샷도 하나씩 남겨본다.

정상 부근엔 참나무 군락지로 미끈한 나무들이 즐비하고 그 아래 뾰족 얼굴 내민 고사리도 눈에 띈다. 토끼 꼬리 닮은 노루삼꽃도 활짝 폈고, 면마과 관중식물이 어른 허벅지 높이만큼이나 크게 웃자랐다.

영월 정상석

올라갈 때 미처 보지 못했던 계곡을 덮은 꽃잎의 향연들, 하늘은 또 어찌나 맑고 푸른지 파란 하늘이 태화산의 푸르름을 더욱 눈부시게 하고 돋보이게 한다.

단양 정상석

참나무 군락지

면마과 관중식물

하산 후 태화산 조망

태화산성과 고씨동굴 등 볼거리가 많은 산이며, 남한강이 산자락을 휘감아 흐르고 4억 년의 신비를 간직한 고씨동굴(천연기념물 제76호)을 품에 안고 완만한 부드러운 능선길은 아름다운 비경과 참나무가 많아 여름에도 가을에도 아름다운 산이다. 태화산 주변에는 온달성(溫達城)과 천연기념물 제261호인 온달동굴이 있으며, 산 서쪽에는 흥교사(興敎寺)가 있다. 단풍이 아름다운 태화산은 영월팔경 중 하나이다.[61] 봄빛이 완연한 2019년 5월 태화산을 오르며 고운 추억 하나 추가한다.

★ 산행 시 응급상황 대처 요령 - 응급처치 의약품

최근에는 각 산마다 일정 거리를 두고 비상의약품함이 설치되어 있다. 거기에 적힌 연락처를 통해 응급상황에 맞는 의약품을 사용할 수 있으며 사용 후에는 다른 사람이 사용할 수 있도록 반드시 다시 넣어놓도록 해야 한다. 가급적 비상의약품 정도는 가지고 다니는 것이 좋으며, 기저질환이 있는 경우 반드시 비상상황에 대비하여 몸에 지니고 있도록 해야 한다. 또한 동행하는 사람에게 미리 사용법과 증상을 알려주고 만일에 대비하는 것도 좋은 방법이다.

---

61 『한국지명요람』(건설부 국립지리원, 1982), 『한국지명총람』(한글학회, 1967)

81.

산 자체가 천연기념물

- 속리산(1,058m)

속리산은 높이 1,058m로 오래전부터 광명산, 지명산, 미지산, 구봉산, 형제산, 소금강산, 자하산 등의 다양한 이름으로 불렸다. 신증동국여지승람에는 속리산의 봉우리 아홉이 뾰족하게 일어섰기 때문에 구봉산(九峯山)이라고도 하였고, 신라 때는 속리악, 속리산이라고 일컬었다 한다. 증보문헌비고에는 속리산의 산세가 웅대하고 꼭대기는 모두 돌 봉우리가 하늘에 나란히 솟아서, 옥부용(玉芙蓉)을 바라보는 것 같아 세속에서는 소금강(小金剛)이라 부른다고 기록하고 있다. 속리산은 수려한 경치와 다양한 동식물, 대규모 사찰인 법주사와 여러 암자가 있어 1970년에 국립공원으로 지정되었다.[62]

함께 명산 등반을 시작한 친구가 오늘 속리산에서 완등식을 한다. 산행을 하는 사람들에게 100명산 완등은 큰 의미를 가지고 있기에 축하해주려고 이른 아침부터 고속도로를 달린다. 부슬부슬 비가 오기 시작하여 짧은 코스를 선택하고 하산하여 완등 파티를 하기로 했다. 오래전 법주사 코스로 정상까지 가지 못했던 기억을 담고 오늘은 천왕봉을 보려 한다. 도화리에 있는 펜션의 주차장에 차를 주차하고 산행을 시작한다. 도화리 코스는 비교적 완만한 등산로로 이어진다. 벌써 때죽나무꽃이 하얗게 피어 화사한 모습으로 우리를 맞는

---

62 『신증동국여지승람(新增東國輿地勝覽)』, 『증보문헌비고(增補文獻備考)』, 『한국관광자원총람』(한국관광공사, 1985), 법주사(http://beopjusa.or.kr/), 속리산국립공원(http://songni.knps.or.kr/)

다. 조금씩 경사가 시작되지만 아주 험하진 않다. 다만 비가 때문에 발걸음이 더디기만 하다. 뚝뚝 떨어진 물참대꽃 꽃잎이 어여뻐 사진을 찍어본다.

때죽나무꽃

단풍나무

　다양한 소망을 담은 소원탑이 보이고 생강나무의 초록 잎이 빗물에 더욱 푸르다. 커다란 소나무는 터줏대감처럼 산허리를 지키고 서 있고, 새싹 담은 단풍나무도 둥지를 튼 채 여름 맞이 준비를 하는데, 갈라진 틈새를 슬그머니 내어준 마음 좋은 참나무를 보니 사람도 저리 곁을 내어주고도 아무렇지 않게 어울려 살아갈 수 있으면 참 좋겠다는 생각을 해본다. 다래순 사이로 이슬 머금은 노란 다래꽃이 보인다. 다래꽃은 좀처럼 보기 어려운데 때마침 활짝 피어 있다. 짙은 향기를 담은 병꽃이 비에 젖어 더욱 짙은 분홍색으로 보이고, 산초나무꽃도 이에 질세라 꽃을 피우는데 라일락 닮은 꽃개회나무 혹은 정향나무로 불리는 분홍빛 꽃잎도 빗속에서 개화를 기다린다. 내리는 비에 몸을 숨긴 나방은 단풍나무에 의지한 채 하루를 지낼 모양이다. 덩굴 꽃마리도 여린 잎을 내어주었다. 소리 없이 피어나는 안개 속에서 산객을 반기는 철쭉이 유난히 곱다.

물참대나무

병꽃

철쭉   꽃개화나무(정향나무)

속리산의 여름에는 참 많은 야생화가 다투어 피어난다. 자욱한 운무 속에서 우리는 드디어 천왕봉을 본다. 비오는 궂은 날씨에도 산객들이 어찌나 많은지 줄을 서서 인증사진을 찍고, 서둘러 자리를 피해줘야 할 만큼 정상은 붐빈다. 100명산 완등을 축하하며 그동안의 수고에 찬사와 박수를 보낸다. 산객은 서로 알지 못하지만 그 기쁨은 충분히 공감한다. 개인 인증과 단체 인증사진을 촬영한 후 하산한다.

정상의 철쭉   정상석(천왕봉)

산허리에서 축하하는 한잔의 샴페인으로 벗들과의 우정을 다지고 서로의 안전한 산행과 즐거움을 기원하며 축배를 외친다. 하산하는 길의 계곡에 커다란 바위에도 초록 이끼가 한 겹을 덮고, 잠시 그친 비에 날씨를 잊고 날아든 줄무늬 나비가 휴식을 취한다. 비 덕분에 짧은 코스를 택하고 안전하고도 빠른 산행을 마친다.

속리산은 한국의 8경 가운데 하나이며 이 산에는 천연기념물로 지정된 정이품송, 망개나무 등 670여 종의 식물과 딱따구리, 사향노루, 붉은가슴잣새, 큰잣새 등 340여 종의 동물이 서식하고 있다. 속리산의 관문이라 할 수 있는 말티고개는 고려 태조 왕건이 법주사에 행차할 때 닦은 길이라고 전해지고 있다. 꼬불꼬불 열두 굽이를 돌아야 넘는 험한 고개로 널리 잘 알려진 고개이다. 속리산에는 법주사가 있다. 이 절은 신라 진흥왕 때인 553년에 의신조사가 지었다. 임진왜란 때 불타버린 것을 인조 때인 1624년에 옛 모양을 찾아 다시 지었다. 경내에는 국보 제5호인 쌍사자 석등 및 팔상전(국보 제55호), 석련지(국보 제64호) 등 많은 문화재가 있다.[63]

다양한 코스가 있어 많은 산객들이 찾는 속리산, 계절 따라 코스 따라 한 번씩 다시 와보고 싶은 곳, 속리산의 고운 풍경과 친구들과의 추억을 담은 속리산은 이렇게 저물어간다.

★ 산악 기본자세 - 배낭 무게 최소화

배낭의 무게는 체중의 30%가 적당하다. 꼭 필요한 장비만을 챙겨서 무게를 최소화하여 골절 부상 및 추락사고 등을 방지하도록 한다. 또한 배낭의 아랫부분에는 침낭 등 부드러운 것을 넣고 중간은 식기처럼 딱딱한 것, 식량이나 간식 등 무거운 것은 등판 쪽으로 넣는 것이 좋다.

---

63 http://koc.chunjae.co.kr/main.do/

82.

새도 쉬었다 가는 그곳

- 조령산(1,017m)

조령산은 높이 1,017m이며 소백산맥 줄기에 있는 산으로 산맥의 시발점인 태백산부터 소백산, 문수봉, 월악산을 지나 조령산에 이르는 구간은 고봉이 연속되나 조령산을 지나면서 산들이 차차 낮아져 속리산에 이른다. 옛날에는 서울에서 영남 지방에 이르는 가장 중요한 관문이며 '문경새재' 또는 '새재'라고 불렸다. 또한 산 남쪽의 낮은 능선에는 이화령(梨花嶺)이 있는데, 현재 백두대간으로 국도가 통과하여 문경과 연결되고 있다. 조령천을 따라 영남로의 옛길에 조령 제1·2·3관문이 있으며, 험준하고 수려한 산세를 나타내고 있다. 1708년(숙종 34)에 길이 6척, 너비 4척, 두께 2척 되는 돌로 둘레 18,509보의 산성을 쌓았는데 현재 200m 정도 남아 있다.[64]

그럼 새도 쉬었다 간다는 조령산을 올라보자. 우리는 이화령에 주차를 하고 이화령 백두대간 인증사진을 찍은 후 산행을 시작한다. 문경으로 넘어가는 터널 위로 백두대간 이화령이라고 새겨져 있다. 저 터널을 지나 좌측으로 등산로가 이어지는데 귀사랑고개라는 커다란 바위 비문이 있다. 바로 좌측에 이화정이라는 정자와 등산 안내 지도가 있는데 정자 뒤편으로 완만한 등산로가 이어져 있으며 조령산 정상으로 향한다.

『한국지지(韓國地誌)』-지방편(地方篇) II(건설부 국립지리원, 1984), 『충청북도지(忠淸北道誌)』(충청북도지편찬위원회, 1975), 『한국지명총람』(한글학회, 1970)

이화령 표지석

유안진의 시 비문

이화정

싱그러운 초록과 너덜길 아래로 작은 동네가 보이는데 아늑한 시골스러움에 정겹기만 하다. 너덜거리를 따라 조금 더 진행하면 소원을 빌어 쌓은 정성탑이 여러 개 있는데 단풍 사이로 보이는 정성탑이 더욱 나뭇잎을 푸르게 보이게 한다. 막 피기 시작한 할미밀망꽃이 수수하니 아름답다. 완만한 등산로를 따라 단풍나무 아기 새순이 연둣빛을 뽐내며 자라고 있다. 소담스럽게도 자라 분재를 만든 것처럼 곱기도 하다. 커다란 구멍이 뚫린 고목이 세월을 말해준다. 얼마나 저렇게 오래도록 서서 오가는 길손들을 반겼을까?

새하얀 노린재나무꽃이 눈부시게 피어 있고, 진한 향기 뿜는 병꽃이 화사하니 피어 있다. 잘 정돈된 소나무 숲길을 따라 걷다 보면 목장을 연상시키는 숲길이 아름답다. 아름다운 야생화와 나무 숲길을 지나면 조령샘이 있는데 오가는 길손들이 목을 축이는 곳이다. 조령샘을 지나자마자 둥굴레 닮은 줄기의 새하얀 풀솜대꽃이 반긴다. 소나무 숲길을 따라 깔끔한 계단으로 등산로를 잘 정비해놓았는데 약 600개 정도 이어진다.

어느새 정상이다. 정상석 뒤편에 '새도 쉬어 가는' 문구가 적혀 있다. 100명산 인증사진을 찍고 초록을 온몸으로 맘껏 느껴본다. 조령산 정상의 초록은 정말로 눈부시다.

신선암봉 조망

조령샘

정상석(앞)   정상석(뒤)

정상을 뒤로하고 신선암봉으로 가는 길에 만난 눈개승마 꽃봉오리가 금방이라도 꽃망울을 터트릴 기세다. 신선암봉으로 가는 길은 호락호락하지 않다. 계단이 제법 높고 허공에 만들어져 있어 살짝 공포감이 밀려오지만 그래도 한 발 한 발 앞으로 전진해본다. 멀리 조망되는 수려한 경관에 발길이 저절로 멈춘다.

유난히 진하게 핀 조령산의 병꽃 아래로 아스라이 먼 신선암봉이 보이고, 뒤돌아보니 지나온 맞은편 봉우리에 자세히 보면 아주 작게 지나온 조령산 정상 방향 계단이 보인다. 눈길 머무는 곳마다 너무 멋진 경관이 저절로 사진을 찍게 만든다. 짧은 암릉 구간이 나온다. 살짝 경사진 바위를 밧줄을 타고 내려가면 다시 올라가야 하는데 여기서 암릉 구간이 시작된다고 보면 된다. 고인돌 닮은 커다란 바위도 있고 또다시 시작되는 짧은 암릉 구간을 따라가다 보면 멋진 병풍바위 같은 경관에 탄성이 저절로 나온다. 바로 깃대봉이 있고 그 뒤에는 주흘산이다. 주흘산은 커다란 암벽이 이어져 있는데 마치 병풍바위처럼 보인다. 멋진 조망을 지나면 다시 암릉을 오르내리기를 몇 번 하고서야 드디어 신선암봉이다.

암릉 구간

신선암봉

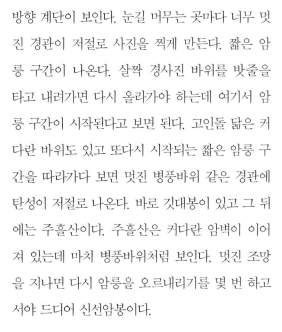

고인돌바위

쉽게 내어주기 싫었는지 한껏 자신의 가치를 높인 다음에야 비로소 맞는 신선암봉은 신선들이 달밤에 노닐다 가서 신선암봉, 또는 마고할미가 놀았다 해서 할미봉, 또는 고사리봉, 온산으로도 불렸다 한다. 뿐만 아니라 신선암봉은 백두대간의 인증장소이기도 하다. 우리도 인증사진을 촬영하고 신선암봉에서 바라보는 절경을 다시 한번 눈에 담는다.

워낙 산행을 늦게 시작한 탓으로, 마당바위로는 가지 못하고 깃대봉 쪽으로 이동한다. 가는 중에 꾸구리바위 쪽으로 나 있는 급경사로 하산하여 제1관문 쪽으로 향한다. 이곳이 시간적으로는 가장 가까운 듯하여 이쪽으로 방향을 잡는다. 경사가 제법 심하여 정신을 바짝 차리고 하산해야 한다. 곧 어두워질 것 같아 캄캄해지기 전에 산에서 벗어나야겠다는 생각에 마음이 조급하다. 그렇지만 안전이 우선이니 조심히 하산한다. 어지간한 깊은 산엘 가면 하나쯤 있는 선녀탕이다. 여기도 오래전 호랑이 담배 피우던 시절에 선녀 한두 명쯤 먹을 감았을 텐데 하는 생각을 하며 미소 짓는다. 잠시나마 여기서 주인 잘못 만나 늘 산으로만 다니며 고생시키는 발을 담그고 열기를 식혀본다. 아직은 아릴 만큼 차갑지만 개운하다.

드디어 꾸구리바위에 도착했다. 이 커다란 바위 아래 '꾸구리'라는 황소만 한 물고기가 살았는데 움직일 때마다 집채만 한 저 바위가 움직였다는 전설이 있다. 혹은 지나가는 아녀자들을 희롱하기도 했다 하는데 일명 꾸구리바위다. 어느새 날은 저물어 제1관문으로 가는 길 우측으로는 생태공원을 볼 수 있는데 이미 어두워진 옛길은 약간의 조명만 있을 뿐 어둠으로 볼 수 없어서 아쉽다. 옛길 박물관도 조명 아래 운치가 가득하다. 드디어 주차장에 도착하여 옛길보존기념비를 마지막으로 조령산 산행을 마무리한다.

생태공원의 아름다움을 느낄 수 있도록 먼저 도착한 지인이 찍은 사진을 몇 컷 실어본다.

꾸구리바위 옛길 박물관

옛길보존기념비

문경새재 제1관문 생태공원

조령산은 과거를 보러 가는 영남 사람들이 반드시 넘어가야 하는 고개로, 이곳에 박달나무가 많아 박달재라고도 불렀다.[65] 최근에는 3개의 관문을 따라 도로도 잘 정비되어서 관광지로도 유명하여 많은 사람들이 찾고 있으며 특히 이화령은 자전거 코스로도 유명하다.

늦게 시작하여 빠듯한 산행이었지만 좋은 사람들과 멋진 경관으로 행복하게 마무리한 하루였다. 함께했던 모든 분들에게 그 느낌 그대로 오래도록 남아 있을 조령산의 여운을 전하며 그날의 기억을 가슴으로 담는다.

★ 산악 기본자세 - 등산 후 스트레칭

스트레칭은 등산 전에도 당연히 해야 하지만 산행이 끝난 후에도 스트레칭을 하도록 한다. 평소에 쓰지 않던 근육을 다소 무리하게 사용하였다면 가벼운 스트레칭은 경직된 근육을 이완시켜주는 데 큰 도움이 되고 특히 허벅지와 종아리 근육을 중심으로 스트레칭을 하도록 한다. 또한 산행을 마무리하기 전까지 체력의 30% 정도는 비축하여 만일의 경우에 대비하는 것이 바람직하다.

---

65 Daum백과

계룡8경의 비경을 눈에 담다

- 계룡산(846.5m)

 계룡산은 높이 846.5m로 우리나라 4대 명산 중 하나이며 차령산맥 서남부에 솟아 있다. 또한 금강에 의한 침식으로 이루어진 산지로 산세가 험하며 노성천, 구곡천, 갑천 등이 발원하여 금강으로 흘러든다. 주봉인 천황봉을 비롯하여 연천봉, 삼불봉, 관음봉, 형제봉 등 20여 개의 봉우리들이 남북 방향으로 이어지다가 동쪽으로 2줄기, 서쪽으로 1줄기를 뻗치고 있는데, 전체 모습이 닭 벼슬을 쓴 용과 같다고 하여 계룡산이라 했다.[66] 계룡산은 풍수지리설에서 대단한 명산으로 손꼽아 일찍이 조선 왕조가 이 산기슭에 도읍 터를 정하려고 한 곳이기도 하다.[67]

 개인적인 일로 복잡한 머리를 정리하기 위해 떠난 평일 산행이다. 날씨가 어떻든 상관없이 그저 떠난 산행이라 홀로 산행은 그러한 면에서 탁월한 선택이라 할 만큼 마음의 평정을 찾아준다. 입장료 3,000원에 계룡산을 통으로 전세를 내고, 조용하고 한적한 계룡산 입구를 조용한 발걸음을 옮겨본다.

 동학사 일주문을 지나 커다란 고목들이 줄지어 있는 신작로를 시작으로 산행길을 시작한다. 미타암과 문수암을 지나 동학사를 끼고 초롱꽃이 고운 담장

---

66 Daum백과

67 https://blog.naver.com/paransnow/222131449574/

을 따라 은선폭포 쪽으로 발길을 옮긴다. 잘 정돈된 등산로는 마치 산책코스처럼 완만하다. 가끔 급경사로 이어지지만 생각을 정리하고 마음의 힐링을 위한 곳으로는 최고다.

동학사 일주문

관음암

세진정

은선폭포

뚝뚝 떨어진 때죽나무 꽃잎이 화사하다. 은선폭포를 앞두고 급경사로 계단이 이어진다. 계단을 2/3 정도 오르면 멀리 쌀개봉이 조망된다. 갈라진 바위틈을 중심으로 커다란 바위가 멋진 쌀개봉은 계룡산에서 두 번째 높은 봉우리로 디딜방아처럼 생겼으며 원래 쌀이 나왔는데 욕심을 부린 스님 탓으로 더 이상 쌀이 나오지 않는다는 전설이 있다.

은선폭포에는 실처럼 가느다란 물줄기만 있을 뿐 가뭄으로 인하여 폭포는 볼 수 없었다. 계룡7경으로 신선이 노닐다 갈 만큼 아름다워 은선폭포라는 이름으로 불렸다 하는데 살짝 아쉽다.

쌀개봉

완만한 등산로를 따라 오르니 산딸기꽃도 만개하였고, 오래된 고목의 특별한 모습도 볼 수 있다. 산딸나무의 하얀 꽃도 만개하였고 골무꽃도 뒤질세라 무리 지어 피어 있다. 평일 산행을 하면 오롯이 홀로 누리게 되는 여유로움이다.

드디어 정상이다. 아니 정확히 정상은 천황산이지만 군사지역이라 관음봉이 인증장소이다. 관음봉은 계룡산의 주봉 중 하나이며 공주 10경 중 하나이다. 맑게 개인 하늘 아래로 탁 트인 경관이 막힌 속내를 시원하게 해준다. 관음봉 팔각정에서 처음 본 산객들과 품앗이 인증사진을 찍고 준비한 김밥으로 간편 식사를 한다. 중국에서 선교활동을 하다 안식년으로 잠시 쉬고 있다는 선교사님과 가벼운 담소를 나눈 후 하산길로 접어든다. 돌아보니 관음봉에서 내려오는 하늘과 이어진 계단이 아련하게 보인다.

관음봉

하산길에는 커다란 바위산과 제법 난이도가 있는 바윗길도 이어져 있다. 눈개승마가 어느덧 활짝 피었고, 산목련이 흐드러지게 피었다. 관음봉에서 삼불봉으로 가는 길은 자연성릉이라 하는데 자연적으로 형성된 성곽의 능선 같다 하여 붙여진 이름으로, 관음봉에서 삼불봉까지의 2.1㎞ 구간을 이른다. 삼불봉에 도착하여 잠시 땀을 식힌다. 삼불봉은 동학사에서 올려다보면 세 부처님을 닮았다 하여 삼불봉이라 불렸다 한다. 삼불봉으로 가는 길은 성곽처럼 이어진 기암괴석으로, 관음봉으로 오를 때 느끼지 못했던 묘미를 느낄 수 있다.

개인적으로 이렇게 약간 스릴 있는 곳을 좋아하는 나는 특별히 이 구간이 맘에 든다. 탁 트인 시야로 지나온 관음봉이 조망되고 앞으로 이어진 풍경은 참으로 비경이다.

자연성곽 또는 자연성릉

급경사를 지나면 계룡8경 남매탑이다. 남매탑은 갑사의 중간지점인 청량사터에 자리 잡고 있는데 하나는 5층, 하나는 7층으로 보물로 지정되어 있다. 신라시대 상원조사가 토굴에서 수도할 때 큰 호랑이가 나타나 몹시 괴로워하며 울부짖어 자세히 보니 목에 큰 가시가 걸려 있어 빼주었더니 은혜를 갚으려고 아름다운 처자를 업고 왔단다. 집으로 돌려보냈으나 부모가 인연이라 하여 부부의 연을 맺기를 원하였으나 수도하는 몸으로 고심 끝에 남매의 인연으로 비구니와 스님으로 남았다고 하는 전설이 있다. 두 사람은 열심히 정진하였으며 열반에 든 후 사리를 수습하여 모신 곳이 이곳 남매탑이라 한다.[68]

---

68 남매탑 표지판

삼불봉(앞)

남매탑

계룡산 계곡

　담장 따라 피어 있는 봄의 전령 금낭화가 마지막 꽃잎을 터트리고 핑크빛 싸리꽃이 여름을 알린다. 계룡산은 숲이 우거지고 또한 한적하며 정상에 오르면 아름답고 수려한 경관이 조망된다. 산책로 같은 등산로를 따라 편안하게 이동할 수 있도록 잘 조성해놓아 깔끔하고 안전하게 산행할 수 있는 곳이다.

이곳 계룡산은 계룡8경으로 알려진 뛰어난 경치 8곳이 있는데, 제1경은 주봉인 천황봉의 일출이며, 제2경은 세 부처님의 모양을 닮았다는 삼불봉의 설화(雪花)로 겨울 설경이 신비롭다. 제3경은 천황봉의 일출과 쌍벽을 이루는 연천봉의 낙조이며 주위에 갑사, 신원사 계곡 등이 있다. 제4경은 관음봉에서 바라다보는 흰 구름이며, 이곳에서 쌀개봉으로 이어지는 철쭉길 또한 유명하다. 제5경은 춘동학 추갑사로 표현되는 울창한 숲의 동학사계곡이며, 제6경은 갑사계곡의 단풍으로 특히 용문폭포를 포함한 갑사구곡이 유명하다. 제7경은 기암절벽이 어우러진 은선폭포이며, 제8경은 청량사터의 전설에 얽힌 청량사지 쌍탑(지방문화재 제1호)이다. 이 7층탑을 오라비탑, 5층탑을 누이탑이라 하여 오누이탑 또는 남매탑이라고도 한다. 이외에 영험한 기도터로 알려진 수용추폭포와 암용추폭포가 있으며 계룡, 양화 저수지는 낚시터로 유명하다.[69]

마음이 복잡하고 생각이 많아지면 역시 산행만큼 좋은 것이 없다. 조금 경사가 있지만 안전하게 산행로를 잘 정비해놓은 계룡산은 정말 더없이 좋은 산이다. 숲이 우거져 충분한 그늘이 있는 오름길과, 하산할 때는 약간의 스릴도 느끼며 멋진 경관을 조망하여 힐링이 저절로 되는 계룡산에서 제3의 인생을 시작하기 위한 꿈을 꿔본다.

★ 산악 기본자세 - 하산 시 뛰지 않기

하산 시에는 아무래도 체중이 앞으로 쏠리며 특히 계단 등에서는 하중에 가해지는 무게감이 더욱 가중된다. 이때 뛰어서 내려간다면 그 무게감은 순간적으로 폭발하여 무릎에 전달이 된다. 이때 인대나 관절에 무리가 되어 염증을 유발하는 경우가 발생하기에 하산 시에 뛰는 것은 금물이다.

---

69 Daum백과

마음 착한 여인네 같은 산

- 운장산(1,126m)

운장산은 높이 1,125.8m이며 노령산맥의 주봉으로 이 일대는 800~1,000m 의 고산지대를 이루며 연석산 등과 함께 하나의 웅장한 산지를 형성하고 있다. 산체는 동봉, 중봉, 서봉의 3개 봉우리로 이루어져 있으며 중봉이 최고봉이다. 구름에 가려진 시간이 길다 해서 운장산이라고 했다. 북두칠성의 전설이 담겨 있는 칠성대를 지나 한참 더 올라가면 오성대가 있는데 조선조 중종 때의 서출 성리학자 송익필(1534~1599년)이 은거하였던 곳으로 전해지고 있다.[70]

운장산까지는 거리가 있어 아침 일찍 진안으로 출발한다. 샌드위치 연휴로 차가 많이 밀리지만 마음을 비우고 안전이 최고라며 느지막하게 도착해 가볍 게 중식을 하고 천천히 올라간다. 유난히 둥굴레가 많은 곳이다.

조금은 경사가 있는 등산로이지만 또한 지치지 않을 만큼 완만한 곳이 중간 중간 있어서 지루하지 않게 올라갈 수 있다. 산수국이 만개하기 직전이다. 보랏빛 고운 색을 연둣빛 안에 담고 가뭄 속에서도 최선을 다해 피어나고 있다. 참 기특도 하다. 급경사가 끝날 무렵 활짝 핀 산목련으로 눈호강을 하며 흐르는 땀을 식힌다. 참 고귀해 보이고 넉넉해 보이는 꽃이다.

---

70 Daum백과

서봉에 올라서면 탁 트인 조망이 시원스럽게 펼쳐진다. 멀리 운장대가 조망된다. 서봉은 칠성대라고 부르는데 '칠성 하강'과 '선비들의 불도 귀의'이다. 칠성대(七星臺)는 운장산 정상을 이루는 상동, 동봉, 서봉 세 봉우리 가운데 서봉에 해당한다. 칠성대(七星臺)는 아름다운 자연경관을 이루는 명소로서 북두칠성의 일곱 성군이 여기에 내려와 선비들을 일깨우고 올라갔다는 신비한 이야기가 전해진다. 칠성대에서 보는 조망도 아름답고 수려하다. 커다란 바위도 멋지고 연둣빛 가득한 산허리도 아름답다. 능선을 좀 지나면 다시 계단을 좀 내려가야 하는데 서봉과 운장대 사이는 약 600m로 능선 따라 걷다 보면 금방 정상에 도달한다.

서봉(칠성대)

칠성대 정상석

정상석

정상에 도착하여 인증사진을 남기고 사방을 둘러보며 연둣빛 고운 경관을 담아본다. 정상은 대부분 그러하지만 운장산은 오르는 내내 나무와 숲속에 가려져 있던 산 아래 경관을 한 번에 다 보여주는 것 같다. 겹겹이 쌓인 고운 산허리를 따라 시선이 머무는 곳까지 아낌없이 내어준다. 자차를 이용하였기에 다시 원점회귀를 한다. 꿩의 다리가 벌써 활짝 피었다. 수수하면서도 화사한 꽃잎이 참 곱다. 하산하는 길에는 활짝 핀 국시나무꽃들이 지천으로 깔렸고 꿀을 따는 벌들에게 연신 양식을 내어주는 곳으로 운장산은 마음 착한 여인네 같은 산이다. 칠성대를 지나 조릿대가 무성한 산행로를 따라 피앗목재에 도착한다. 운장산은 산도 아름답지만 계곡의 기암괴석이 절경이다.

맑은 물과 어우러진 계곡은 주자천계곡으로 맑은 물과 암벽, 숲에 둘러싸여 있어 여름철 피서지가 되고 있다. 계곡마다 기암괴석이 절경을 이루고 사계절의 경치가 뚜렷하며, 기암절벽에 옥수청산(玉水靑山) 천지산수가 신묘하게 어우러져 절경을 빚어내는 곳이다.[71] 운장산 동북쪽 명덕봉(845.5m)과 명도봉(863m) 사이 약 5㎞에 이르는 주자천계곡을 운일암, 반일암이라 하는데 70여 년 전만 해도 깎아지른 절벽에 길이 없어 오로지 하늘과 돌과 나무와 오가는 구름뿐이었다 한다. 그래서 운일암이라 했고, 또한 깊은 계곡이라 햇빛을 하루에 반나절밖에 볼 수 없어 반일암이라 불렀다 한다. 잠시 차를 멈추고 절경을 담아본다.[72]

운장산 기암괴석   국시나무꽃

운일암, 반일암   구봉산 전경

---

71 Daum백과

72 『산(山)』(조선일보사, 1982. 12.), 『한국민족문화대백과사전』

큰 도로를 어느 정도 벗어나면 계곡을 이어놓은 구름다리를 볼 수 있는데 진안의 또 하나의 명산 구봉산이다. 멀리서 보는 구봉산은 한 폭의 그림이다. 지나치기 아쉬워 구봉산 구름다리를 담아본다.

순박한 여인네 같은 착한 산, 역사와 전설이 살아 숨 쉬는 운장산의 여정은 이렇게 마무리한다.

★ 산악 기본자세 - 무릎관절 보호

평소 무릎에 문제가 있다면 무릎보호대나 기능성 인솔(깔창)을 활용하여 무릎관절을 보호한다. 충격을 완화해주고 인대와 근육을 잡아주어 어느 정도 무게감을 완화시켜준다. 작은 소품을 이용하여 자칫 손상되기 쉬운 무릎관절을 보호하도록 하자.

탑사의 신비를 간직한 곳

- 마이산(686m)

진안에 있는 2개의 암봉으로 동봉을 수마이봉(680m), 서봉을 암마이봉(687.4m)이라고도 한다. 신라시대에는 서다산, 고려시대에는 용출산이라고도 했으며 조선시대부터는 산의 모양이 말의 귀와 같다 하여 마이산이라 부르게 되었다 한다. 별칭이 많은데, 봄에는 안개 속의 두 봉우리가 쌍돛배를 닮아서 돛대봉, 여름에는 숲속에서 용의 뿔처럼 보인다고 하여 용각봉, 가을에는 말의 귀 같다 해서 마이봉, 겨울에는 눈 덮인 들판 가운데 먹물을 찍은 붓끝처럼 보여 문필봉이라고 부르기도 한다. 동봉과 서봉은 약 20m 간격을 두고 있으며, 주위에는 부귀산, 성수산 등이 있다. 기반암은 수성암이며, 산 전체가 거대한 암석산이나 정상에는 식물이 자라고 있다.[73]

마이산은 4번째 방문이지만 겨울이라 빙판인 데다 비가 와서 미끄러워 동행한 분들이 건강상의 이유 등으로 정상에 오른 것은 이번이 처음이다. 주차장에 도착했는데 한두 방울씩 빗방울이 떨어진다. 혹시나 이번에도 등산로 앞에 문이 닫혀 있을까 걱정이 앞서 거의 빛의 속도로 발걸음을 옮긴다. 탑사에 도착하였다. 다시 봐도 신비롭고 경이로운 경관은 보는 이로 하여금 탄성을 자아내게 한다.

---

[73] Daum백과

돌탑들은 1800년대 후반 이갑용 처사가 혼자 쌓은 것으로 알려져 있다. 이갑용 처사는 낮에 돌을 모으고 밤에 탑을 쌓았다고 한다. 이 탑들은 이제 100년이 넘었는데, 아직도 아무리 거센 강풍이 불어도 절대 무너지지 않는다고 하니 그저 신기할 뿐이다.

마이산 탑사

주탑인 천지탑은 부부탑으로 2기로 되어 있으며 높이는 13.5m이고 남북으로 축조되어 있다. 주탑인 천지탑을 정점으로 조화의 극치를 이루며 줄줄이 세워져 있고 팔진법의 배열에 의하여 쌓았다고 전해지며 당초에는 120기 정도가 있었으나 현재는 80여 기가 남아 있다. 맨 앞 양쪽에 있는 탑을 일광탑, 월광탑이라 하며 마이산 탑군은 태풍에 흔들리기는 하나 무너지지 않는 신비를 간직하고 있으며 탑들을 보면 양쪽으로 약간 기울게 쌓여 있는 것을 볼 수 있는데 이는 조탑자가 바람의 방향 등을 고려하여 축조한 것으로 알려져 있다.

탑사를 돌아 은수사로 향한다. 은수사는 태조가 조선 건국을 꿈꾼 곳으로, 맑고 깨끗하다고 하여 유래된 이름으로 전해지지만 이것도 분명하지 않다. 은수사는 마이산 탑사를 지나 약 300m 정도 산길을 더 올라야 하는데 마이산 봉우리 암벽 바로 아래 위치하는 사찰이다. 또한 은수사의 마당에는 천연기념물로 지정된 줄사철나무(제380호)와 청실배나무(제386호)가 있는데 청실배나무는 태조 이성계가 심은 나무라는 설이 전해지며 겨울에는 역(逆)고드름 현상으로 유명하다.

줄사철나무에 소박한 노란 꽃이 활짝 피었다. 자주초롱꽃이 만개 직전이고, 우단동자도 활짝 피었다. 화려함이 극치에 이루는 만첩빈도리도 활짝 폈고, 끈끈이대나물꽃도 은수사 마당을 화려하게 수놓았다. 은수사 정원은 갖은 꽃들로 가득 차 있어 지나치는 발걸음이 가볍다.

은수사를 통해 좌측으로 돌면 324개로 이루어진 계단을 오르는데 이 계단 끝에는 천왕문으로 가는 길이라 적혀 있다. 태조 이성계가 고려 말 남원에서 황산대첩을 승리로 이끌고 귀경하는 길에 신비스런 마이산에 들러 왕조 창업의 꿈을 현실로 만들기 위해 돌탑을 쌓아 비보를 만들고 꿈속에서 하늘로부터 나라를 다스릴 권한을 받았다는 금척을 받은 후 이곳에 올라 왕이 하늘로 오른다는 의미로 천왕문이라 명명하였다고 전해져온다.[74]

---

74 천왕문 표지판

은수사

줄사철나무

천왕문 가는 324계단

화엄굴

　계단 위에는 양쪽으로 길이 나뉘어 있는데 우측은 수마이봉으로 가는 길이고 좌측은 암마이봉으로 가는 길이다. 수마이봉은 안전상 등반은 할 수 없고 암마이봉에서 조망만 가능하다. 대신 수마이봉 입구에는 화엄굴이 있고 급경사로 된 계단을 150m 올라가면 천연동굴이 나오는데 그 굴속에 작은 샘이 있다. 이 샘은 솟아나는 물이 아니라 바위틈을 타고 내려오는 석간수이다. 화엄굴의 명칭은 예전에 한 이승이 굴에서 연화경, 화엄경 등 두 경전을 얻었다는 데서 유래되었다. 마이산의 두 봉우리를 남녀, 또는 부부로 비견하여 동봉에 속한 숫마이산, 서봉을 암마이산이라 하는데 동봉인 숫마이산은 보는 각도에 따라 남성의 상징처럼 생겼다고 적혀 있다. 뿐만 아니라 이 봉우리 아래 굴에서 나오는 샘물이니 의미가 다르다고 여겨 아이를 갖지 못한 여인이 받아 마시면 득남할 수 있다는 전설도 있다.[75]

입구에는 때죽나무꽃이 흐드러지게 피어 낙화한 꽃길을 걸어본다. 금경사로 이어진 계단을 오르면 바위로 이어지는 곳에서 안전을 위해 일방통행으로 길을 나눠놓았는데 다행스럽게 아직 비가 본격적으로 오지 않아 통제는 되지 않았다. 약 15분 정도 오르면 드디어 암마이봉 정상석과 마주하게 되는데 오르는 중간에는 수마이봉을 조망할 수 있는 전망대도 만들어놓았다. 정상석 주위에도 앞과 뒤의 전망대가 있는데 진안군 전경을 조망할 수 있다. 100명산 인증은 이곳 정상석에서 할 수도 있고, 비룡대 팔각정에서도 가능하다. 정상석은 커다란 암석으로 되어 있어서 조금만 비가 와도 통제가 되며, 겨울에는 11월 중순부터 통제되는 날이 많아지기 때문이다.

정상석

수마이봉

<hr />

75 화엄굴 표지판

하산길은 마이산 자락에 있는 탑영저수지 산책길로 가기로 한다. 잘 정돈된 산책로는 맑은 저수지와 마이산의 아름다운 경관으로 한층 더 멋스럽게 다가온다. 분홍토끼풀도 고운 빛을 드러내고 구절초도 화사한 모습으로 산객들을 맞는다.

마이산은 1979년 도립공원으로 지정되었으며, 2003년에는 국가 지정 명승 제12호로 지정되었다. 마이산 남쪽에는 탑사가 있으며, 탑사에는 약 100여 년 전 이갑룡 처사가 쌓아올린 80여 기의 마이산 탑(전라북도 기념물 제35호)이 있다. 그 남쪽에 있는 신라시대의 고찰 금당사에는 금당사 목불좌상(전라북도 유형문화재 제18호)과 14위의 관음보살상을 그린 9m 길이의 금당사 괘불탱(보물 제1266호), 금당사 석탑(전라북도 문화재 자료 제122호)이 있다.[76]

마이산은 4번째 방문으로 정상을 내어주고 멋진 경관을 담을 수 있도록 허락하였다. 거대한 두 개의 바위로 이루어진 마이봉과 탑사의 신비함이 조화를 이루어 더욱 멋스러운 마이산은 나지막하지만 고고함을 간직한, 유래 깊은 산이다. 특히 봄이 되면 벚꽃길의 아름다움으로 찾는 이가 많으며 비가 오면 마이봉 전체가 커다란 폭포가 되어 그 절경을 보기 위해 일부러 찾는 사람들이 많다고 한다.

76 『한국 지명 총람』 12(한글학회, 1981), 『전라북도지』(전라북도, 1989), 『한국민족문화대백과사전』(한국 정신문화 연구원, 1991), 『진안 군사』(진안 군사 편찬 위원회, 1992), 『진안의 지명』(최규영, 진안 문화원, 1993), 『전북의 백대 명산을 가다』(김정길, 신아 출판사, 2001), 『진안군 향토 문화 백과사전』(진안군 · 진안 문화원, 2004), 『지형학』(권혁재, 법문사, 2006), 『자연 지리학 사전』(한국 지리 정보 연구회, 한울 아카데미, 2006), 『한국 지형 산책』(이우평, 푸른숲, 2007), 『한국 지명 유래집』-전라 · 제주 편(국토지리정보원, 2010), 「마이산의 형성과 진화」(이영엽, 『마이산 학술 연구』, 진안 문화원, 2002), 진안군청(http://www.jinan.go.kr/)

정상의 일몰

탑영저수지 방향

진안시 방향

수마이봉

사계절 어느 때라도 아름답고 멋진 마이산을 기억에 담고 하루를 마무리한다. 인증을 하고 난 후부터 산행기를 쓰기까지 나는 두 번을 더 다녀왔으며 아름다운 일몰도 담을 수 있었다. 뿐만 아니라 탑영저수지 야경을 보고 담을 수 있는 시간도 가질 수 있었기에 함께 나누고자 몇 장의 사진을 실어본다.

★ **산악 기본자세 - 체력이 약한 사람 중심으로 보행**

만약 일행이 있는 단체 산행이라면 체력이 약한 사람을 기준으로 산행을 하도록 한다. 미리 일행들의 체력을 감안하여 산행계획을 세우고 가급적 체력이 약한 사람을 중간에 배치하여 무리한 일정으로 팀원들 전체가 위험에 노출되지 않도록 한다.

그림 같은 충북 알프스

- 구병산(876m)

구병산은 높이 876m로 한국의 산하 선정 인기 명산 97위다. 수려하고 웅장한 9개의 봉우리가 마치 병풍처럼 둘러싸여 있어서 구병산이라 불리며 보은군청에서는 속리산과 구병산을 잇는 43.9㎞ 구간을 1999년 5월 17일 '충북 알프스'로 출원 등록하여 관광지로 더욱 많이 알려진 곳이다.[77]

전날 비가 많이 온다 하여 포기하고 있다가 살짝 날이 맑아져서 느지막하게 출발한 구병산이다. 적암리 주차장에 도착하니 작은 시골 마을에 그 흔한 가게 하나 없다. 미처 준비하지 못한 물도 인심 좋은 마을 어르신들 덕분에 가득 채우고 혼자 왔냐며 걱정해주시는 어르신들을 뒤로하고 출발한다.

위성중계소 뒤로 등산로가 있는데 한적하기 짝이 없다. 호두나무에 아직 알이 차지 않은 호두가 주렁주렁 달렸고 초록 무성한 산과 들이 눈이 시리도록 개운하다. 쌀난바위 아래로 동굴처럼 생긴 은신처가 보이고 숨은계곡을 따라 오르다 보니 어느덧 철계단이다. 여기까지는 비교적 완만한 산행길로 흥얼흥얼 노랫가락도 저절로 나온다. 그러나 철계단을 시작으로 곧 급경사가 시작되고 지그재그로 이어진 산행길은 거의 끝까지 이어진다.

어느새 빨갛게 산딸기가 익어가고 여린 괴불주머니꽃도, 연보랏빛 골무꽃도

---

[77] 보은 관광(http://www.tourboeun.go.kr/)

활짝 피었다. 특이하게 비자나무가 바닥에 깔리듯 자라고 있었다.

지루했던 지그재그길이 끝나고 드디어 정상이 눈앞이다. 표지목을 중심으로 삼거리에서 우측은 853봉이고 좌측은 구병산 정상이다. 약 100m 되는 거리의 구병산 정상을 단숨에 올라본다. 구병산 정상에서 바라보는 경관은 그림처럼 아름답다. 왜 충북 알프스라 불리는지 알 것 같다. 능선은 곱고 비 온 뒤 푸른 들녘과 아늑한 시골 풍경이 어우러져 마음속 깊은 곳까지 평안함이 스며든다. 인증사진을 촬영한 후 잠시 여유로운 시간을 맘껏 느낀다. 간단하지만 챙겨온 간식도 먹고 주변 경관도 넉넉히 담아본다. 멀리 도로 옆으로 보이는 위성안테나가 한눈에 들어온다. 구병산의 경관을 홀로 맘껏 누리고 853봉으로 향한다.

구병산 정상석

정상 고목과 적암마을

적암마을과 위성안테나

소나무 사이로 보이는 봉우리가 백운대와 853봉으로 향하는 길이다. 나리꽃이 6월 초순인데 벌써 꽃피울 준비를 하고 있다. 853봉으로 가는 우회도로가 있지만 멋진 경관을 보고 약간의 스릴을 맛보기 위해 바위를 타기로 한다. 산조팝나무가 얼마나 화사하고 아름다운지 그냥 지나치지 못하고 담아본다. 오르는 내내 발 디딜 때마다 멋진 경관이 발길을 멈추게 한다. 아래로 지나쳐 온 위성기지국이 개미만큼 작게 내려다보인다.

우회로로 가지 않고 암벽으로 올라가다 기어이 상처를 남긴다. 오래된 밧줄에 가는 철사가 함께 꼬여 있는데 낡아서 한 올씩 풀어지고 끊어져 있는데 그걸 모르고 덥석 잡았다가 바늘처럼 날카로운 철사에 그만 찔려버리고 말았다. 따끔한 것이 정신이 번쩍 들었다. 우여곡절 끝에 드디어 853봉 정상이다. 학봉이라고도 불리는 이곳은 구병산에서 두 번째 전망대의 역할을 톡톡히 한다. 사방으로 보이는 멋진 경관을 담아본다. 853봉에서는 적암마을과 위성기지국이 조망된다.

853봉

824봉 조망

신선대 조망

신선대 쪽으로 가는 길이다. 853봉에서 신선대 방향도 비경이다. 구병산 정상에서 853봉 능선과 신선대로 가는 능선은 보는 곳마다 절경이고 아름답다. 충북의 알프스라는 말이 실감날 정도로 아름다워 신선대까지 가지 못하는 아쉬움이 크다. 그러나 홀로 산행에 날이 어두워지면 위험할 수도 있어서 아쉬운 마음을 접고 절터로 하산길을 잡는다. 박쥐나무의 하얀 꽃이 조롱박처럼 매달려 활짝 피었다. 하산하는 길은 급경사로, 비가 온 뒤라 그런지 더욱 미끄러웠다. 조심조심 한 발씩 내딛다 보니 어느덧 절터에 도착했다. 절터에는 정수암 옹달샘터가 있는데 지금은 돌두꺼비만이 그 흔적을 대신하고 있다. 정수암은 조선시대에 지어지고 6·25 때 소실되었다 한다. 약 500년 전 정수암에 수도하던 스님들의 음용수였는데 이 물을 마시면 넘치는 정력을 주체하지 못하고 6개월을 못 넘기고 하산했다고 한다. 또한 이 물을 마시면 생명이 7일 연장된다는 전설도 있다. 어쨌든 이 정수암 옹달샘은 2007년 12월 음용수 부적합 판정을 받았으며 가뭄으로 인한 고갈로 폐수조치되었다.[78]

산조팝나무꽃

박쥐나무꽃

정수암 및 절터

삼나무의 울창함과, 나뭇가지마다 타고 오른 유난히 많은 으름나무 넝쿨이 푸르름을 더해준다. 보랏빛 고운 싸리꽃이 만개하였고, 노란 기린

---

78 정수암지 표지석

초가 별처럼 피어 반기며, 너덜거리의 바위들도 왠지 반가운 오솔길처럼 완만한 산행이 끝날 무렵 계곡의 맑은 물로 정자에서 바짝 달아오른 발바닥의 열기를 식혀본다. 역시 빼놓을 수 없는 산행 후 계곡에서의 족욕은 그날 하루 마음을 즐겁게 하느라 고단했던 발의 피로를 풀어주는 데 그만이다. 어여쁜 엉겅퀴도 먹음직한 산딸기도 왠지 마음이 넉넉해지게 한다. 광대나물도 한창 꽃망울을 터트리고 가장 아름다운 때를 놓치지 않으려 짧은 삶의 최선을 다한다. 적암리 주차장에 도착해 걸어온 구병산을 뒤돌아보며 충북 알프스라는 이곳을 담아본다.

구병산은 정상 쪽 일부를 제외하고 입구부터 하산하는 내내 푸른 숲이 우거져 있어 많은 그늘을 갖고 있는 산이다. 정상은 탁 트인 조망으로 속리산 자락들을 한눈에 볼 수 있는 곳이며 속리산 천왕봉은 지아비 산, 구병산은 지어미 산, 금적산은 아들 산이라 하여 이들을 '삼산'이라 일컫는다. 속리산의 명성에 가려 일반인에게 잘 알려져 있지 않아 산 전체가 깨끗하고 조용하며 보존이 잘되어 있는 편이다.[79]

능선이 그렇게 아름다울 줄 알았더라면 온전히 하루를 투자할 것을 하면서 아쉬움이 많은 구병산 산행을 그렇게 마무리하였다. 다음에는 온전한 하루와 철저한 준비로 신선대를 기어이 오르고야 말 테다.

★ 산악 기본자세 - 올바른 등산화 선택

등산화는 최소한 경등산화와 중등산화 정도는 준비한다. 계절에 따라 약간은 변화를 줄 필요가 있는데 가벼운 산행코스라면 경등산화면 충분하지만 경사진 곳, 또는 겨울철이라면 중등산화 정도는 신어줘야 한다. 발목이 길어 넘어졌을 경우에 발목도 보호하면서 방수도 되고 밑창도 두꺼워 보온이 가능한 것으로 하루종일 신어도 발에 무리가 없는 등산화를 선택한다. 가급적 구입 전에 직접 신어보고 발에 맞는지 확인하는 것이 바람직하다. 산행을 시작할 때보다 하산할 때 신발끈을 단단히 매어줌으로써 앞으로 쏠리는 현상을 방지하여 발가락을 보호한다.

---

79 보은 관광(http://www.tourboeun.go.kr/)

아름다운 강선루에 올라

- 조계산(884m)

조계산은 높이 884m로, 본래 동쪽의 산군을 조계산이라 하고 서쪽의 산군을 송광산이라고 했으나 조계종의 중흥 도량산이 되면서 조계산이라고 부르게 되었으며 송광산(松廣山)이라고도 하며 산 전체가 활엽수림으로 울창하고 수종이 다양하여 전라남도 채종림(採種林)으로 지정되기도 하였다. 고온다습한 해양성 기후의 영향으로 예로부터 소강남(小江南)이라는 애칭이 있는 명산으로 알려져 있고 동쪽으로 선암사(仙巖寺), 서쪽으로 송광사(松廣寺)가 있으며 편백나무와 삼나무 등 경관이 수려하여 1979년 12월에 도립공원으로 지정되었다.[80]

새벽부터 순천으로 달려 조계산 주차장에 도착하였다. 전날 비가 와서 그런지 더욱 청명하였다. 입구에는 사리탑이 있고, 양쪽으로 출입구를 알리는 돌 비석이 서 있고 승선교가 보인다. 승선교(昇仙橋)는 돌다리 가운데 가장 아름답다고 정평이 나 있는 다리로, 반달 모양으로 생겼으며 보물 제400호로 지정돼 있다. 선암사를 대표하는 풍경이며 교과서에도 나온다. 승선교를 지나면 선녀가 내려오는 누각이란 뜻을 지닌 강선루가 있는데 정자에서 바라보면 바로 계곡의 맑은 물이 보이도록 설계되어 있다고 한다.

---

80 『신증동국여지승람』, 『순천 · 승주향토지』(순천문화원, 1975), 『한국관광자원총람』(한국관광공사, 1985), 『관광한국지리』(김홍운, 형설출판사, 1985), Daum백과

선암사 삼인당에 도착했다. '선암사 삼인당(三印塘)'은 타원형의 연못으로 연못의 반영에 둥근 섬이 비친 모습이 매우 독특하며 전남기념물 제46호로 지정, 보호되고 있다. 삼인당에서 우측은 선암사, 좌측은 편백나무 숲길로 이어지는 산행로이다. 우연히 만난 지역주민에게서 편백나무 숲 쪽으로 가서 선암사로 하산하는 코스가 더욱 아름답다는 조언을 받고 그쪽으로 향한다. 작은 탑들이 올망졸망 서 있다.

승선교

강선루

삼인당

계곡에는 맑은 물이 옥빛으로 흐르고 멋진 편백나무들이 하늘을 향해 쭉쭉 뻗어 있다. 편백나무 숲 아래 새끼 두꺼비가 급히 몸을 숨기려 폴짝거리며 뛰어간다.

완만한 산행길을 따라 걷다 보니 성인 두 명이 껴안아야 할 만큼 커다란 편백나무가 우뚝 서 있다. 그 크기를 가늠할 길이 없어 가방을 두고 한 장 담아본다. 길섶에는 이슬 머금은 노랑매미꽃이 신선해 보인다. 작은 굴목재에 도착하니 빗방울이 후두둑 떨어진다. 지나가는 비 같아 우비는 잠시 보류하고 운무에 휩싸인 숲길을 따라 걷는다. 작은 굴목재에서 직진하면 조계산에서 유명한 보리밥집이 있다는데 얼마나 맛있으면 산행지도에도 나와 있는지 궁금하지만 주차장에 차가 있기에 우측 장군봉을 향해 발길을 옮긴다. 여기도 조릿대가 양쪽으로 무성하다. 조금 전 후두둑 떨어진 빗물로 조릿대가 촉촉하게 젖어 있다. 빗방울에 못 이겨 낙화한 때죽나무꽃이 애처롭다.

장군봉으로 가는 길에는 배바위가 있는데 표지목 뒤로 밧줄이 있고, 밧줄을 타고 바위로 오르면 조계산의 멋진 조망을 한눈에 볼 수 있다. 방금 전 지나던 운무가 발아래로 멋지게 펼쳐져 있다. 배바위는 선암(船岩)과 선암(仙巖)으로 구분되는 전설이 있는데, 첫 번째는 이 바위에 배를 묶었다는 유래에서 배바위(船岩)라는 이름이 나왔다는 것으로 옛날 세상 전부가 물에 잠기는 홍수가 발생하자 사람들이 커다란 배를 이 바위에 묶어 견딘 끝에 살아났고 실제로 배바위에는 배를 묶었다고 하는, 둥근 대형 철 고리가 박혀 있었다고 전해온다. 한편 이 고리는 배를 묶었던 전설의 고리가 아니라 일제강점기 때 맥을 끊기 위해 일제가 박은 철주의 일종이라는 설도 있다.

두 번째 배바위(仙巖), 즉 신선바위와 관련된 유래는 옛날 신선들이 이 바위 위에서 바둑을 두었다 하여 신선바위라 불렀다는 전설과 숙종 때 호암선사가 관세음보살을 보려고 이 바위 위에서 백일기도를 드리며 깨달은 바가 있어 선암사에 원통전을 지어 관세음보살을 모시고 절의 이름을 선암사라 하였다는 전설도 있다. 또한 '착한 홀아비와 손자가 스님의 가르침에 따라 배바위 위에서 홍수를 피해 살아났다'라는 전설도 송광향지에 실려 있다.

배바위   편백나무 숲

　다양한 전설을 간직한 배바위에서 흐르는 땀을 식히고 정상을 향해 출발한다. 드디어 장군봉이 있는 정상이다. 정상석이 넘어졌었는지 다시 고정시켜놓은 정상석 아래 시멘트가 젖어 있다.

상사호 조망

배바위 조망   정상석과 돌탑

잘못 건드리면 다시 넘어질 것만 같아 조심스럽게 인증사진을 촬영한다. 장군봉을 중심으로 장군봉을 닮은 작은 장군봉이라는 뜻의 소장군봉(중봉), 장군봉의 줄기에서 이어진 줄기와 봉우리라는 연산줄기와 연산봉, 장군의 막사 형태로 생겼다는 뒤편의 장막(박)골, 장군에게 술잔을 바쳐 경배한다는 옥녀봉과 같이 장군을 받들어 모시는 의미로 붙여진 이름들이 많다.[81] 정상석 옆에는 돌탑이 있고 돌탑에서 바로 하산해야 하는데 그만 지나쳐서 접치 방향으로 가버렸다. 표지목을 제대로 확인하지 않은 탓이다. 그나마 다행인 건 그리 멀리 가지 않아 지도를 확인해보고 잘못 진행한 것을 알게 되었다는 것이다. 오솔길 같은 산길에 부드러운 풀이 융단처럼 깔린 산을 지나면서 마음은 평안함이 물밀듯 밀려온다. 접치정상을 밟고 다시 정상을 돌아 행남절터로 하산한다.

절터로 내려가는 길은 급경사로, 지역주민의 말을 듣길 잘했다며 탁월한 선택에 흐뭇해진다. 역시 모르는 길은 물어보고 가는 것이 좋다.

향로암절터(행남절터)이다. 선암사의 암자 중 적멸암에 이어 두 번째로 높은 절터로, 책자 등 창건기록이 없어 정확한 설립연도는 알 수 없단다. 선암사에서 약 2㎞ 정도로 인근 주민들은 행남절터라 부른단다.[82]

식용 가능한 버섯으로 목이버섯이다. 사실 정확하게 아는 버섯이 아니면 채취하지 않는 게 원칙이다. 노랑망태버섯이다. 지구상에서 가장 화려한 버섯이라는 명성답게 아름답기 그지없다. 노란 망태를 벗겨내고 기둥은 식용 가능하다고는 하지만 독성으로 먹기를 꺼리는 버섯이다. 확실하지 않은 것은 절대 먹지 않는 것이 좋다. 우리가 먹을 수 있는 모든 버섯은 마트에 가면 있으니까 우아한 노랑망태버섯은 사진으로만 담고 가자.

---

81 장군봉 표지판
82 향로암 절터 표지판

대각암이 숲에 가려져 어렴풋하게 보인다. 대각암은 대각국사 의천이 머물렀다는 암자로, 누각도 있어 큰 암자이다. 대각암에는 보물로 지정된 선암사 대각암 승탑이 있다. 선암사 근처에 다다르니 삼나무 숲이 울창하다. 삼나무 숲을 지나면 조계산의 마애여래입상이 나온다. 키가 약 5m로, 얼굴 모습은 원만하며 이마에는 백호가 뚜렷하고 눈, 코, 입 등이 균형 잡힌 모습이다. 선암사로 들어가보니 사철나무 닮은 나무에 노란 잎들이 꽃처럼 예쁘다. 만세루 우측에는 범종각이 있고 만세루와 육조고사 현판으로 서포 김만중의 부친 김익겸이 썼다는 현판이 걸려 있다.

접치정상

향로암 절터

노랑망태버섯

대각암

마애여래입상

육조고사

산에서 만든 튼튼한 허벅지가 연금보다 낫다 - 하

오래된 고목이 선암사 입구에 상징처럼 우뚝 서 있다. 선암사는 542년(진흥왕 3)에 아도화상이 비로암으로 처음 개창했고 875년(헌강왕 1) 도선국사가 절집을 창건해 선암사로 명명했다고 한다. 사찰의 서쪽에 10여 장 높이의 크고 평평한 돌이 있는데 사람들은 옛 선인들이 바둑을 두던 곳이라 하여 선암(仙巖)이라 불렀으며, 이 바위의 이름에서 선암사의 명칭이 유래되었다는 것이다. 또한, 천연기념물 제88호인 곱향나무 쌍향수가 천자암 뒤쪽에 있다. 송광사 일대는 연산봉을 비롯하여 여러 봉우리가 병풍처럼 둘러서 절경을 이루고 있어 송광사 내팔경(內八景)과 외팔경이 정해져 있을 정도이다.[83]

조계산은 많은 보물을 안고 있는 선암사를 품고 있으며 편백나무 숲을 따라 울창한 나무 그늘을 터널처럼 가진 산행로를 따라 오르면 순천을 내려다볼 수 있는 멋진 조망에 반할 수 있는 산이다.

★ 산악 기본자세 - 일몰 2시간 전 하산

산속은 해가 지면 평지보다 일찍 어두워진다. 야간산행을 계획하지 않았다면 계절에 관계없이 해가 지기 2시간 전에는 하산을 하도록 한다. 일단 어두워지면 수많은 위험이 도사리고 있는 곳이 바로 산속이기에 산행을 안전하게 마무리하려면 하산 시간은 일몰 2시간 전으로 잡는 것이 좋다.

---

83 『신증동국여지승람』, 『순천 · 승주향토지』(순천문화원, 1975), 『한국관광자원총람』(한국관광공사, 1985), 『관광한국지리』(김홍운, 형설출판사, 1985)

호남정맥이 완성되는 그곳

- 광양 백운산(1,222m)

백운산(白雲山)은 높이 1,279m로 북쪽의 민주지산(岷周之山, 1,242m), 덕유산(德裕山, 1,614m), 남덕유산(1,507m)과 남쪽의 지리산 등과 함께 소백산맥의 일부다. 북으로 육십령(六十嶺, 734m)을 사이에 두고 남덕유산과 분리되며, 남으로 팔량치(八良峙, 513m)를 격하여 지리산과 분리되나 서쪽의 장안산(長安山, 1,237m)과는 연속된다. 전남 광양시에 걸쳐 있는 소백산맥으로 최고봉은 신선대이다. 백두대간에서 갈라져 나와 호남정맥을 완성하고 섬진강 550리 물길을 마무리한다.

백운산(白雲山)은 섬진강을 사이에 두고 지리산과 남북으로 마주하고 있으며 또한 건강에 좋은 고로쇠나무 수액으로도 유명하다. 해거름에 도착한 백운산은 낙조에 더욱 푸르게 빛난다. 비교적 짧은 코스를 택해 진틀을 들머리로 잡아 산행을 시작한다. 펜션촌을 조금 오르면 본격적인 등산로가 나온다. 보랏빛이 유난히 짙은 꿀풀꽃이 유년 시절 꿀을 빨아먹던 기억을 상기시켜준다. 참 예쁘기도 하다.

너덜길이 시작되면 바윗길을 거의 1㎞ 올라야 한다. 바윗길을 걷는 것은 쉬운 일이 아니다. 조금만 잘못 딛게 되면 발목 부상도 각오해야 하니 말이다. 그래도 걸음마다 때죽나무가 흐드러지게 피었다가 지난밤 비에 온통 하얗게 산길을 뒤덮었다. 꽃길을 걷는 것은 그 자체로 기분이 좋아지는 일이다.

진틀 삼거리에 도착하면 신선대와 매봉 삼거리로 갈라지는 곳이 나온다. 우리는 매봉 삼거리로 올라간다. 시간이 되면 신선대로 돌아서 오고, 어두워지면 그냥 원점회귀를 하려고 한다. 이곳에는 숯가마터가 있는데 우리 선조들이 백운산에 자생하는 참나무를 숯으로 구워 생계를 꾸려나갔다 한다. 돌을 쌓아올려 만든 석축 형태의 가마터에서는 1920년대부터 1970년대까지 약 50년 동안 전통 방식으로 숯을 구워냈다.[84]

작은 계곡을 끼고 이어지는 너덜거리는 급경사가 시작될 때까지 이어지는데 이 자그마한 계곡을 건너 제법 경사가 진 산길을 오르자니 상쾌한 바람이 가슴속까지 밀려든다. 그런데 갑자기 후드득 빗방울이 떨어진다. 지나가는 소나기로 해는 떴는데 잠시 소나기가 쏟아진다. 그래도 금방 멎어서 다행이다.

산꿩의다리꽃이 눈부시게 활짝 피었다. 계단을 오르니 매봉 삼거리에 도착한다. 우측으로 가면 억불봉이고 좌측으로 300m 가면 정상이다. 여기부터는 비교적 완만한 코스다.

숯가마터

산꿩의다리

꼬리진달래

84 숯가마터 표지판

정상석

드디어 백운산 상봉에 도착했다. 조금 전에 내린 빗방울 머금은 싸리나무 잎이 곱다. 맑게 갠 하늘엔 새하얀 뭉게구름도 아름답고 먼지 씻은 산 능선은 더욱 초록이 눈부시다. 멀리 구봉산과 가야산이 조망되며 상봉에서 바라보는 바위산도 멋지다. 인증사진을 촬영한 후 신선대 방향으로 하산한다. 정상 아래로 안전하게 정리한 나무계단과 전망대가 있고

억불봉 능선

정상 아래 기암괴석

그 전망대에서 내려와 한재 방향으로 500m만 가면 농바구로 진틀 삼거리로 내려가는 코스다.

마치 개선문 같은 바위 사이가 멋져 보여 기록으로 담는다. 숯가마터에서 합류하여 주차장으로 향하는 하산길을 마무리하며 아쉬운 마음에 보랏빛 엉겅퀴도 한 송이 담아본다.

백운산을 오르며 정말 좋았던 것이, 비 온 뒤라 그런지 바람과 공기가 너무나 상쾌하였다. 깊게 들이마시는 숨 속에 개운함과 상쾌함이 너무나 좋아 저절로 기분이 좋아지는데 정말이지 이렇게 상쾌할 수가 있을까 싶을 정도로 깨끗하였다.

특히 요즘처럼 미세먼지로 마스크를 하고 다녀야 하는 상황에 오늘 같은 깨끗하고 청명한 공기는 그것 하나만으로도 산행의 기쁨을 만족시켜주고도 남음이 있다.

등산로도 다양하고 참나무도 많아 초봄에 새싹이 돋을 때 다른 코스로 다시 와보고 싶은 곳이다. 광양에서의 백운산 산행은 극치에 다다른 맑은 공기에 취하여 마무리해본다.

★ 산악 기본자세 - 산행 시 통행예절

산행 중에도 기본적인 통행예절이 있다. 예를 들면 우측통행을 한다거나 먼저 보는 사람이 양보하는 것들은 산행 시 기본적인 예의이며 더 즐거운 산행을 할 수 있는 기본적인 산행예절이다.

슬픈 학의 전설이 깃든 산

- 주왕산(722.1m)

주왕산의 높이는 722.1m이다. 청송읍에서 동남쪽으로 13.5㎞ 지점에 있다. 산세가 아름다워 경상북도의 소금강으로 불리는데, 유서 깊은 사찰과 유적지들이 많아 1976년에 국립공원으로 지정되었다. 중국 동진(東晉)의 왕족 주도(周鍍)가 당나라에서 반정을 하다가 실패하여 이곳에 와서 은둔하였다고 한다. 그 뒤 나옹화상(懶翁和尙)이 이곳에서 수도하면서, 산 이름을 주왕산으로 하면 고장이 복될 것이라고 하여 이와 같은 이름으로 부르게 되었다고 한다.

약 30년 만에 찾은 주왕산이다. 지난가을 단풍이 질 때부터 가고 싶어서 별렀던 주왕산이다. 세계 유네스코 지질공원에 선정된 이곳에 기어이 오고야 말았다.

그렇게 새벽바람을 가르고 달려온 대전사 주차장을 들머리로 하여 주왕산 산행을 시작한다. 대전사에서 바라본 주왕산 대표 봉우리 전경은 삼형제 바위같이 나란히 앉아 있다. 대전사 좌측에는 많은 사람들이 소원을 적어서 매달아놓은 소원성취탑이 있다. 대전사 앞마당을 지나 우측으로는 주봉마루길 이정표가 있다. 이쪽으로 들머리를 잡았다.

귀한 노루발꽃이 소담스럽게 피었다. 전망대에 도착하니 좌측부터 혈암, 장군봉, 기암, 연화봉, 병풍바위, 급수대가 조망된다. 파노라마로 촬영하여 한눈에 볼 수 있으니 참 좋다. 한창 보랏빛 싸리꽃이 만발하고 노란 기린초에는 사이좋은 나비 한 쌍이 정답게 날다가 앉기를 반복한다.

주왕산 기암봉과 대전사

대전사 소원성취탑

노루발꽃

주왕산의 소나무에는 많은 빗살무늬 흔적이 있는데 이는 1960년대 경제적으로 많이 어려울 때 송진 채취를 위해 생긴 상처다. 1976년 국립공원 지정으로 중단되었고 지금은 상처만 남아서 그 힘들었던 시기를 증명해주고 있다.

하얀 초롱꽃들이 많이 피어 있다. 어느새 정상에 도착했다. 정상석은 주봉으로 구급함도 비치되어 있고 쉴 수 있는 의자도 있어 산객들은 잠시 서로 인증사진을 찍어주며 땀을 식힌다. 하산하는 길은 완만하다. 완만한 등산로를 따라 걷다 보면 후리메기 삼거리에 도착하며 우측으로는 용연폭포 방향이다.

좌로부터 혈암, 장군봉, 기암, 연화봉, 병풍바위, 급수대

정상석

용연폭포에 도착하니 계단 아래 특이한 모양의 폭포가 있다. 쌍용추폭포라고도 불리는 이곳은 2단폭포로 1층 폭포에 하식동굴(낙수나 하천의 침식으로 생긴 동굴)이 3개나 있는, 주왕산 폭포 중 가장 큰 폭포이다. 다시 후리메기 삼거리에 도착하여 절구폭포로 이동한다. 마치 절구를 닮았다 하여 절구폭포로 불리는데 여기도 2단폭포로 1단 아래에는 선녀탕 돌개구멍이 있고 2단 아래에는 폭호가 있는데 주변에 많은 이끼가 자라고 있어 그 아름다움을 더해준다. 1급수 맑은 물이라는 것을 확인이라도 시켜주듯 폭포수에서 피라미들이 한가로이 노닐고 있다.

절구폭포   연리목   용추폭포

용연폭포

노란 미나리아재비꽃이 길가에 지천이다. 약간의 독성이 있으므로 식용으로 는 사용할 수 없다. 달걀 프라이를 닮은 망초대(개망초)꽃도 활짝 피었다. 어린 잎은 나물로도 먹을 수 있으며 위장병에 좋다고 한다. 꽃말은 '화해'라고 하니 다툰 친구나 연인에게 망초대꽃을 선물해보면 어떨까! 하산하는 길가에는 소 나무와 참나무가 서로 엉겨붙어서 연리목처럼 자라고 있다. 전생의 그 어떤 인 연으로 또 이리 살아가고 있을까.

주왕산 3군데 폭 포 중 용추폭포이 다. 용이 승천한 곳 이라 하여 이러한 이름으로 불렸고 3 단으로 이루어져 있으며 1단에 선녀 탕, 2단에 구룡소, 3단에 폭호가 있 다. 청학동이라 불 리는 이곳은 주왕 산 응회암 절벽에 서 피아메에 의한 용결엽리를 관찰할 수 있으며 마치 신 선계에 발을 들여 놓는 느낌이라 하 여 속세와 천상을 가르는 침식협곡이 라고도 한다.

침식협곡

학소대

오래전 주왕산을 찾았을 때 들머리로 올랐던 곳으로, 새록새록 그 기억이 떠오른다. 웅장한 기암괴석으로 이루어진 학소대를 지나 주왕굴로 발길을 돌린다. 학소대는 백학과 청학이 둥지를 틀고 정답게 살았다고 하는 곳인데 사냥꾼에게 백학이 잡혀간 후로 청학이 슬피 울며 배회하다 사라졌다 하여 이와 같은 이름이 생겼다. 지금은 그 터만 남아 있을 뿐 학은 볼 수 없다. 협곡에서 주왕암 쪽으로 발길을 옮긴다. 바위 틈새로 시원한 곡풍이 불어온다.

주왕암에 도착했다. 당나라 때 주도라는 사람이 스스로 주왕이라 칭하고 반란을 일으켰다가 도망하여 숨어 있던 곳으로, 동굴 벽을 흐르는 물에 세수하러 나왔다가 신라 왕이 보낸 마장군의 군사가 쏜 화살에 맞아 죽었다고 한다. 주왕암은 주왕의 넋을 기리기 위해 지어졌다 한다.

주왕암

주왕굴

자하성터

아들바위

　자하교를 지나면 자하성터가 있는데 이는 주왕이 피신해 있을 때 당의 요청을 받은 신라 군사들을 막기 위해 30리를 쌓은 산성을 말한다. 지금은 형태가 거의 사라지고 흔적만 남아 있다. 조금 더 지나면 아들바위가 나오는데 바위를 등지고 서서 가랑이 사이로 돌을 던져 바위에 올리면 아들을 낳는다 하여 불린 이름이다.

길가에는 큰까치수염이 활짝 폈다. 별처럼 작은 꽃이 포도송이처럼 붙어 있다. 대전사 쪽으로 하산하여 주왕산에서의 일정을 끝마친다. 정말 오랜만에 찾은 주왕산의 웅장함을 뒤로하고 또 하나의 추억을 마무리한다.

주왕산은 산세가 아름다워 경상북도의 소금강으로 불리는데, 유서 깊은 사찰과 유적지들이 많아 1976년에 국립공원으로 지정되었다. 중국 동진(東晉)의 왕족 주도(周鍍)가 당나라에서 반정을 하다가 실패하여 이곳에 와서 은둔하였다고 한다. 그 뒤 나옹화상(懶翁和尙)이 이곳에서 수도하면서 산 이름을 주왕산으로 하면 고장이 복될 것이라고 하여 이 이름으로 부르게 되었다고 한다. 신라의 왕자 김주원(金周元)이 이곳에서 공부하였다고 하여 주방산(周房山) 또는 대돈산(大遯山)이라고도 한다. 산세가 웅장하고 깎아 세운 듯한 기암절벽이 마치 병풍을 두른 것 같아서 석병산(石屛山)이라 부르기도 한다고 전한다.[85]

★ 산악 기본자세 - 쓰레기 가져오기

산행을 하다 보면 간식이나 음료 등 쓰레기가 생기기 마련이다. 작은 것이라도 쓰레기는 반드시 되가져오도록 한다. 특히 과일이나 식사 후 생긴 국물도 산에 버리게 되면 오염은 물론 산짐승들에게 유해한 요소가 되기에 산행 중 발생한 쓰레기는 되가져오는 것을 습관화하도록 하자.

---

[85] 『한국의 산지』(건설교통부 국토지리정보원, 2007), 『한국관광자원총람』(한국관광공사, 1985), 『한국지명요람』(건설부 국립지리원, 1982), 주왕산국립공원(http://juwang.knps.or.kr/), 『한국민족문화대백과사전』

무학대사의 얼이 서려 있는 산

- 황매산(1,108m)

　태백산맥(太白山脈)의 마지막 준봉인 황매산은 고려시대 호국선사 무학대사가 수도를 행한 장소로서 경남 산청군 차황면의 황매봉을 비롯하여 동남쪽으로는 기암절벽으로 형성되어 작은 금강산이라 불릴 만큼 아름다운 곳이다. 정상에 올라서면 주변의 풍광이 활짝 핀 매화꽃 꽃잎 모양을 닮아 마치 매화꽃 속에 홀로 떠 있는 듯 신비한 느낌을 주어 황매산이라 부른단다. 황매산의 황(黃)은 부(富)를, 매(梅)는 귀(貴)를 의미하며 전체적으로는 풍요로움을 상징하고 또한 누구라도 지극한 정성으로 기도를 하면 1가지 소원은 반드시 이루어진다고 하여 예로부터 뜻있는 이들의 발길이 끊이지 않고 있다.[86] 1983년 11월 18일에 군립공원으로 지정되었다.[87]

　가야산과 더불어 합천의 명산으로 손꼽히는 산이 있다면 바로 황매산이다. 봄이라면 철쭉을 보기 위해 철쭉 군락지로 돌아가는 코스를 선택했겠지만 계절이 계절이니만큼 제3주차장에서 새로 정립된 코스로 들머리를 잡는다.

　올라가는 계단은 최근 새로 등산로를 정비한 듯 깔끔한 나무계단으로 잘 만들어져 있다. 계단을 오르면 철쭉 군락지로 이어지는 넓은 억새 벌판과 우측

---

[86] 산청 문화관광(http://www.sancheong.go.kr/tour/index.do/)

[87] Daum백과, 위키백과

성곽도 조망된다.

노루오줌꽃이 벌써 분홍색 꽃을 피웠다. 보랏빛 고운 엉겅퀴도 다투어 피어 있고 유난히 많은 고사리는 아직도 새순이 돋아나고 있다. 곰딸기도 막 꽃을 피우려 안간힘을 쓰고, 벌써 익은 산딸기는 산새를 기다리는지 먹음직도 하다. 때늦은 진달래는 조금만 더 푸른 하늘을 보겠다는 듯이 버티면서 하늘 끝에 피어 있다. 잘 조성된 나무계단을 올라가다 보면 황매산 기암괴석이 조망되는데 병풍처럼 넓은 기암괴석으로 이루어져 있다.

정상을 100m 앞두고 급경사가 이어지는데 넓은 억새 평야와는 사뭇 다른 급경사이다. 문득 산행로 입구에서 본, 급경사이니 노약자들은 진입을 자제하라는 문구가 적힌 표지판이 생각난다. 노란 기린초에서 벌꿀이 정신없이 단꿀을 빨고 있다. 정상을 앞두고 기암괴석으로 이루어진 급경사가 시작되지만 곧 능선이 이어지고 능선에서 약 5분이면 정상석이 보인다.

황매산에서는 야생화가 정말 다양하게 피어난다. 철쭉뿐만 아니라 돌양지꽃과 산채송화, 뒤늦은 철쭉꽃도 가장 아름다운 시기의 생명력을 불태운다. 벌개미취도 질세라 양지바른 바위 아래에서 한 송이 꽃을 피운다. 야생화를 보면서 사진으로 담으며 한 발 한 발 내딛다 보니 어느새 정상이다.

정상에서 바라보는 황매산 능선은 순하기 그지없다. 시원한 바람이 볼을 스치면 흘러내렸던 땀방울이 바람과 함께 흩어지고 초록이 덮인 황매산은 봄 못지않게 아름답다. 정상에서의 경관 조망을 보며 100명산 인증을 끝내고 하산하는데 바위틈에 털중나리꽃이 활짝 피었다. 비비추를 닮은 산옥잠화도 바위틈새에서 귀한 생명력을 뿌리내리고, 꽃으로 유명한 산이니만큼 다양한 야생화가 다투어 피어난다.

주차장에서 바라보는 황매산은 넓은 평야처럼 억새 군락지가 도드라져 보이고 돌팍샘길을 따라 억새와 철쭉나무가 펼쳐져 있다. 주차장을 돌아 백학이 터줏대감처럼 자리 잡고 정성껏 쌓은 4개의 돌탑이 코너를 장식한다. 철쭉과

황매산 전위봉

장박마을 방향

정상석

억새로 봄과 가을 특히 아름다운 황매산은 많은 관광객들을 유치하기 위해 철쭉 군락지 근처까지 주차장을 만들어놓아 노약자나 어린이들도 쉽게 방문 가능하도록 조성해놓았다. 봄이나 가을에 가족 단위로 오면 그 아름다움을 보고 만끽할 수 있는 곳이 바로 황매산이다.

철쭉 군락지

돌탑

황매산의 무학굴은 조선 태조 이성계의 건국을 도운 무학대사가 합천군에서 태어나 수도를 한 동굴로 전해진다. 수도승 시절 무학대사의 어머니가 산을 왕래하며 수발하다 뱀에 놀라 넘어지면서 칡넝쿨에 걸리고 땅가시에 긁혀 상처 난 발을 보고 100일 기도를 드려 뱀, 칡, 가시가 없는 '삼무의 산'으로 불렀다는 전설이 있다.

억새와 철쭉이 아름다운 황매산은 2012년에는 CNN이 선정한 '한국에서 가봐야 할 50선'에 선정된 것을 비롯해 2015년 산림청에서 발표한 한국 야생화 군락지 100대 명소에도 선정됐다.[88]

★ 산악 기본자세 - 지정 산행로 이용

최근에는 국립공원은 물론 도립공원 등에서 환경보호 및 생태계 보전을 위한 통제구간이 많이 있다. 물론 자연경관이 일반 등산로에 비해 아름다울지라도 제도적인 자연시책을 따라야 한다. 특히 생태계 보전을 위한 통제구간은 보존이 필요한 식물들은 물론 산짐승들도 포함이 되기에 생태계 보전구간에는 절대로 입산하지 않도록 한다.

---

88 Daum백과, 위키백과, 뉴시스(2016. 10. 15.)

91.

정상에서 맛보는 극적인 반전

- 황석산(1,192.5m)

황석산은 소백산맥 중의 한 산으로 덕유산의 남쪽 산각(山脚)에 솟은 산이다. 월봉산(月峰山, 1,288m), 기백산(箕白山, 1,331m)과 비슷한 높이이며 북서쪽에는 월봉산, 거망산(擧網山, 1,184m) 등이 있고 남계천의 상류 분지와 접한다. 남쪽 사면의 계류들이 남계천에 흘러들고 남계천은 남강의 상류를 이룬다.[89]

황석산성으로 유명한 이곳은 신록이 우거지고 단풍이 아름다워 가을에도 많은 사람들이 찾을 것으로 예상된다. 황석산 입구는 메타세콰이어 나무가 가로수길을 이루어 멋지게 늘어서 있고 사방댐과 팔각정을 지나면 본격적인 등산로가 시작된다. 황석산에는 어린 비자나무가 많은데 그 열매가 앙증맞게 달려 있다. 가을이 되면 앵두처럼 붉게 익을 것이다. 어느새 산수국도 조금씩 피어났다.

바위로 된 너덜길을 약 1㎞ 정도 오르면 피바위에 도착한다. 여기는 정유재란 당시 왜군에게 마지막까지 항거하던 사람들이 성이 무너지자 죽음을 당하고 부녀자들은 천 길 절벽에서 몸을 날려 지금껏 바위 벼랑이 핏빛이라는 전설이 있다. 이처럼 황석산성은 함양 땅 사람들의 지조와 절개를 상징하는 중요

---

89 『한국지지(韓國地誌)』-지방편(地方篇) Ⅲ(건설부 국립지리원, 1985) 『경상남도지(慶尙南道誌)』(경상남도지편찬위원회, 1960)

한 유적으로 남아 있다.[90]

피바위를 지나면 작은 계곡을 건너고 거기서부터 성곽까지 급경사가 이어진다. 군데군데 밧줄 타는 암벽 구간도 있는데 이곳만 지나면 크게 어려운 구간은 없다.

진달래꽃이 지고 초록 열매가 꽃자리를 대신해 달려 있다. 둥굴레도 꽃이 진 자리에 초록 열매가 구슬처럼 달려 있다. 야생화를 보며 오르다 보면 마법처럼 눈앞에 성곽이 나타난다.

황석산성 남문지에 도착했다. 황석산성은 사적 제322호로 지정되었으며 면적 446,186㎡이다. 높이 3m, 둘레는 2.5㎞이다. 소백산맥을

사방댐 팔각정

사방댐

피바위

가로지르는 육십령(六十嶺)으로 통하는 관방(關防)의 요새지에 축조된, 삼국 시대부터의 고성이다. 고려시대를 거쳐 조선 초기에 수축한 바 있고, 임진왜란이 일어났던 선조 때에 커다란 싸움이 있었던 유서 깊은 성터로 1597년(선조 30) 왜군이 다시 침입하자 체찰사 이원익(李元翼)은 이 성이 호남과 영남을 잇는 요새이므로 왜군이 노릴 것으로 판단하여 인근의 주민들을 동원하여 지키도록 하였으나 김해부사 백사림(白士霖)이 성을 넘어 도망하자 왜군이 난입하여 끝까지 싸우던 함양군수 조종도(趙宗道)와 안음현감 곽준(郭逡)은 전사하였고 그때 피바위도 생겨났다. 성안에는 작은 계곡이 있어 물이 마르지 않아 전략적 가

---

90 함양 문화관광(http://www.hygn.go.kr/tour.web/)

치가 큰 곳임을 알 수 있다.[91]

황석산성

우전마을 방향 성곽

샘터

　　인근에 사람들이 살았던 듯 샘터가 있다는데 확인할 길은 없었다. 샘터를 지나 완만한 등산로를 지나다 보면 마치 평상처럼 넓은 바위가 있어 황석산 마당바위라 이름하고 지난다. 정상을 100m 앞두고 황석산성이 이어져 있다. 자연적으로 만들어진 성곽 같은 바위들과 이어져 하나의 산성을 이루고 있는 황석산성은 정상에서 보면 장관이다. 여태 산을 오르면서 단지 산성과 역사적 사실 때문에 명산으로 지정이 되었을 것이라고 추측했었는데 정상에 오르니 커다란 기암괴석과 산성이 정말 절경이다. 정상석 뒤편으로 커다란 암벽이 있는데 그 바위에 오르니 뒤편은 천 길 낭떠러지고 그 발아래 경관은 아름답기 그지없다. 끝없이 이어진 산성도 웅장하고, 거기에 얽힌 역사적 사실을 생각하니 애잔한 마음이 더욱더 가슴 속에서 올라온다.

---

91 문화재청 국가문화유산포털, 위키백과, 우리 모두의 백과사전

정상석

100명산 인증을 하고 바위에 올랐다 내렸다 갖은 포즈를 취하며 셔터를 눌러댄다. 거대한 암벽 뒤로 거망산이 조망된다. 가을철에는 거망에서 황석으로 이어지는 능선에 광활한 억새밭이 장관이다. 금원, 기백산과의 사이에는 그 유명한 용추계곡이 있다. 6·25 때 빨치산 여장군 정순덕이 활약했던 곳이 바로 이웃의 거망산이다.[92] 아픈 역사만큼이나 웅장하고도 멋진 경관을 자랑하는 곳이다.

멋진 경관을 뒤로하고 하산하는 발길이 못내 아쉽다. 한 발 한 발 내디디며 아쉬운 마음에 파노라마도 찍어보고 뒤돌아보고 또 바라본다. 귀가하는 길에 함양의 밭들과 마당에는 온통 붉은 망에 담긴 양파가 지천이다. 그냥 가기 아쉬워 양파도 한 망 사고 맘도 풍성하게 황석산 산행을 마무리한다.

황석산은 백두대간 줄기에서 뻗어 내린 네 개의 산(기백, 금원, 거망, 황석) 가운데 가장 끝자락에 흡사 칼을 세운 듯 솟구친 봉우리의 산이다. 아래쪽은 평

92 함양 문화관광(http://www.hygn.go.kr/tour.web/)

범하지만 정상 쪽은 역사적으로 나라를 지키는 주요 군사요충지이기도 하다. 처음 황석산을 찾았을 때 정상부에는 계단이 없었지만 후에 다시 찾았을 때에는 중간중간 표지목도 잘 세워져 있고 나무계단도 많이 만들어서 산행로를 정비하는 데 공을 많이 들인 흔적을 볼 수 있었다.

혹시라도 황석산을 오르다 지극히 평범하여 실망하게 된다 해도 반드시 정상까지 가보기를 권한다. 정상에서는 반전에 반전을 거듭하는 멋진 경관이 기다리고 있을 테니 말이다. 아마도 정상에서 가장 큰 반전의 매력이 있는 산을 꼽는다면 나는 단연코 황석산이라고 답할 것이다.

★ 산악 기본자세 - 산행 시 소음유발 행위 금물

간혹 산행을 하다 보면 큰 소리로 음악을 틀어놓고 산행을 하는 사람을 볼 수 있는데 이는 산짐승들과 다른 산객들에게 불쾌감을 주고 생태계를 파괴하는 행위이다. 특히 동물들의 번식과 겨울잠을 방해하는 소음이기에 생태계 혼란의 주범이 될 수 있다. 또한 자연공원법 제29조[93]에 따라 블루투스 스피커와 같은 소음유발 도구는 국립공원 입장 시 금지 품목이며 이를 어길 시 최대 30만 원의 과태료가 부과된다.

---

93 자연공원법 제29조 · 제86조, 국립공원내에서의 금지 및 제한행위 공고 2002-2호

하늘과 맞닿은 천상의 초원에서

- 천성산(922m)

천성산은 해발 920.2m이며 예로부터 깊은 계곡과 폭포가 많고 또한 경치가 빼어나 금강산의 축소판이라고 불렀다. 영남 알프스 산군에 속해 있으며 원적 산이라고도 불린다.[94] 천성산이라는 이름의 유래는, 원효대사가 천 명 대중을 이끌고 이곳에 이르러 89암자를 건립하고 화엄경을 설법하여 천 명 대중을 모 두 득도하게 한 곳이므로 천 명의 성인이라는 의미에서 천성산이라고 하였다 고 전한다.[95] 양산시에서는 이전의 원효산을 천성산 주봉(主峰)으로 하고, 이전 의 천성산을 천성산 제2봉으로 명칭을 변경하였다.

이른 새벽부터 양산으로 출발한다. 제법 멀다. 1봉과 2봉을 다 찍을 마음으 로 꼭두새벽부터 서둘렀다. 천성산은 억새와 철쭉으로 유명하여 보통은 봄과 가을에 많이 찾는 곳이지만 봄은 이미 지나고 가을까지 기다리기엔 마음이 급하다.

드디어 홍룡 주차장에 도착했다. 천성산 등산로를 향해 발길을 옮긴다. 길섶 에 익모초꽃이 벌써 피었다. 입맛이 없는 사람이 익모초즙을 먹으면 입맛이 돌아온다 하여 민간요법으로 많이 활용하던 약초이다. 또 하나 천성산의 볼거

---

94 양산시 향토문화백과

95 http://korean.visitkorea.or.kr/

리는 편백나무이다. 홍룡사로 올라가는 길부터 편백나무 숲이 이어져 있는데 본격적인 편백나무 산책로는 우측으로 가야 만날 수 있다. 가홍정에 도착했다. 여기부터 본격적인 등산이 시작되는 곳인데 가홍정에도 특별한 이야기가 전해진다. 가홍정은 '홍룡폭포에 걸터앉은 듯 세워진 정자'라는 이름으로 한시가 전해지며 내용은 홍룡폭포의 장관과 폭포 주변에 세워진 정자의 모습을 그려내는 것으로 한시 가운데 가장 대표적인 것이 이재영의 시이다. 이재영과 권순도의 한시는 가홍정의 준공식 때 지어졌던 것으로, 두 사람과 친분이 있는, 양산 지역과 부산 지역에 사는 여러 시인 묵객들을 초대한 것으로 보이는데 이재영은 이를 '동남행과객(東南行過客)'이라는 말로 표현했던 것이다.

천성산은 그림 같고 동천(洞天)은 푸른데/ 한 줄기가 무지개처럼 흐르고 천둥이 큰 영물처럼 울리네/ 별천지에 뇌성이 울리자 맑은 대낮에 비가 내리고/ 쭈뼛한 바위에 꽃이 웃고 저녁노을은 병풍 두른 듯하네/ 기둥 몇 개를 대략 얽어서 누추함을 면치 못해도/ 반평생의 세상 근심을 불러 깨우칠 만하도다/ 동남으로 지나는 과객에게 깊이 감사드리나니/ 올라서 내려다보니 모두가 옷깃에 난향을 묻혀왔구료(聖山如畵洞天靑/ 一派虹流靁巨靈/ 別地雷鳴淸晝雨/ 危巖花笑暮雲屛/ 數楹拙構堪貽媿樓/ 半世塵愁可喚醒/ 多謝東南行過客/ 登臨衿珮摠蘭馨).[96]

한시를 찬찬히 읽어보면 천성산을 얼마나 신성시하고 아름답게 여겼는지 짐작케 한다. 이재영과 권순도가 극찬하였던 홍룡폭포와 홍룡사다. 홍룡사는 신라 문무왕 때 원효(元曉)가 천성산에서 중국의 승려 1,000명에게 화엄경을 설법할 때 창건한 사찰로 절 옆에 있는 폭포가 승려들이 몸을 씻고 원효의 설법을 듣던 목욕터였다고 하며, 창건 당시에는 낙수사(落水寺)라 하였다고 전한다. 임진왜란 때 소실된 뒤 터만 남아 있다가 1910년대에 통도사의 승려 법화(法華)가 중창하였고, 1970년대 말에 부임한 주지 우광(愚光)이 중건 및 중수하여 오늘에 이르고 있다고 전한다. 현존하는 당우로는 대웅전을 중심으로 종각

---

96 『양산군지』(양산군지편찬위원회, 1986), 『양산시지』(양산시지편찬위원회, 2004), 『양산의 누정재지』(양산문화원, 2005)

과 요사채가 있고 정면 5칸, 측면 3칸에 40평 규모의 선방(禪房)이 있으며 폭포 옆에는 옥당(玉堂)이 있다. 절 옆에 있는 홍룡폭포는 높이 14m인 제1폭과 10m인 제2폭으로 이루어져 있는데, 옛날 하늘의 사자인 천룡이 살다가 무지개를 타고 하늘로 올라갔다는 전설이 있다.[97]

가홍정

홍룡사

홍룡폭포

홍룡사와 홍룡폭포를 보고 다시 가홍정으로 내려와 가홍정 우측의 등산로로 산행을 시작한다. 한 뿌리에 세 갈래로 자란 특이하게 생긴 소나무가 버팀목처럼 서 있다. 보라색 골무꽃이 잔잔하게 피어 있다. 나지막한 조릿대가 양쪽으로 가득하여 지나는 길이 좁게 느껴진다. 어느 정도 급경사를 오르면 너덜바위로 된 완만한 길이 이어진다. 여기를 지나면 억새가 많은 화엄늪지대가 나온다. 멀리 화엄늪지대가 보이는데 마치 목장처럼 드넓은 억새밭이 시야를 정화시켜준다. 억새가 유명하다는 곳을 여러 곳 다녀봤지만 항상 가을에만 찾아보곤 했기에 늘 인파가 많아 마음껏 누리지를 못했다. 지금은 한가롭고 바람은 한없이 시

---

97 홍룡사 표지판

원하며 공기는 더없이 맑기만 하다. 오히려 가을보다 훨씬 더 마음이 즐거워지는 느낌이다. 화엄늪이 위치한 화엄벌은 신라시대에 원효대사가 천여 명의 제자에게 금북을 치며 화엄경을 설법했다고 해서 붙여진 이름이며 천 명의 승려가 성인이 되었다하여 '천성산'이라는 이름이 생기게 되었다. 정상으로 올라가는 길 양옆으로는 과거 지뢰지대라는 팻말과 함께 통행을 하지 못하도록 펜스가 쳐져 있다. 지금도 지뢰가 있는 것일까?

드디어 천성산 1봉에 도착했다. 정상에는 천성산(원효봉) 정상석 외에 돌탑도 있는데 돌탑 위에는 '한반도의 평화 이곳에서 시작되다'라는 글이 쓰인 나무표지판이 비석처럼 서 있다. 노란 솔나물꽃이 벌써 올라온다. 하늘거리는 꽃대가 예뻐서 휴대폰에 담아본다. 혼자 온 산객과 품앗이 사진도 찍어주며 천성산 정상에서 잠시 휴식하고 2봉으로 출발한다. 우리 말고도 여러 명의 산객들이 2봉으로 향한다. 그중에는 우리처럼 명산 인증을 하는 분들도 꽤 여럿 계신다. 산행로에 태백이질풀이 피었다. 연약한 꽃줄기에 어쩌면 저리 고운 꽃을 피웠는지 감동이다. 오리나무 열매가 주렁주렁 열려 있다. 2봉으로 가는 산행로에서는 양산 시내 모습이 조망되고 너른 억새 군락지 사이로 군데군데 기암괴석과 고목이 많이 있다. 긴 억새 군락지를 지나면 철쭉터널이 있다. 봄 어느 때인가 곱고 화려한 꽃들을 피웠을 테지! 또 누군가의 심장에는 뜨거운 불길하나 피웠을 테지! 그리고 생명을 다한 꽃잎들은 저 길 아래 뚝뚝 떨어지며 어쩌면 아파했을 수도 있겠다. 가만히 지나가자. 마치 아무도 지나지 않은 것처럼!

제법 걸었다. 평지도 급경사도 아니고, 길인 것도 같고 아닌 것 같기도 한 그곳도 지나처 암벽을 오르니 멀리 2봉이 조망된다. 위태위태하게 세워진 2봉을 배경으로 인증사진을 찍는다. 여기는 낙동정맥 인증구간이다. 1봉과 2봉 구간의 거리가 정확하지 않아 막연하게 걸었던 듯싶다. 나중에 인터넷으로 확인해 보니 2.8㎞다. 정상 바위 사이에 화려하게 피어 있는 싸리꽃을 담고 천성산 2봉에서만 볼 수 있는 조망을 만끽한다. 천성산 2봉의 조망은 정말 아름답다.

산 능선도 곱지만 수려하게 한눈에 보이는 크고 작은 산들은 작은 금강산이라 할 만큼 절경이다. 정상석 바로 옆의 바위에는 대리석으로 만든 작은 태극기 모양의 비석이 바위에 박혀 있고 천성산(812m)이라고 적혀 있다. 천 길 낭떠러지 아래로 보이는 경관은 힘들게 여기까지 온 보람을 느끼게 하고도 남음이 있다. 아름다운 절경을 작은 사진으로 모두 담을 수 없다는 것이 아쉽기만 하다. 하산하려 발길을 돌린다. 1봉으로 가기엔 거리가 있어 주차장과는 약간 다른 방향으로 하산길을 잡는다. 내원사 주차장에 도착하면 택시를 타고 이동할 예정이다.

화엄늪

천성산 1봉

정상석

돌탑

먼 곳에서 당일로 다녀가니 이런 아쉬움이 있기는 하지만 단체로 오면 그나마 이것도 보지 못할 테니 이마저도 감사하다. 날씨는 또 얼마나 좋던지, 모든 것이 감사하다는 말이 저절로 나온다. 하산하는 방향에 암자가 보인다. 아래로 내려오니 맑은 물이 흐르는 내원사 계곡에 기암괴석이 즐비한데 감탄사가 저절로 나온다. 내원사 계곡은 여름철 관광객들을 위해 일정 거리마다 화장실도 잘 지어놓았고 일정 구간마다 주차장도 정비해두었다. 내원사 주차장에서 조금 못 가 금강암이 있는데 푸른 잎새로 가려져 일부만 보인다. 그래도 기념이니 담아본다. 중앙 능선을 따라 내원사 매표소에 다다르니 719년 된, 2000년 3월 18일에 보호수로 지정된 소나무가 입구에 우뚝 서 있다. 내원사로 향하는 일주문이다. 마음 좋은 식당 아주머니께서 택시는 자주 안 온다며 직접 렌트카를 불러주셔서 미리 대기하고 있던 렌트카에 몸을 싣고 주차해놓았던 홍룡사 주차장으로 출발하며 천성산 산행을 마무리한다.

천성산에는 내원사가 있으며 화엄늪과 밀밭늪이 있다. 이곳은 희귀한 꽃과 식물(끈끈이주걱) 등 곤충들의 생태가 아직 잘 보존되어 있어 생태계의 보고를 이루고 있다. 또한, 봄이면 진달래와 철쭉꽃이 만산홍을 이루고, 가을이면 긴 억새가 온 산을 뒤덮어 환상의 등산코스로 알려져 있다. 그리고 이곳 정상은 한반도에서 동해의 일출을 가장 먼저 볼 수 있는 곳으로 유명하여, 전국에서도 해돋이 광경을 보기 위해 많은 관광객이 찾고 있는 곳이기도 하다.[98]

★ 산악 기본자세 - 낙뢰 및 뇌우

대기층의 기온차가 심해지면 번개와 뇌우가 생긴다. 이때는 높은 곳을 피하고 계곡 쪽으로 피하는 것이 바람직하며 특히 표적이 되는 경우는 나무 밑이나 암벽의 돌출부를 피해 기다리는 것이 좋다. 번개나 낙뢰를 직접적으로 맞게 되면 심각한 부상은 물론 생명까지 위태로울 수 있다. 산은 생각보다 위험요소가 많은 곳이라는 것을 명심하자.

98 http://korean.visitkorea.or.kr/

동강을 끼고 도는 한반도 지형

- 영월 백운산(882m)

한반도 지형으로 잘 알려진 백운산은 높이 882m로 산 위에 흰 구름이 늘 끼어 있어서 백운산이라 부른단다. 남쪽 사면의 상동읍 구래리에는 1923년에 개광된 남한 최대의 중석광산인 상동광산이 있고, 탄광이 폐광되면서 생존권을 위한 시위가 벌어지자 카지노와 스키장을 개장하는 등 실직 대비책으로 다양한 관광지 개발을 위하여 지역경제 활성화가 이루어지고 있다.[99]

얼마 전 맞은편의 전망대에서 바라본 한반도 모양 백운산을 이제서야 찾는다. 맑은 동강 줄기를 끼고 강물과 세월에 깎인 기암절벽으로 둘러싸인 백운산의 아름다움에 푹 빠져보자.

평일 산행이라 산객은 없지만 오히려 한가롭고 욕심껏 나만 가질 수 있어서 행복했던 듯하다. 어쩌면 하늘빛이 이리도 고운지 벌써 가을이 온 듯하다. 주차장에서 본격적인 산행길로 접어들기 전 남의 집 앞마당을 신작로처럼 지나서 밭둑길 아래 이정표가 있는데 어디가 산길인지 살짝 헷갈리기 쉽다. 밭 아래 작은 길을 따라 산길이 이어지니 참고하면 좋겠다.

이내 산길이 나오고 계단이 약 500m 이어진다. 병매기고개에 도착해 잠시 휴식을 취한다. 암릉 구간이 이어지면서 급경사가 계속되는데 쉬엄쉬엄 컨디

---

[99] 『고한읍지(古汗邑志)』(고한읍, 2006), 『강원도지(江原道誌)』(강원도지편찬위원회, 1959), 『한국(韓國)의 발견(發見)』-강원도(江原道)(뿌리깊은나무, 1983)

선 조절을 해가며 진행한다. 계단을 오르면 유유히 흐르는 동강의 아름다움을 만끽할 수 있다. 옥빛 강물과 푸른 하늘이 어우러져 한 폭의 그림을 보는 듯하다.

주차장에서 본 정상

암릉 구간 조망

나무옹이의 들풀

자연이 만들어놓은 소나무 옹이의 홈과 바위에 작은 화분처럼 들풀이 자라고 있다. 자연은 참 신비롭고도 아름답다. 이 맛에 힘들어도 또 찾게 되는 것 같다. 암릉 구간을 오르면 발아래로 펼쳐지는 한반도 모양의 산자락이 시야에 들어온다. 나는 말해본다. 지금 내 위치는 북한 어디쯤 있나 보다. 급경사지만 이런 비경으로 힘든 줄 모르고 오르게 되는 구간이 바로 이 구간이다. 고소공포증이 있어 무섭다는 생각을 하면서도 이미 이런 매력에 중독된 사람은 어쩔 수 없이 다시 찾는 매력덩어리 구간이 있다면 바로 백운산일 것이다. 이 코스 말고 맞은편 코스도 강가 절벽을 따라 걷는 코스로 느낌이 이와 비슷하다. 오금이 저릴 듯이 무섭지만 저 아름다운 절경에 어찌 시선을 외면할 수 있을까?

활짝 핀 털중나리꽃이 햇살에 반짝이며 주홍빛을 발한다. 아무리 봐도 멋지다. 천 길 낭떠러지 아래로 한반도 지형이 한눈에 들어온다. 눈에 좋다는 산뽕나무의 오디도 검게 익어가고 푸른 하늘의 뭉게구름도 아름답기만 하다.

특별히 조망이 좋은 암릉 구간이 있어 잠시 휴식을 취한다. 그리 험하지는 않지만 그래도 지속적으로 급경사가 이어지는 탓에 시원한 얼음물로 목을 축이고 흐르는 땀방울 대신 수분을 보충하고 다시 정상을 향해 올라간다. 이 급경사는 정상까지 계속 이어진다.

항암에 좋다는 겨우살이다. 높은 나뭇가지에만 자생하여 구경하는 것으로 만족한다. 으아리꽃이 활짝 폈다. 넝쿨마다 하얗게 핀 으아리는 어린잎을 나물로 먹기도 한다. 참나무가 기형으로 자라 이끼가 주렁주렁 매달려 있다. 노란 기린초도 빠트릴 수 없다. 참 신기하게도 껍질이 벗겨진 채 자라는 나무도 있다.

드디어 정상이다. 양쪽으로 작은 정성탑이 있고 소박하니 정상석이 서 있다. 인증사진을 찍고 잠시 앉아 간단히 준비한 식사를 한다. 올라오면서 너무 아름다운 절경을 보았기에 조망이 없는 정상석도 서운하지 않다. 하산하려고 하니 갑자기 소나기가 올 것처럼 갑자기 먹구름이 몰려와 원점회귀하기로 한다.

분홍빛 싸리꽃이 지천이고 노란 고삼꽃에서는 벌들이 꿀을 따느라 몹시 분주하다. 그저 자연의 섭리대로 순리대로 살아가는 작은 생명들을 보며 욕심 없이 살아가는 모습이 부러울 뿐이다.

| 정상석 | 고목 | 고삼꽃 |

백운산의 정상을 뒤로하고 하산하는 길은 급경사라 오를 때 보다 더 조심스럽다.

최근 백운산은 동강할미꽃과 바위솔로 유명하며 동남쪽의 함백산을 비롯하여 서북쪽의 두위봉, 북동쪽의 대덕산 등과 함께 태백산맥의 고지대를 형성하고 있다. 또한 삼면이 바다로 둘러싸인 한반도의 모습을 그대로 옮겨놓은 듯한 풍경으로 '한반도 지형'이라고 불리며, 강이 바다를 대신하여 흐르고 동쪽이 높은 절벽에 나무가 울창한 반면 서쪽은 경사가 완만한 평지에 가깝다. 또한 북쪽으로는 백두산, 남쪽으로 포항의 호미곶과도 같은 산과 곶이 오묘하게 자리하는 등 거의 완벽하게 우리나라 지형을 닮아서 더욱 유명해진 곳이다.

우리나라를 닮은 자연의 오묘함을 느낄 수 있는 이곳에 한 번쯤 다녀오길 추천한다.

단체로 산행을 온 경우 맨 앞에는 길을 잘 알고 위험한 상황 발생 시 신속하게 대처할 수 있는, 숙련된 리더가 앞장서도록 하자. 일행들은 리더를 앞질러 가지 않는 게 원칙이며 이는 정해진 코스를 지키고 위험에 노출되는 것을 예방하는 방법 중 하나이다. 뿐만 아니라 마지막에도 역시 산행 경험이 많은 사람이 후미를 맡아서 지치고 힘들어하는 일행을 도와가며 가는 것이 좋다. 또한 소수 인원의 등산객들을 위하여 등산로를 나란히 걷는 행위도 자제해야 한다. 단체로 오면 리더의 지시에 따라 안전하게 산행을 하도록 기본적인 매너를 지키는 것이 좋다.

94.
희귀식물이 가득한 보물 같은 곳
- 방태산(1,444m)

사방의 긴 능선과 깊은 골짜기를 뻗고 있는 풍광이 뛰어나 정감록에도 이 산의 오묘한 산세에 대해 여러 번 언급되어 있다. 교통이 불편한 관계로 아직도 오염되지 않은 깨끗한 계곡을 간직하고 있으며, 아침가리골의 짙푸른 물은 암반 위를 구슬처럼 굴러떨어지고, 적가리골은 펼쳐진 부채 같은 독특한 땅 모양을 가지고 있다. 멀리서 보기에 주걱처럼 생겼다고 하여 이름 붙여진 주걱봉(1,443m)과 구룡덕봉(1,338m)을 근원지로 하고 있다. 또한 방태산에는 방태산 자연휴양림이 조성되어 있으며 수량이 풍부하고 특히 마당바위와 2단폭포는 절경이다.[100]

인제 하면 오래전 자작나무 숲을 방문하여 그 아름다움에 반했던 기억이 있어 어쩐지 정감이 가는 곳이다. 이른 아침 달려 도착한 방태산은 가는 길도 바다를 끼고 달리다 보니 무더위에 시원함이 달아난다.

드디어 방태산 입구에 도착했다. 주차장은 제1주차장과 제2주차장으로 나뉘어 있고 버스를 이용하면 약 2㎞ 정도는 도로 위에서 발품을 팔아야 한다.

주차비 외에 입장료도 있는데 성인 1인 1,000원을 받는다. 휴양관을 끼고 계곡에는 맑은 물이 흐르고 너른 마당바위 위로 수많은 사람들이 더위를 피해

---

100 http://tour.inje.go.kr/, http://korean.visitkorea.or.kr/

휴식을 취한다. 이단폭포다. 위로 높게 떨어지는 1단 폭포수와 아래로 짧지만 넓게 분포되어 있는 2단폭포가 시원스럽게 흐른다.

마당바위

2단폭포

적가리골

본격적인 등산로에 접어든다. 등산로를 들어서서 약 200m만 지나면 적가리 골이라고 불리는, 옥같이 맑은 물이 폭포를 이루어 흐른다. 약 4㎞ 정도는 완만한 등산로가 이어지는데 솔솔 불어오는 바람이 기분 좋게 볼에 스치고 저 폭포의 맑은 물줄기가 더위를 식혀준다. 기약 없는 사랑이란 꽃말을 가진 분홍빛 노루오줌꽃이 지천으로 피어 있다. 산행로 근처에는 역시 인제의 명물인 자작나무가 하늘 높이 웃자라 멋진 경관을 뽐내고 있다.

구실바위취꽃이 늦은 꽃을 피우고 마지막 아름다움을 뽐내고 있다. 하늘까지 닿을 듯한 큰 소나무가 하나인 듯 두 개인 듯 훤칠한 키를 자랑하고 있다. 멋지다.

드디어 여기서부터 급경사가 시작된다. 여기서부터 약 2㎞ 정도 지속적으로 급경사가 이어진다. 방태산은 유난히 단풍과 참나무가 많은데 오랜 세월이 느껴지는 듯 속이 비어 있거나 특이한 나무들이 많다. 특이하게 생긴 나무들을 지나치기 아쉬워 소중하게 담아본다. 산꿩의다리라는 이름을 가진 작고 소박한 꽃이 수줍게 길가에 다소곳하게 피어 있다. 곧 만개할것할 것 같은 나리꽃도 보인다.

어른 두 사람은 껴안아야 할 만큼 커다란 떡갈나무가 우뚝 서 있는 것이 깊은 산속이라는 것이 실감 난다. 대부분 막 시들어가는 중이지만 이제 함박웃음처럼 활짝 핀 산목련이 눈부시게 아름답다.

삼거리에 도착하여 우측으로 400m만 가면 방태산 정상이다. 여기서부터는 완만한 길이 이어진다. 이제 마지막 철쭉인 듯싶은 핑크빛 고운 철쭉 꽃잎 한 송이가 시선을 사로잡는다. 쥐오줌풀이란 이름의 야생화도 수수하니 곱게 피어 있고 터리풀도 솜털처럼 보송보송한 하얀 꽃송이를 자랑하고 있다. 다양한 야생화를 보면서 오르니 어느새 정상이다. 정상에는 돌탑과 표지목이 있고 약 20m 위에 정상석이 있다.

| 고목 옹이 | 산목련 | 이질풀 |

정상석 주위에는 붓처럼 생긴 분홍빛 범꼬리꽃이 지천으로 피어 있다. 안개가 스멀스멀 올라온다. 비가 오려나! 뿌리를 약초로 쓰는 강활도 눈처럼 하얀 꽃을 뽐내며 다투어 피어 있다. 가는 길 따라 참조팝나무도 수없이 많이 피어났다.

둥근이질풀은 어쩌면 이렇게 고운 분홍색을 띠고 있는지 자연의 신비가 경이롭기만 하다. 야생화를 원 없이 보면서 사진으로 담는다. 강원도의 여름은 야생화가 지천이라 시선이 머무는 곳마다 볼거리로 가득하다.

인증사진을 찍고 하산길에 접어든다. 급경사를 따라 신속하게, 하지만 조심히 내려간다. 맑고 시원한 계곡의 물줄기가 뜨거운 열기를 식혀준다.

정상석

이단폭포의 물줄기가 시원스럽게 쏟아져 내리는 휴양림 앞에 도착했다.

표지목

분홍색 범꼬리

단풍이 많은 방태산은 가칠봉(1,241.1m), 응복산(1,156m), 구룡덕봉(1,389m), 주걱봉(1,444m) 등 고산준봉을 거느리고 있으며 한국에서 가장 큰 자연림이라고 할 정도로 나무들이 울창하고, 희귀식물과 희귀어종이 많은 생태적 특성 등을 고려하여 선정정감록에는 난을 피해 숨을 만한 피난처로 기록되어 있으며 자연휴양림으로 높이 10m의 이단폭포와 3m의 저폭포가 있는 적가리골 및 방동약수, 개인약수 등이 유명하여[101] 100대 명산으로 선정이 되었다 한다.

적가리골 계곡의 맑은 물로 많은 관광객이 찾고 있으며 계곡이 하나의 큰 바위로 이루어져 있는 탓에 더욱 청아함이 돋보이는 방태산. 역시 더운 여름날 산행은 계곡을 끼고 있는 강원도의 방태산을 추천한다.

★ 산악 기본자세 - 산행 시 휴식 시간 갖기

산행을 하다 보면 컨디션에 따라 휴식을 취해야 하는 상황이 발생한다. 이때 타인의 산행을 방해하지 않도록 산행로를 피해서 쉬는 것이 바람직하다. 타인들에게 불쾌감을 주지 않는 한도 내에서 적당한 공간을 찾아 자리를 잡고 충분한 휴식 후에 다시 산행을 시작하는 것이 좋다.

---

101 위키백과, '숲에 on', 인제군 관광(2008. 2. 1.)

다도해의 아름다운 석양 속에서

- 팔영산(608m)

 고흥10경 가운데 으뜸인 팔영산(八影山, 608m)은 암석으로 이루어진 봉우리가 병풍처럼 이어지며 다도해의 절경을 감상할 수 있는 산이다. 1998년 7월 30일 전라남도의 도립공원으로 지정되었다. 2011년 팔영산도립공원이 다도해해상국립공원에 편입되면서 현재는 다도해해상국립공원 팔영산지구로 불린다. 팔영산은 우리나라에서 유일하게 산지가 해상국립공원에 포함된 사례이다.[102]

 거리가 제법 있고 버스로 오는 단체 산행은 볼거리를 맘껏 보지 못하는 단점이 있어 자차를 이용해서 출발한다. 전날 비가 온 탓에 미끄러우니 조심하라는 지인의 당부로 마음의 준비를 하고 달린다. 사정이 있어 조금 늦게 출발하여 4시가 훌쩍 지나 산행을 하겠다 하니 입장료를 받는 안내원이 눈을 동그랗게 뜨고 쳐다보며 지금 올라갈 거냐고 묻는다. "안전하게 잘 다녀올게요"라고 씩씩하게 대답하고는 안내원의 걱정을 뒤로한 채 산행을 시작한다. 도착하기 전에 도로 위에서 하산할 때는 못 볼 것 같아 멀리 보이는 팔영산 전면을 담아본다. 야영장 입구에는 깃대봉을 포함하여 9개의 봉우리에 대해 각 봉우리의 위치와 봉우리 이름을 표지목을 이용하여 표시해놓아서 사전에 봉우리 이

---

102 『(신정일의 새로 쓰는)택리지: 숨겨진 우리 땅의 아름다움을 찾아서-전라도』(신정일, 다음생각, 2012), 『한국지명유래집』전라 · 제주편(국토지리정보원, 2010), 고흥문화관광(http://tour.goheung.go.kr/), 팔영산자연휴양림(http://singihan.goheung.go.kr/)

름을 한 번씩 되뇌고 본격적으로 산행을 시작한다.

등산로 입구

흔들바위(마당바위)

선녀밀버섯으로 추정되는 버섯이 지난밤 비에 아기자기하게 돋아나 있다. 주황빛이 유난히 고운 하늘말나리도 피었고, 그 옆으로 좀처럼 보기 힘든 두꺼비가 마실을 나왔다. 팔영산은 따뜻한 곳이라 그런지 제주도처럼 마삭줄이 많기도 하다. 마삭줄은 겨울에도 초록빛을 유지하고 있어 사시사철 푸른 줄기식물이다. 잎이 잔대싹을 닮은 둥근배암차즈기꽃도 층층의 보라색 꽃을 피우고 마삭줄 사이에서 당당하게 버티고 있다. 흔들바위는 마당처럼 꿈쩍도 하지 않는다 하여 마당바위라고도 불리며 어른들 여럿이 밀면 흔들린다 하여 흔들바위라고도 부른단다. 줄기 잘린 나무에 꽃처럼 예쁜 운지버섯 또는 구름송편버섯이 있는데 맛이 없고 육질도 매우 딱딱해서 요리해서 먹을 수는 없지만 항종양 등 약리 효과가 있어서 끓어서 복용하기도 한다. 국내에서는 말린 건제품이나 분말 또는 티백 형태 제품으로 판매하기도 한다.

제1봉인 유영봉을 오르다 보면 멀리 다도해가 조망된다. 하늘과 맞닿은 바다가 눈부시게 파랗다. 드디어 팔영산의 제1봉 유영봉(491m)에 도착했다. 선비의 그림자를 닮아 유영봉이라 한다. 발아래 그림처럼 펼쳐진 다도해는 흐린 날씨에도 불구하고 한 폭의 그림처럼 아름답다. 우측으로 2봉과 3봉 등 가야 할 봉우리들도 나란히 조망된다. 각 봉우리와 봉우리 사이는 조금만 오르고 내리면 갈 수 있는 아기자기한 봉우리의 연속이다. 다도해를 보면서 진행하는 길은

빠르기만 하다. 어느새 팔영산의 제
2봉 성주봉(538m)이다. 팔영산을 지
켜주는 군주봉으로, 주인 되는 봉
우리라 성주봉이라 부른단다. 봉우
리들마다 아기자기하게 오르는 맛
이 있고 정상에 설 때마다 시야에
들어오는 그림 같은 다도해에 탄성
이 절로 나온다. 제3봉 생황봉
(564m)이다. 19개 대나무 관악기 모
양새를 닮은 모양새라 하여 생황봉
이라 한단다. 소리는 없어도 음악이
흐를 것 같은 생황봉이다.

유영봉(제1봉)

하마터면 제3봉 생황봉을 훅 지
나갈 뻔했다. 4봉을 오르다 3봉을
지나친 것을 알고 다시 뛰어가 담고
왔다. 3봉 정상에서 바라보는 4봉이
다. 4봉을 지척에 두고 보랏빛 비비
추꽃이 길섶에 활짝 피어 있다. 제4
봉 사자봉(578m)이다. 동물의 왕 사
자처럼 그 기세가 늠름하고 기묘하

성주봉(제2봉)

생황봉(제3봉)

게 생겨 사자봉이라 부른단다. 잠시 쉬면서 수분도 보충하고 귀한 나비도 휴
대폰에 담고 땀을 식힌다. 3봉까지 뛰어갔다 와서 땀이 흥건하다. 그래도 놓치
지 않아서 다행이라며 안도한다. 제5봉 오로봉(579m)이다. 5명의 늙은 신선이
무릉도원이라 칭하여 오로봉이라 한다. 각 봉우리로 이동할 때마다 커다란 문
고리 같은 것을 안전을 위해 설치해놓았는데 간혹 회전이 가능하도록 해놓은
것도 있다.

제6봉 두류봉(596m)이다. 통천문을 지나면 하늘과 맞닿아 있어 천국으로 이어진다 하여 두류봉이라 한다. 여기서부터 7봉까지는 조금 거리가 있다. 그런데 바위를 오르락내리락하니 지루함은 느낄 수 없다. 내려가는 길은 급경사지만 주위 경관이 빼어나 멋지다. 통천문에 다다랐다. 대문처럼 생긴 바위문을 지나 7봉으로 향한다.

사자봉(제4봉)

오로봉(제5봉)

두류봉(제6봉)

통천문

드디어 제7봉 칠성봉(598m)이다. 북극성을 축으로 북두칠성이 천만 년을 하루같이 돌고 돌아 칠성봉이라 한단다. 7봉은 8개의 봉우리 중 가장 높은 곳이다. 7봉에서 멀리 8봉의 정상석이 보인다. 8봉 아래 도착하니 흐렸던 하늘은

가을하늘처럼 파랗게 높고 맑다. 8
봉을 둘러싼 바위를 배경으로 파란
하늘을 담는다. 코너를 돌아 다다
른 8봉 정상석 주위로 원추리꽃이
벼랑 끝에 만개하였다.

칠성봉(제7봉)

제8봉은 적취봉(591m)으로 겹겹
이 파란 하늘, 꽃나무, 멋진 기암괴
석들이 병풍처럼 둘러싸여 이어져
있어 적취봉이라 하는데 정상석의
마지막 봉우리다. 주위는 싸리꽃과
원추리가 온통 아름답게 장식하고
있다. 그냥 막 찍어도 예쁘다.

적취봉(제8봉)

8봉을 지나 깃대봉으로 향하는
길에 헬기장이 있는데 타래난초가
만발했다. 진한 분홍빛에 호리호리
한 꽃대로 나선형으로 자리 잡은 고
운 타래난초가 헬기장 가득 피어 있
다. 아무 일 없이 헬기 한번 내리지
않고 겨울을 나기를…. 헬기로 인해
혹시라도 상할까 걱정이 앞선다. 타
래난초의 아름다움도 찰칵.

원추리

팔영산은 군데군데 응급처치약품과 CPR 방법을 그림으로 설명한 것들을 설
치해놓았다. 최근 응급약품을 설치한 구급함을 산마다 볼 수 있는데 필요시
사용하고 제자리에 두지 않고 가져가는 사람들이 있는 탓에 정작 필요할 때는
사용할 수 없는 경우가 많다고 한다. 타인들을 위해 사용 후 꼭 제자리에 돌려
놓고 갔으면 좋겠다는 생각을 해본다.

타래난초

구급함

하얀 범꼬리

깃대봉

깃대봉으로 가는 길에는 바위채송화가 바위마다 초롱초롱 별처럼 피어 있다. 정상에 다다르니 하얀 범꼬리가 많이 피어 있는데 강아지 꼬리처럼 복슬복슬하다. 깃대봉(609m)은 팔영산의 최고 봉이지만 지나온 8개의 봉우리가 너무 멋지고 아름다워 조금은 밋밋하다는 느낌마저 든다. 깃대봉에서 일몰을 바라보고 저물어가는 팔영산의 능선의 아름다움에 마지막 시선을 남기고 하산한다.

8봉 적취봉을 지나치며 좌측으로 하산코스를 잡는다. 이정표가 없어 자칫하면 찾지 못할 수도 있으니 주의 깊게 보고 진행해야 한다. 입구만 찾으면 계단이 있으니 거기부터는 등산로가 이어지니 문제없다. 하산하는 길에 날이 저물었는데 편백나무 숲이 펼쳐져 있다. 낮에 봤으면 정말 장관이었을 텐데 아쉬운 마음에 사진만 담는다. 중간중간 임도를 가로지르며 하산하니 조금 빠른 듯하다.

팔영산이라는 이름은 금닭이 울고 날이 밝아 햇빛이 바다 위로 떠오르면 이 산의 봉우리가 마치 창파에 떨어진 인쇄판 같은 모습을 보여 '영(影)' 자가 붙었다는 설도 있고, 세숫대야에 비친 여덟 봉우리의 그림자를 보고 감탄한 중국의 위왕이 이 산을 찾으라고 명하였는데 신하들이 고흥에서 이 산을 발견한 것에서 유래하였다는 설도 있다. 팔영산은 본래 팔전산(八顚山, 八田山)으로 불렸다 한다.[103]

너무 늦게 도착하여 랜턴을 켜고 하산했지만 장거리 운전도 긴 시간도 아깝지 않은 산이다. 섬들이 펼쳐진 다도해와 기암괴석으로 이루어진 팔영산이 어우러져 보고 또 보고 탄성을 지르며 다녀온 팔영산, 새벽 3시가 되어서야 서울에 도착했지만 그 절경의 아름다움으로 한 주가 행복하게 지나갔다.

★ 산악 기본자세 - 산행에서 추월할 때는

산행을 하다 보면 간혹 앞사람을 추월하는 상황이 생긴다. 특히 좁은 등산로라면 앞질러 가고 싶어도 여의치 않은 경우가 있을 수 있다. 이때는 "먼저 가도 될까요?"라고 양해를 구하고 상대방을 배낭으로 밀치지 않도록 주의해가며 앞질러 가고 지나친 후에는 반드시 "감사합니다"라는 인사를 남기도록 하자. 가벼운 산행에도 기본적으로 지켜야 할 예절이 있다.

---

103 『(신정일의 새로 쓰는)택리지: 숨겨진 우리 땅의 아름다움을 찾아서-전라도』(신정일, 다음생각, 2012), 『한국지명유래집』전라 · 제주편(국토지리정보원, 2010), 고흥문화관광(http://tour.goheung.go.kr/), 팔영산자연휴양림(http://singihan.goheung.go.kr/)

96.
남도의 금강산
- 달마산(608m)

해남군에서도 남단에 치우쳐 긴 암릉으로 솟은 산으로 이 암릉은 봉화대가 있는 달마산 정상(불선봉)을 거처 도솔봉(421m)까지 약 8㎞에 걸처 그 기세가 이어진 다음 땅끝(한반도 육지부 최남단)에 솟은 사자봉(155m)에서야 갈무리한다.[104]

큰맘 먹고 두 달 전부터 1박 2일 일정을 세워났더니 태풍이 온단다. 취소해야 하나 고민하다가 일기예보를 보니 우리가 도착할 즈음이면 태풍이 슬쩍 중부지방으로 올라갈 것 같다. 그렇다면 망설일 필요 없겠다. 무조건 출발이다.

새벽부터 약 6시간에 걸처 미황사에 도착했다. 아직은 태풍의 영향이 있어 비도 바람도 멎지 않는다. 우비를 갖춰 입고 최단코스를 선택하여 올라간다.

비에 젖은 미황사는 운치 있다. 미황사는 남해의 금강산이라 불리는 달마산(489m) 서쪽에, 우리나라 육지의 사찰 가운데 가장 남쪽에 자리하였으며 신라 경덕왕 8년(749년)에 세워졌다. 1692년에 세운 사적비에 의하면 749년에 의조화상이 창건했다고 전해지며 소의 울음소리가 아름답고 금의인이 황금으로 번쩍거리던 것을 기리기 위해 미황사라고 했다고 한다.

그 뒤의 사적은 알 수 없으나 1597년 정유재란 때 약탈과 방화로 큰 피해를 입었다. 1601년에 중창하고 1660년에 3창했다. 1752년 금고를 만들고 1754년

---

104 해남 문화관광, http://korean.visitkorea.or.kr/

대웅전과 나한전을 중건하는 등 대대적인 공사를 해 오늘에 이르고 있다. 현존 당우로는 대웅전(보물 제947호), 응진당(보물 제1183호), 오백나한전, 명부전, 요사채 등이 있으며 사적비와 여러 점의 부도가 전한다.[105] 미황사 좌측으로 시작되는 등산로를 따라 산행을 시작한다.

처음 시작하는 길은 완만하며 길가에 나무마다 누가 심었는지 표시를 해놓았다. 표지목이 특별하다. 헬기장 쪽으로 발길을 옮기는데 등산로가 태풍의 영향으로 온통 계곡 같다. 쓰러진 나무에 느타리버섯이 자란다. 다 자란 버섯만 봐서 막 자라기 시작한 모습은 낯설다. 어린 갓은 빗물에 촉촉한 것이 만지면 부서질 것만 같다. 향기는 느타리 특유의 향이 나는데 채취는 하지않고 촬영만 하고 지나친다. 목이버섯도 한창 자라고 있는데 역시 사진으로 담고 지나친다. 콩짜개덩굴이 바위랑 나무에 기생하여 잘 자라고 있다. 날씨가 따뜻한 지역이라 그런지 마

미황사

느타리버섯

정상석

돌탑

달마산 기암괴석

105 미황사 표지판

삭줄과 콩짜개덩굴이 유난히 많다. 너덜거리를 오르니 운무가 낮게 깔린 것이 멋스럽다. 그런데 물기로 바위가 미끄러워 정신 바짝 차려야겠다. 한 걸음 한 걸음 조심히 걷는다. 비에 젖은 원추리꽃의 주황색이 선명하다. 큰까치수염이 촉촉하니 빗물에 수줍게 고개를 떨구고 있다.

어느새 달마봉 정상에 도착했다. 나지막하고 작은 정상석이 자칫 잘못하면 모르고 지나치겠다. 정상 좌측에는 돌탑이 있는데 발아래는 운무로 조망은 거의 없다. 해가 좋은 날에는 약2,300여 개의 섬이 어우러진 다도해가 보인다. 아쉽지만 눈에 담진 못했다. 첫 방문에 보지 못했던 아름다운 다도해를 두 번째 방문해서야 볼 수 있었다. 뒤늦은 찔레꽃이 달랑 한 송이 외롭게 피어 있는데 비바람에 더욱 애처롭다. 정상 근처에는 야생 맥문동도 피어 있는데 키가 작다. 연한 분홍빛 꽃을 피우고 옹기종기 모여서 비바람에도 제 할 일 다하고 있는 것이 기특하기만 하다. 여기부터는 문바위재의 기암괴석들이 이어져 있다. 약간 경사도 있고 특이하게 생긴 바위들이 운무에 살짝 가려진 것이 신비하기까지 하다. 문바위 방향에 있는 바위는 마치 새의 부리처럼 생겼는데 사랑을 속삭이는것 같기도 하다. 촛대바위처럼 솟아오른 키 큰 바위도 있다. 데크 아래의 높고 큰 바위가 우중에도 산객의 발걸음을 멈추게 한다.

정상 바로 아래에서 도솔암 방향으로 향한다. 오르락내리락하다 보니 오르는 길인지 내려가는 길인지 구분하기 어렵다. 여러 번 지도를 보면서 길을 찾아 나선다. 다들 초행길이라 더듬더듬, 비가 와서 더 난해하다. 길을 잃기 딱 좋은데 다행히 문명의 도움을 받으며 진행한다. 핸드폰을 들고 비에 젖어도 지도를 볼 수 있어 과학의 발전에 대하여 새삼 고마움을 느낀다. 멀리 마치 하트처럼 생긴 바위가 있어 손가락으로 작은 하트를 만들어 비교해본다. 어쩌면 저리 닮았는지 신기하기만 하다.

바위의 멋진 조망을 뒤로하고 조릿대 사이를 지나면 온통 계곡 같은 등산로를 따라 하산하게 된다. 이미 신발은 질퍽거리며 비에 흥건히 젖었다. 산에서 만나는 폭우가 왜 위험한지 알 것 같다. 미황사 근처까지 내려오면 좌측으로 동백나무 군락지를 지나는데 겨울이 지날 무렵 동백꽃이 만개할 때 오면 참 멋지겠다는 생각을 해본다. 미황사 주차장에 못 미쳐 뜰 아래 핀 수국에 앉은 나비를 담아본다. 크고 작은 수국이 빗속에서도 넉넉함을 자랑하며 아름답게 피어 있다. 미황사 입구 커다란 바위에 작은 나뭇가지를 올망졸망 받쳐두었다. 태풍의 영향으로 등산로가 계곡처럼 불어났다. 달마산은 다도해와 수많은 섬들, 아름다운 기암괴석으로 날이 좋은 날에는 비경을 볼 수 있는 멋진 곳이다. 태풍으로 비경을 보지 못한 아쉬움이 있지만 나름대로 우중임에도 불구하고 멋진 경관을 보고 왔다.

달마산을 병풍 삼아 서록에 자리 잡은 미황사는 신라 경덕왕 8년(749) 인도에서 경전과 불상을 실은 돌배가 사자포구(지금의 갈두상)에 닿자 의조 스님이 100명 향도와 함께 쇠등에 그것을 싣고 가다가 소가 한번 크게 울면서 누운 자리에 통교사를 짓고, 다시 소가 멈춘 곳에 미황사를 일구었다고 하며 어여 쁜 소가 점지해준 절인 동시에 경전을 봉안한 산이라는 뜻을 담고 있다고 한다.[106]

땅끝마을 해남 아기자기한 섬과 다도해가 보이는 남도의 금강산 달마산으로 떠나보자.

★ 산악 기본자세 - 물이 부족할 경우

산행에서 중요한 것 중 하나가 물인데, 가급적 자기 자신 한 사람 몫만큼은 가지고 가는 것이 원칙이다. 그러나 그날그날의 컨디션에 따라 섭취하는 양이 다르기 때문에 부득이하게 물이 부족한 경우에는 양해를 구하고 물을 빌려 섭취하되 한 모금 정도는 입안을 헹구고 한두 모금 정도 갈증을 해결할 만큼만, 상대방에게 실례가 되지 않을 만큼만 마시도록 하는 것이 예의이다. 산행에서 물은 생명수나 마찬가지이므로 넉넉하게 챙겨 가는 것이 바람직하다. 또 한 가지 주의할 것은, 빌려 마실 경우 컵을 이용하거나 입이 직접적으로 닿지 않도록 해야 한다는 점이다.

---

106 해남 문화관광, http://korean.visitkorea.or.kr/

97.

땅끝마을에서 마주한 가련봉

- 두륜산(703m)

두륜산은 높이 703m로 대둔산, 대흥산으로도 불리기도 한다. 이 산은 주봉인 가련봉(迦蓮峰, 700m)을 비롯하여 두륜봉(頭輪峰, 630m), 고계봉(高髻峰, 638m), 노승봉(능허대 685m), 도솔봉(兜率峰, 672m), 혈망봉(穴望峰, 379m), 향로봉(香爐峰, 469m), 연화봉(蓮花峰, 613m) 등 8개의 봉우리가 능선을 이룬다. 동백나무와 사찰을 비롯한 많은 유적지의 경관이 뛰어나 이 일대가 1979년 12월 두륜산도립공원으로 지정되었다.[107]

원래 두륜산은 대둔사(大芚寺)의 이름을 따서 대둔산이라 칭하다가 대둔사가 대흥사(大興寺)로 바뀌자 대흥산으로 불리기도 하였다. 대둔산의 명칭은 산이란 뜻의 '듬'에 크다는 뜻의 관형어 '한'이 붙어 한듬에서 대듬, 그리고 대둔으로 변한 것으로 풀이된다. 때문에 과거 대둔사는 한듬절로 불리기도 했다. 두륜이라는 이름의 유래를 살펴보면, 우선 산 모양이 둥글게 사방으로 둘러서 솟은 '둥근머리산'을 뜻하기도 하며, 또는 날카로운 산정을 이루지 못하고 둥글넓적한 모습을 하고 있다는 데서 연유했다는 이야기도 전해진다. 또한 대둔사지에 의하면 두륜산은 중국 곤륜산의 '륜'과 백두산의 '두' 자를 딴 이름이라고도 하는 등 산 이름에 대하여 많은 이야기가 전해지고 있으며 그만큼 역사적

---

107 Daum백과

으로도 의미를 가진 산이다.[108]

비 온 뒤 산행은 사물이 깨끗하고 맑아서 더없이 좋다. 반면에 운무로 조망이 없어 아쉬운 점도 없잖아 있지만 그런 날은 또 그런 날대로 분위기가 있다.

운무에 휩싸인 두륜산을 올라보자. 오소재 약수터는 새해 해맞이를 하는 곳으로 유명하다. 특히 1년 동안 마르지 않는 약수로 유명하며 당일에도 많은 사람들이 끊임없이 물을 받아 갔다.

오소재 약수터

등산로 정성탑

미륵바위

오심재(제1헬기장)

등산로 입구

흔들바위

108 『한국(韓國)의 산지(山誌)』(건설교통부 국토지리정보원, 2007), 『한국지지(韓國地誌)』-지방편(地方篇) Ⅳ(건설부 국립지리원, 1986), 『신한국지리(新韓國地理)』(강석오, 새글사, 1979), 『한국(韓國)의 산천(山川)』(손경석, 세종대왕기념사업회, 1974), 『1 : 50,000 지질도폭설명서(地質圖幅說明書) : 남창』(과학기술처 국립지질조사소, 1967), 해남군청(http://www.haenam.go.kr/), 한국관광공사(http://www.visitkorea.or.kr/)

약수터 바로 옆에는 미륵바위가 있는데 득남하지 못한 사람들이 소원성취하는 곳으로 신도로 개설 시 매몰된 것을 옮겨놓았고 자연석 채취하는 사람들에 의해 도난당해 길거리에 버려진 것을 북일면민들이 세워놓았다 한다.

요즘은 딸이 대세라던데 그래서 그런지 소원 비는 사람은 볼 수 없었고 동행한 일행들도 서로 그런 소원은 안 빌겠다 한다. 소원바위 덕분에 한바탕 웃고 등산로로 향한다. 당시 한참 공사 중이더니, 추후에 다시 찾으니 주차장을 넓게 만들어놓았다. 등산로가 시작되는 곳은 약수터 우측에 이정표가 상세히 적혀 있어서 찾기 쉽다. 역시 태풍의 영향으로 등산로가 물길로 흥건하다. 요리조리 물길을 피해가며 신발을 적시지 않겠다는 마음으로 폴짝폴짝 뛰어간다. 운지버섯이 비를 맞고 올라왔다. 버섯류는 수분에 민감하니 요즘처럼 비가 오면 많이 볼 수 있다. 오심재에 도착했다. 오심재는 오소재와 노승봉 사이의 고개로 헬기장이 있으며 조선 말 다산 정약용이 유배 시 대흥사 12대 강사 아암 혜장선사가 다산을 만나기 위해 넘나들던 곳이며 쇄기재 또는 대둔사지에서 소아령으로도 불렸다고 한다.[109]

목장처럼 초록이 무성한 헬기장에는 타래난초가 곱게 피어 있다. 노승봉으로 오르는 길섶에는 망개나무에 망개가 주렁주렁 열렸다. 오솔길 같은 산길에는 조릿대가 나란히 길섶을 가득 메웠다. 흔들바위에 도착했다. 약 4백 년 전에 편찬한 죽미기에 동석대(動石臺)로 표기되어 있으며 대둔사지에도 동석(動石)에 대해 다루고 있는데 한 사람이 밀면 움직이지만 천 사람이 밀어도 굴러가지 않는다고 한다.[110] 이 흔들바위는 큰 암반 위에 올려놓았으며 흔들바위 위에 올라 한껏 폼을 잡고 인증샷을 남겨본다.

---

109 오심재 표지판

110 흔들바위 표지판

노승봉을 앞두고 헬기장이 하나 더 있다. 바위틈에 뿌리내린 자주꿩의다리꽃이 곱다. 따뜻한 해남이라 산비비추도 벌써 꽃이 지고 열매가 맺혔다. 기암괴석을 끼고 돌면 급경사인 나무계단이 나오고 바로 노승봉이다. 노승봉에 도착하니 가득한 운무 사이로 기암괴석이 멋지다. 노승봉 정상석이 있는 곳은 이런 넓은 마당바위로 이루어져 있다. 운무가 아니었다면 여기서도 다도해가 보였을 텐데 아쉽다.

종탑바위

노승봉

마당바위

돼지 닮은 바위

두륜봉

가련봉 정상석

기암괴석

정상인 가련봉에 가기 바로 전에 있는 봉우리인 노승봉의 멋진 조망은 결국 두 번째 방문해서야 볼 수 있었는데 역시 기암괴석으로 이루어진 두륜산의 웅장함은 사진으로 담기에는 역부족이다. 동서남북 좌우로 둘러보면 시선이 머무는 곳마다 절경이고 멀리 보이는 다도해는 아름답기 그지없다. 크게 어렵거나 힘들이지 않고도 찾을 수 있지만 우리나라 최남단에 있다 보니 거리상 자주 찾지는 못하는 것이 현실이다. 그러나 그 웅장함은 기어이 한 번 더 가게 만들었고 결국 보고야 말았다. 이날은 운무에 싸인, 아니 신비에 싸인 비밀만 간직한 채 그냥 올 수밖에 없었다. 그러나 운무 사이로 비치는 기암괴석만으로도 그날은 혼을 뺏기에 충분했으니 명산은 명산이다.

바위 틈새에 양지꽃이 활짝 피어 있다. 마치 돼지의 옆모습을 닮은 바위도 있고 눈이 있는 듯, 사람 옆모습을 닮은 듯한 바위가 일부러 괴어놓은 듯이 덩그러니 올려져 있다. 고여 있는 바위를 빼고 툭 차면 저 커다란 종탑바위가 아래로 데굴데굴 굴러갈 것 같다. 맞은편이 목적지인 가련봉이다. 계단을 내려갔다가 다시 조금 올라가야 한다. 지난밤 태풍으로 계단이 온통 흙과 자갈돌, 나뭇잎으로 가득하다. 자연의 힘이란 실로 엄청나다.

드디어 가련봉에 도착했다. 역시 운무에 가려져 아무것도 볼 수는 없지만 운치는 있다. 그리 높지 않은 두륜산을 오르며 참 아기자기 예쁜 산이라는 생각이 든다.

맞은편으로 내려가는 길이다. 흐릿하게나마 계단과 두륜봉이 조망된다. 비바람 속에서도 고추나물꽃이 활짝 피었다. 하산하는 길에 태풍으로 불어난 계곡을 보며 다시 한번 자연의 힘에 대해 놀라움을 금치 못한다. 시기적으로 장마가 막 지나간 시점이라 그 위력을 몸소 체험하게 된 동기가 되었다. 두륜봉을 넘어가면 구름다리가 있고 두륜봉과 가련봉 사이 고개인 만일재를 통하여 하산하는 코스가 있다. 우리는 자차를 이용하였기에 다시 원점회귀한다.

대흥사는 546년(진흥왕 7)에 아도화상이 창건했으며, 대웅전을 비롯하여 대광명전, 표충사, 침계루 등과 북미륵암의마애여래좌상(보물 제48호), 3층석탑(보물 제301호) 등이 있다. 임진왜란과 6·25전쟁의 참화를 피한 곳으로도 유명하다.

대흥사 입구의 장춘동계곡과 동백나무 숲이 유명하며, 왕벚나무(천연기념물 제173호), 후박나무 등이 울창한 숲을 이루어 경치가 아름다우며 그밖에 구름다리, 백운대, 금강굴, 여의주봉 등 많은 명승지가 있다.[111]

★ 산악 기본자세 - 산행 중 핸드폰 사용 자제

산길은 생각보다 돌발상황이 많은 곳이다. 평지를 지나는가 하면 금방 바윗길을 걷게 되기도 하고 급경사를 오르내리며 험한 산행로를 가기도 한다. 이때 핸드폰을 하다가 발을 헛디뎌 안전사고가 나는 경우도 다반사이다. 반드시 핸드폰을 확인해야 한다면 길옆으로 비켜서서 타인의 진로를 방해하지 않는 한도 내에서 멈추어서 확인 후 안전하게 산행을 진행하는 것이 좋다.

---

111 Daum백과

천년의 용의 전설을 간직한 산

- 덕룡산(432.9m)

덕룡산(해발 432.9m)은 반드시 높이에 따라 산세가 좌우되지는 않는다는 사실을 깨닫게 해주는 산이다. 해남 두륜산과 이어져 있는 덕룡산은 높이라야 고작 400m를 가까스로 넘지만 산세만큼은 해발 1,000m 높이의 산에 결코 뒤지지 않는다. 정상인 동봉과 서봉, 쌍봉으로 이루어진 이 산은 웅장하면서도 창끝처럼 날카롭게 솟구친 암릉, 암릉과 암릉 사이의 초원 능선 등 능선이 표현할 수 있는 아름다움과 힘의 진수를 보여준다.[112]

덕룡산은 원래 주작산과 연계산행을 하는 곳이지만 우리는 덕룡산만 오르고 일찍 출발하기로 한다. 멀리서 보기만 해도 웅장함이 느껴진다. 벌써 이 산에 반할 것만 같다는 조짐이 느껴진다. 일단 가던 길 멈추고 덕룡산 전체가 나오도록 휴대폰에 담아본다. 멋지다.

만덕광업이라고 치니 등산로 입구까지 안내해준다. 거리는 얼마 되지 않지만 워낙 더워서 걱정이다. 처음 시작은 대나무 숲이 무성한 길을 따라 오른다. 바람이 없어서 땀이 세수한 듯 흘러내리고 등줄기에서 흐르는 땀으로 옷은 금방 흠뻑 젖는다. 그래도 지난 태풍의 영향인지 계곡에서는 제법 물이 많이 흐른다. 우물처럼 생긴 바위들은 초록 이끼들이 융단처럼 덮여서 예뻐 보인다.

---

112 강진 문화관광(http://www.gangjin.go.kr/culture), http://korean.visitkorea.or.kr/

담벼락처럼 쌓인 곳에 아궁이처럼 생긴 곳이 있어 보니 문화재 발굴하는 곳이란다. 발굴을 하다가 멈추었는지 더 이상의 흔적은 없다.

대나무 숲길

문화재 유적지 발굴지

계곡 따라 오르는 등산로가 끝나면 저 너덜바윗길을 따라 올라야 한다. 너덜길이 끝나면 바로 동봉 정상석이 있는데 너덜길이 이끼와 높은 습도로 미끄러워 진행이 쉽지 않다. 조심조심 한 발씩 내디더본다. 바위채송화가 별처럼 바위에 피어 있다. 너덜바윗길을 오르다 뒤돌아보니 강진 시내와 다도해가 조망된다. 그래도 바다가 보이니 그 시원스러움으로 가슴이 뻥 뚫린다. 저 바윗길만 오르면 곧 동봉 정상이다. 신기한 주황색 버섯이 아름다워 담아본다.

드디어 동봉 정상이다. 인증사진을 찍은 후 우리는 서봉으로 갈 사람과 바로 하산할 사람으로 나뉘었다. 아까 너덜길을 오를 때 결국 이끼에 미끄러저 살짝 타박상을 입은 친구가 있어 바윗길을 오르는 건 어려울 것 같아 일부는 그대로 하산하고 일부만 서봉으로 향한다.

동봉 정상석

서봉 정상석

서봉 능선

원추리꽃

능선

다도해 조망

언제나 느끼는 것이지만 산은 넉넉하고 아름답지만 곳곳에 위험이 도사리고 있다. 동봉 정상석 좌측으로 중간쯤 솟아 보이는 봉우리가 서봉이다. 정상서 바라보는 경관은 시원스럽고 푸르고 넉넉하다. 등산로 옆 원추리꽃이 유난히 샛노랗게 피어 있다.

서봉으로 가는 길에서는 덕룡산의 기암괴석이 눈을 즐겁게 한다. 하나씩 우뚝 서 있는가 하면 이어진 듯 하나인 듯 바위산이 끝없이 늘어져서 거대한 하나의 바위산을 이루고 있다.

사람주나무(쇠동백나무) 열매가 주렁주렁 열렸다. 병풍바위처럼 생긴 바위산들과 하나의 작은 산처럼 생긴 기암괴석들이 하나로 이어진 덕룡산은 처음 찾은 산객에게 탄성을 자아내게 한다. 서봉에 도착했다. 끝없이 이어진 덕룡의 절경은 동봉 쪽으로 시선을 두니 동봉 봉우리를 지나 한참을 기암괴석으로 이어져 있다. 동봉 방향 반대편은 작천소령으로 가는 길이다. 우리는 여기서 다시 동봉 쪽으로 돌아 원점회귀해야 한다. 먼저 내려간 친구들도 걱정이 되어 하산길을 서두른다. 돌아오는 길에 활짝 핀 한 송이 원추리꽃을 슬쩍 담아본다. 사실 원추리는 이른 봄 새순을 살짝 데쳐 나물로도 먹는다. 약간 항히스타민 효과가 있어서 우울증 예방에 효과가 있다 한다. 초록여린 잎을 참기름에 살짝 무쳐서 먹으면 상큼함과 식감이 참 좋다.

동봉 바로 아래에는 약간 위험한 암릉 구간이 있어 조심스럽게 내려간다. 그곳을 지나면 다시 너덜길을 내려가서 대나무 숲이 무성한 산행로를 지나면 금방 등산로 입구다. 졸졸 흐르는 계곡 옆에 돌 하나를 에워싼 이끼가 너무 예쁘다. 하산 지점에 다 와갈 무렵 뒤늦게 핀 꽃며느리밥풀이 정겹게 피어 있다. 문득 시인 고은 선생님의 「그 꽃」이란 시가 생각난다. '내려갈 때 보았네, 올라갈 때 보지 못한 그 꽃.'

덕룡산은 높이에 비해 1,000m 산에 견줄 만큼 산세가 웅장하다. 창끝처럼 솟구친 험한 암릉이 이어지며 진달래 군락이 많은 산이다. 산을 오르는 내내 남해바다를 볼 수 있는 것도 이 산을 오르는 묘미이다.

웅장하면서도 창끝처럼 날카롭게 솟구친 암봉의 연속, 말 잔등처럼 매끄럽게 뻗는 초원 능선 등, 능선이 표출할 수 있는 아름다움과 힘의 진수를 보여주는 산이다. 암릉 지대에 진달래 군락이 있는 동봉과 서봉이 쌍봉을 이루고 있는데 서봉이 덕룡산 주봉이다. 날카로운 암봉들의 연속으로 만덕산에서 시작된 돌 병풍이 덕룡산과 주작산을 거쳐 두륜산, 달마산을 지나 송호해수욕장이 있는 땅끝까지 이른다.

덕룡산 기슭 중앙부에는 커다란 천연 동굴이 하나 있는데 이름이 '용혈(龍穴)' 이다. 입구에 두 개, 천장에 한 개의 구멍이 뚫려 있는데 이 동굴에 살던 세 마리의 용이 승천할 때 생긴 것이라고 한다. 굴속에는 맑은 물이 고여 있어 세 개의 구멍과 함께 신비경을 이루었다고 하나 지금은 물이 없다고 한다.

이 동굴에는 고려 때 만덕산 백련사의 소속 암자인 용혈암(龍穴庵)이 있었다고 한다. 이 암자는 백련사를 크게 일으켜 백련결사운동을 주도했던 원묘국사 요세가 만년에 머물렀으며, 그의 뒤를 이은 천인, 천책, 정오 등 세 국사가 수도와 강학을 했던 곳이며 다산 정약용이 유배 시절 인근 대석문과 자주 놀러

왔던 곳이라 한다.[113]

아름다운 비경과 천년의 전설을 간직한 덕룡산은 산, 바다, 바위, 꽃 등 무엇하나 빼놓을 수 없는 보석 같은 산이다.

★ 산악 기본자세 - 단독 산행 자제

산은 아름다운 곳이며 스트레스 해결을 위한 힐링의 장소이지만 많은 위험이 도사리고 있는 곳이다. 따라서 단독 산행은 그만큼 많은 위험에 노출되어 있다고 보면 된다. 특히 응급상황이 발생하였을 때 도움을 줄 사람이 없다면 소중한 생명을 잃을 수도 있기에 단독 산행은 자제하는 것이 좋다. 산행에 충분한 지식과 경험이 있다고 하더라도 돌발상황에서는 당황하게 되고, 심정지 등의 경우가 발생하면 짧은 시간에도 생명을 앗아갈 수 있기 때문에 최소한의 인원이라도 도움을 줄 수 있는 사람과 동행하는 것을 권유한다.

---

113 한국의 산하

99.

낙조가 아름다운 그곳

- 지리산 반야봉(1,732m)

　반야봉(般若峰)은 높이 1,732m이며 지리산 제2봉으로, 반야봉에서 바라보는 낙조가 아름답다고 하여 반야낙조(般若落照)는 지리십경의 하나로 꼽힌다. 지리산에 있는 대부분의 봉우리가 주릉에 있는 것과 달리 주릉에서 벗어난 곳에 위치하고 있는데, 노고단부터 천왕봉 쪽에서는 노루목에서 북쪽으로 오르면 되고, 반대 방향으로는 삼도봉을 지나면 나오는 삼거리에서 북쪽으로 오르면 된다.[114]

　겨울에 가려다 통제기간으로 포기하고 다시 세운 반야봉 일정이 내게는 100명산 중 99번째로 더욱 의미가 깊다. 전날 저녁 9시 반에 출발하기로 하고 마음 맞는 지인들과 합류하여 도착하니 새벽 2시 반이다. 잠시 눈을 붙이고 3시 반부터 오르기 시작한다.

　일기는 태풍의 영향으로 이슬비가 계속 내리는데 그 양이 적음에 감사한다. 적당히 바람도 불어주고 덥다기보다는 오히려 가을 날씨처럼 스산한 기운마저 드는데 아직 까만 밤기운으로 전등에 의지하여 한 발 한 발 내디뎌본다.

　노고단 대피소를 지난다. 언제부터 있었는지, 혹은 이른 새벽부터 올라온 건지 많은 사람들이 이른 아침을 먹거나 산행을 시작할 준비를 한다. 대피소 불

114　위키백과

빛을 빼면 어둠이 걷히지 않은 노고단에는 전등 불빛에 보이는 안내표지목이 전부다. 편하고 긴 거리보다 경사가 지더라도 짧은 길을 택해 가기로 한다.

성삼재 이정표

노고단고개에 도착했다. 여기는 백두대간 인증장소로 벌써 많은 사람들이 줄을 서서 인증샷을 찍는다. 오늘 무슨 마라톤 경기가 있는지 배와 등에 번호판을 단 많은 사람들이 휙휙 지나간다. 들어보니 산악마라톤 대회란다.

노고단 대피소

어둠 속에서도 예쁜 꽃들은 빛을 발한다. 산수국이 비에 젖은 꽃잎을 수줍게 내밀며 활짝 피어 있다. 아직 여명이 밝지 않아 칠흑처럼 어두운 밤에 랜턴 불빛이 눈부시다. 하염없이 걷는 사이 훤하게 밝아 초록이 시야에 들어오고 랜턴 불빛에 의지하지 않아도 될 만큼 날이 밝았

노고단 대피소 돌탑

다. 밝아오는 산허리 아래로 지리산의 고운 능선이 보이고 짙게 깔린 운무로 산자락은 한 폭의 그림이다. 첫 번째 헬기장을 지나 돼지령에 도착했다. 역시 겹겹이 쌓인 고운 능선에 마타리꽃이 노랗게 피어 있다. 넓은 초원 같은 능선에서 바라보는 운무 덮인 지리산 자락은 탄성이 저절로 나오게 한다. 빗물 머금은 이질풀꽃이 많이도 피어 있고, 도라지모싯대도 활짝 피어 있다. 살아서 100년, 죽어서 100년을 산다는 주목도 깊은 지리산을 지키고 있다.

어디서 날아왔는지, 누가 물어다 놓았는지 떡갈나무가 고사목 틈새에서 귀한 생명을 뿌리내렸다. 자연의 생명력이란 참 경이롭다. 피아골 삼거리를 지나다 보니 안개가 스윽 우리를 비껴 지나가고, 축축하게 물기 가득한 썩은 나무엔 운지버섯이 넉넉히 자라고 있다.

헬기장 조망

돼지령 표지목　　　　　　　　　　피아골 삼거리 표지목

돼지령

　어느새 임걸령에 도착했다. 예전에는 이 약수터가 백두대간 인증장소였는데 지금은 제외되었다. 물맛이 좋기로 유명한 이 약수는 지리산 반야봉까지 오직 하나뿐인 귀한 생수이다. 보통 여기서 부족한 물을 보충한다. 완만한 산길을 조금 걷다 보니 노루목에 도착했다. 잠시 휴식을 취하며 간단한 간식으로 에너지를 보충한다. 노루목 아래 가득한 안개로 시야는 확보하기 어렵지만 그런대로 운치 있다.

임걸령 약수터

노루목   반야봉 삼거리   흰여로꽃

삼도봉   반야봉 정상석

반야봉 삼거리에 다다르니 귀한 지리산 다람쥐가 마치 간식을 나눠 먹기라도 하자는 듯 가지도 않고 재롱을 떨고 있다. 지리산의 진짜 주인은 아마도 이 다람쥐일 것이다. 반야봉 삼거리부터 반야봉까지는 800m다. 여기서부터는 거의 급경사로 이루어져 있다. 여지껏 반은 캄캄한 가운데 진행하였고 정상까지는 밝은 가운데 진행하는지라 그나마 경관을 볼 수 있음에 감사하다.

산오이풀꽃이 바위에 지천으로 피어 있다. 더러는 시들고 더러는 덜 피었고 그래도 무리 지어 피어 있으니 더욱 고운 것 같다. 벌써 쑥부쟁이도 핀 것을 보니 가을이 부쩍 다가온 듯하다. 물기 머금은 원추리도, 흰색 분홍색 며느리밥풀꽃도 우아한 꽃대를 자랑하는 흰여로꽃도 가는 여름이 아쉬운 듯하다.

계단을 지나 조금만 더 오르면 반야봉 정상이다. 정상에 오르니 이 빗속에도 많은 사람들이 와 있다. 명산 완등자가 있는지 정말 많은 사람들이 사진을 찍기 위해 줄을 서 있는데 완등은 한적한 산에서 해야겠다는 생각이 들었다. 이리 큰 산에서 완등식을 하니 다른 사람들에게 피해를 주는 것 같이 느껴진다. 서둘러 인증사진을 찍고 삼도봉으로 향한다. 삼도봉은 반야봉 삼거리로 다시 내려와 노고단 반대 방향으로 약 1㎞만 진행하면 되는데 전라남도와 전라북도, 경상남도 세 개의 도가 함께 걸쳐 있다 하여 삼도봉이란다. 여기는 백두대간 인증장소로, 보통은 여기서 계속 진행하여 형제봉 쪽으로 가지만 우리는 차량이 성삼재에 있기에 원점회귀한다.

원추리꽃과 이슬방울을 달고 있는 구절초도 담고 이제 막 자라기 시작하는 싸리버섯도 보인다. 멀리 보이는 지리산 반야봉이 밝은 햇살에 초록이 더해 눈부시다.

짚신나물꽃도 노랗게 만발하였고 어수리꽃도 참취나물꽃도 여기저기 만개하였다. 올라갈 때 어두워서 보지 못했던, 넘어질 듯 쓰러질 듯한 고목도 멋스럽다. 묘하게 바깥 꽃잎이 없는 산수국도 날이 밝으니 더욱 곱다. 노고단 대피소의 정성탑도 이제서야 그 모습을 완연히 볼 수 있다. 성삼재에 도착하니 어두워 보지 못했던 지리산 마스코트 달고미도 있어서 기념 차원에서 한 컷 찍어본다.

지리산은 크게 바래봉, 천왕봉, 반야봉의 세 개의 봉우리로 이루어져 있다. 철쭉이 고운 바래봉, 단풍이 고운 천왕봉, 낙조가 아름다운 반야봉이다.

거리가 길어 지루한 감이 없잖아 있지만 짙게 깔린 운무와 곱고 길게 늘어서 있는 능선들을 보노라면 지루함도 곧 잊혀진다. 지리산은 가급적 대중교통을 이용해 대피소에서 1박을 하고 종주하면서 충분히 느끼고 산행을 하면 좋겠다는 생각이 들었다. 이 더운 여름날 지리산 반야봉을 시원하게 등반할 수 있었던 것은 행운이었다.

★ 산악 기본자세 - 산에서 길을 잃었을 때

만약 산에서 길을 잃어버렸을 때에 가장 좋은 방법은 왔던 길을 다시 되돌아가는 것이다. 아는 위치까지 되돌아와서 산행을 마무리하는 것이 가장 좋으며 이마저도 어려울 경우에는 계곡을 피하여 능선으로 올라가는 것이 좋다. 최근에는 산행로와 관련된 휴대폰 어플리케이션이 많은데 이를 활용하는 것도 매우 유용하다. 어플리케이션에서는 현재의 위치는 물론 산행로도 알려주고 처음 산행을 시작한 위치도 알려준다. 잘 활용하기만 하면 매우 유익하게 사용이 가능하다.

낭만이 살아 숨 쉬는 비경

- 삼악산(654m)

삼악산은 기암괴석과 봉우리가 첩첩이 있고, 용화봉, 청운봉(546m), 등선봉 (632m) 등 3개의 주봉이 있어 삼악산이라 한다. 높이는 655.8m로 화악산(華岳山)의 지맥이 남쪽으로 뻗어 오다 북한강과 마주치는 곳에 위치한다. 인공호수 인 의암호와 청평호의 상류가 삼악산 기슭을 에워싸고 있고, 기암절벽이 험준 한 산세를 이루고 있다. 기반암으로 이뤄진 계곡에는 등선폭포를 비롯하여 수 렴동, 옥녀탕 등의 명소가 있다. 산 정상 북서쪽에는 춘천에서 덕두원을 거쳐 가평과 서울을 잇는 석파령이 있다.[115]

드디어 100명산 마지막 완등이다. 비교적 수도권에서 가까운 곳을 완등지로 남겨둔 것은 가까운 지인들과 함께하고 싶어서였다. 춘천은 맑은 물과 나지막 하고 아름다운 산들이 많은데 특히 오봉산, 용화산, 삼악산, 팔봉산 등이 100 대 명산으로 선정되었으며 삼악산에 오르면 소양강과 용화산, 팔봉산 등이 조 망된다. 들머리를 상원사 방향으로 잡고 등선폭포로 날머리를 잡는다. 그럼 100명산 완등 산행을 시작해보자.

---

115 『강원문화재대관(江原文化財大觀): 도지정편 2』(강원향토문화연구회 · 강원도, 2006), 『가평 · 춘천 (4 · 04)의 자연환경: 화악산, 응봉, 가덕산, 계관산, 삼악산』(환경부, 1999), 국토지리정보원(http://www.ngi.go.kr/), 문화재청(http://www.cha.go.kr/), 한국의 산하(http://www.koreasanha.net/), 『한국민족문화대백과사전』(http://encykorea.aks.ac.kr/)

상원사 방향에서 올라가면 거리는 비교적 짧으나 급경사가 있다. 급경사를 오르다 보면 소양강의 비경이 조망되고 드름산이 어우러져 경치는 극에 달한다. 드름산을 배경으로 백일홍과 소양강의 아름다움이 어우러져 더욱 비경인 경관을 담아본다. 상원사이다. 삼악산 상원사는 대한불교 조계종 제3교구라고 한다.

드름산

백일홍과 소양강

상원사

소양강과 드름산

붕어섬

불탄 소나무

깔딱고개를 오르다 보니 이끼가 단풍이 들어 빛깔이 곱다. 멀리 붕어섬이 보인다. 소나무 사이로 보이는 붕어섬은 일부러 만들기라도 한 것처럼 붕어 모양을 닮았다. 2018년 4월 21일의 화재 흔적인 소나무의 그을음이 아직도 선명하

다. 화재는 자연뿐 아니라 인명피해 등 큰 손실을 가져온
다. 주의하고 또 주의해야 할 것이다.

전망대에 이르러 보는 전망도 아름답다. 전망대를 지나면
금방 정상에 도착한다. 정상에 도착하여 친구들이 만들어
준, 완등이라는 글이 적힌 현수막에 마음이 뿌듯하다. 그동
안 100명산을 오르며 전국을 다녔던 기억들이 스쳐 지나간
다. 만약 100명산 도전이 아니었다면 가지 않았을 지역도 많
다. 흐뭇한 마음으로 인증사진을 찍고 수려한 경관을 담은
후 하산길에 접어든다. 고목과 삼악산의 연리지목을 지나면
333계단이다. 실제로 333계단인지는 세어보지 않아서 알 수
없지만 표지판에 그렇게 적혀 있기에 짐작할 뿐이다.

연리지

홍국사까지 다 내려왔다. 홍국사는 궁예가 왕건과 맞서
싸웠다는 절터이며 그 옆 커다란 느티나무가 오래된 역
사를 말해준다. 홍국사를 지나면 자그마한 대피소가 하
나 있는데 오대산 산장지기를 하다 쫓겨나 상계역 부근에
서 막걸릿집을 운영하던 사람이 2008년 북한산서 인명구
조를 하다 실족하여 다리를 잃고 막노동과 이동양봉업을

333계단

하다가 이곳을 운파산막이라 이름짓고 노후를 보내고 있다고 한다.[116]

삼악산(용화봉) 정상석

고목

116 대피소 표지판

백두대간을 뛰어서 넘었다던 그
분을 뵙지는 못했지만 대단한 분임
에는 틀림없다.

흥국사

보랏빛 선명한 투구꽃이 늦게 만
개하였다. 투구꽃은 천남성과 함께
옛날 사약의 주원료로 쓰는 독초이
다. 독초라 해도 꽃은 정말 아름답
다. 삼악산에는 5개의 폭포가 있는
데 물이 많은 춘천이라 그런지 작은
폭포에도 물길이 넉넉하고 물줄기는
세차다. 등선폭포 방향에서 산행을
시작하면 제1폭포인 등선폭포에서
시작하게 된다. 오늘은 하산하는 지
점이라 제일 먼저 만나는 폭포는 제
5폭포인 주렴폭포이다. 주렴폭포는

흥국사 느티나무

삼악산 대피소

2단폭포이며 1단도 2단 못지않게 제법 높고 물줄기가 거칠다. 제4폭포인 비룡
폭포는 계단 옆에 있어서 발아래로 볼 수 있어 그 시원함을 더한다. 또한 높은
만큼 폭호의 깊이도 제법 깊어 보인다. 제4폭포를 지나면 크진 않지만 어디에
나 있는 옥녀탕이 나온다. 제3폭포인 백련폭포는 2단폭포로 구성되어 있으며
폭호는 위가 좀 작고 아래는 깊고 넓다. 제2폭포인 승학폭포는 폭호가 제법 크
다. 제1폭포인 등선폭포를 지나면 1957년에 제작되었다는 등선폭포 기념비가
있다. 등선폭포는 제1폭포답게 시원스러운 물줄기를 자랑한다. 얼마전 새로
단장한 나무게단도 안정감있게 잘 정돈되어있다. 폭포마다 조금씩 다른 모양
새로 이루어져 있고 특색이 있다.

주렴폭포

비룡폭포

백련폭포

승학폭포

등선폭포

금강굴

늑대바위

선녀탕

평생 한번도 가지 못했던 삼악산을 2주 사이에 무려 3번이나 가게 되었다. 세 번째는 늑대바위 방향으로 올랐는데 이 코스는 공식적인 탐방로가 아니고 약간의 위험한 요소가 있는 곳으로 권장하지는 않는 곳이다. 삼악산의 멋진 명물인 늑대바위를 보너스로 실어본다.

삼악산은 강촌역에서 약 10분 정도 걸리며 산에 오르면 정상에서 바라보는 경관이 강과 어우러져 아름답기 그지없다. 나지막하고 아름다운 산이며, 역사적 사실과 낭만이 함께 있고 강촌역과 인접한 삼악산은 정상 능선을 따라 옛 산성이 있는데 삼국시대 이전에 쌓은 맥국의 성지라 하기도 하고 한때 철원에 도읍을 정하고 이 일대에 세력을 뻗치던 후삼국 시대의 궁예가 성을 쌓은 것이라 전하기도 한다. 북한강의 거친 물결이 놓이고 서울로 향하는 석파령 고갯길이 놓인 교통의 요충지대로 삼악산의 험준한 지형을 이용한 이 산성은 삼악산의 험준한 봉우리와 봉우리를 연결하는 능선을 따라 동서로 길게 놓여 있다. 그 유래는 정확히 알 수 없으나 먼 옛날 이 고장 삶의 터전을 지키려는 의지가 담겨 있다. 이는 고산성이 위치한, 산록에 세운 비에 적혀 있는 글이다. 이때는 춘천이라 하지 않고 춘성이라 불렀는지 춘성군수라 적혀 있다(1984. 8.1.).

산이 힘들다 생각되면 삼악산의 폭포를 구경하면서, 시원한 물줄기를 느끼며 한번 가볍게 올라보자.

★ 산악 기본자세 - 급경사 산행 시

바위나 급경사를 오르내릴 때에는 가급적 보조 자일을 사용하는 것이 좋으며 최근에는 지자체에서 안전바를 설치한 곳이 많아 그나마 사고율이 낮아졌다. 이때 주의해야 할 점은 썩은 나뭇가지나 풀, 불안정한 바위를 밟거나 잡지 않아야 한다는 것이다. 또한 내려갈 때는 자세를 낮추고 발아래를 잘 살펴보며 딛는 습관으로 낙상을 예방하는 것이 중요하다.